W0218335

colección fábula / 38

Con la colección FÁBULA, Editorial Planeta se ha propuesto ofrecer al público los títulos más representativos, dentro del campo narrativo, de aquellos escritores que, frente al inmovilismo mental al uso, ofrecen un ejemplo constante de imaginación creadora y anticonvencional.

A María Teresa Escribano, con mi gratitud por su fidelidad como lectora

Hijos de papá

2.I.80

FERNANDO VIZCAÍNO CASAS

Hijos de papá

EDITORIAL PLANETA BARCELONA

COLECCIÓN FÁBULA
Dirección: Rafael Borràs Betriu
Consejo de Redacción: María Teresa Arbó, Marcel Plans y Carlos Pujol

© Fernando Vizcaíno Casas, 1979
Editorial Planeta, S. A., Córcega, 273-277, Barcelona-8 (España)
Diseño colección y cubierta de Hans Romberg (foto Salmer y realización de Jordi Royo)
Primera edición: febrero de 1979
Segunda edición: febrero de 1979
Tercera edición: febrero de 1979
Cuarta edición: febrero de 1979
Quinta edición: marzo de 1979
Sexta edición: mayo de 1979
Séptima edición: julio de 1979
Octava edición: setiembre de 1979
Novena edición: octubre de 1979
Décima edición: noviembre de 1979
Depósito legal: B. 36904 - 1979
ISBN 84-320-4137-8
Printed in Spain - Impreso en España
«Duplex, S. A.», Ciudad de la Asunción, 26-D, Barcelona-30

Índice

Hemos sido una generación desgraciada. Hablo de quienes estamos ahora por los cincuenta años, edad, por otra parte, altamente estimable. No participamos activamente en la guerra civil, por lo que perdimos la posibilidad de presumir después de glorias y de heroísmos, con la consiguiente recepción de honores y sinecuras. Andando el tiempo, nos quedamos también sin la hoy tan extendida recompensa de pasar factura como víctimas y exigir supuestas responsabilidades históricas. Pero padecimos todas las desgracias de aquella guerra, en nuestra infancia atormentada y sin juguetes, con tristeza y hambre a nuestro alrededor.

Fuimos en la posguerra los mayores perjudicados por las estrecheces, así físicas como morales. Cuando estábamos en la adolescencia, la autoridad del padre gravitaba sobre nosotros de una manera cósmica. Y había que obedecer sus órdenes, por absurdas que fuesen, simplemente por eso: porque lo mandaba papá. *Bien, pensábamos; llegará un día en que nosotros consigamos esa misma patente de infalibilidad. Pero ahora, nuestros hijos discuten, muy lícitamente, las tímidas sugerencias que nos atrevemos a impartirles y someten a consenso familiar nuestras decisiones.*

Cuando teníamos aquellos dieciocho maravillosos años y llevábamos unas camisas con cuello alto y pasador de corbata y hasta, en fechas muy relevantes (como el primero de abril, Día de la Victoria), sombrero verde con pluma de faisán, las chicas que nos gustaban nos hacían maldito el caso, porque a ellas quienes de verdad les fascinaban eran los cuarentones, en la línea del Clark Gable o del Charles Boyer. Llegamos a cuarentones, llenos de esperanzas, y entonces, resultó que a las muchachas «in» solamente les importaban los melenudos de veinte años, capaces de bailar durante horas esas horribles melodías estrepitosas que a nosotros nos aterran.

Quienes quisieron incorporarse, de jóvenes, a las tareas públicas, fueron rechazados por inmaduros, por inexpertos. Años más tarde, pensaron que había llegado, lógicamente, su momento político; pero entonces les dijeron que pertenecían a épocas caducas o, como ahora suele decirse, obsoletas, con perdón. O sea, que estaban ya viejos para semejantes menesteres, los cuales quedaban especialmente reservados a los de la llamada «generación del Príncipe».

Esta generación mía, esta generación nuestra, ni siquiera tiene una denominación oficial. Hay generaciones consagradas, como la del 98, como la del 27, como la del 36. A la nuestra se le ha llamado «la generación puente», «la generación frustrada», «la generación fantasma», la «del silencio». Y en el colmo de las degradaciones, «la generación sin nombre».

Y sin embargo, pienso que fue la nuestra una estupenda generación, gracias a la cual este país alcanzó cotas de prosperidad como nunca había soñado. Porque entregamos nuestra juventud a la ilusión de una hermosa tarea comunitaria de reconstrucción. Todos: los hijos de los vencedores y los de los vencidos. Gracias a eso, sacamos adelante a España, en unos momentos tremendos, que ahora es difícil (si no imposible) comprender a distancia. Bien decía Américo Castro que, cuando no se ha participado en ellos, los hechos humanos son «cáscaras vacías de sentido».

Nada de todo esto se nos suele reconocer, sin embargo. Al contrario: lo que se nos devuelve son incomprensiones, dicterios y chanzas estúpidas. Y las generaciones que nos continuaron parece como si quisieran borrar todo lo que nosotros hicimos; como si se avergonzaran de nosotros. Pocos de nuestros hijos intentan, al menos, comprendernos. Pocos se paran a meditar las razones por las cuales ellos gozan de una libertad absoluta, cuando nosotros, a sus años, estábamos sometidos a toda clase de frenos y limitaciones.

Por todo ello, ésta es una novela melancólica, que, sin embargo, aspira a provocar sonrisas. Y hasta alguna risa suelta. Es la novela de tres generaciones: la de nuestros padres, la de nuestros hijos y entre ambas, recibiendo golpes desde uno y otro lado, la nuestra. No me atreveré a decir que pretenda ser un homenaje a ella. Aunque, sin haberlo pretendido, quizá lo sea.

F. V. C.

PRIMERA PARTE

1946
«Prietas las filas»

I

SEMANA SANTA — 1946

Doña Amparo agudizó el oído. ¿Sería posible lo que estaba escuchando? Y sí, lo era. Hasta el salón, donde la dama entretenía las siempre monótonas horas de la sobremesa, releyendo una vez más la preciosa novela *Muñequita* (de don Rafael Pérez y Pérez) llegaba tenuemente la musiquilla de *El manisero*, silbada con bastante acierto por su hijo Fabián. Porque tenía que ser Fabián, desde luego.

Doña Amparo se levantó, visiblemente indignada, cruzó el pasillo y abrió de golpe, sorpresivamente (que diría el maestro Vargas Llosa) la puerta del cuarto del chico. Fabián estaba tumbado en la cama, con los zapatos puestos, para mayor escarnio y, en efecto, silbaba con fruición la rumbita. Claro está que, en cuanto vio aparecer a su irritada madre, enmudeció súbitamente, se puso en pie casi de un salto y al tiempo que se alisaba sus rebeldes cabellos rubios, que tenía revueltos, dijo muy modosamente:

—Hola, mamá...

Doña Amparo le fulminó con una mirada de infinita dureza y preguntó, con acentos dramáticos en su voz:

—¿Te parece bonito? ¿Te parece bonito, precisamente en un día como hoy?

—¿Qué? —interrogó el muchacho, absolutamente perplejo.

—Lo que estabas haciendo. Silbar esa canción, tan frívola, sin reparar en que, a estas horas, el Señor está de cuerpo presente.

Fabián no tuvo más remedio que ponerse colorado.

—Perdona, mamá. No me había dado cuenta...

—Pues hay que darse cuenta, criatura. Hay que darse cuenta del día que es hoy, Viernes Santo, y de que vivimos, a Dios gracias, en un país católico, donde se respetan estas fechas. En lugar de profanar la memoria de Cristo, muerto por los pecados de los hombres, ya podías estar haciendo un víacrucis.

—¿Otro? —no pudo menos de protestar el chico.

—Otro y todos los que hagan falta. ¿O es que no te acuerdas de lo que dijo el padre Laburu en el sermón de las siete palabras?

Pues no; no se acordaba. Porque lo había oído con una mera presencia física, sentado muy serio y muy calladito, mientras su padre, don Narciso, tosía de cuando en cuando y doña Amparo, definitivamente arrobada, se pegaba materialmente al aparato de radio y a medida que iban siendo glosadas por el eminente jesuita y brillante orador sagrado, las siete palabras dichas por Jesucristo en la cruz, sacaba de continuo el pañuelo para enjugar sus cada vez más copiosas lágrimas. Fabián, ajeno mentalmente a lo que escuchaba, pensaba que el Sábado de Gloria iría a ver una película de María Montez, que se estrenaba en el Capitol, y luego tomaría una cerveza en Navarra y pasearía por la calle de José Antonio, con aquellas chicas de Loreto que eran tan monas.

Para doña Amparo, en cambio, las «siete palabras» constituían uno de los festejos más señalados dentro del programa místico de la Semana Santa y nunca se las perdía, aunque la circunstancia de que aquel año, las dos emisoras de la ciudad retransmitiesen a la misma hora, dos versiones distintas del sermón (o sea, desde la iglesia de la Compañía y desde los Dominicos) había provocado un serio problema familiar. Don Narciso prefería la retórica dominica, según él, «menos barroca, más auténtica» que la de los jesuitas; pero doña Amparo, que era una fanática del padre Laburu, no transigió. Intentó su marido una tímida oposición, pero ante la actitud decidida de su casta esposa, optó por resignarse una vez más. Y escuchó al jesuita.

En realidad, don Narciso (de Luna Gutiérrez, para servir) llevaba veintitrés años resignándose ante la autoridad de doña Amparo (Alcabar y López, a su disposición) y ello desde el momento mismo en que consagraron matrimonialmente su amor ante el altar. Porque doña Amparo, que se perecía por la cosa elegante, se empeñó en que su todavía novio acudiese a la ceremonia nupcial luciendo en el ojal de la chaqueta oscura (no se casaba de chaqué, en atención al reciente óbito de su padre) la única condecoración de que gozaba. A don Narciso, aquello le daba mucha vergüenza y no le faltaba razón, porque lo que su cercana esposa consideraba condecoración era, realmente, una polícroma chapa que había ganado, el año anterior, al triunfar brillantemente en el campeonato de ping-pong organizado por el Casino. Pero doña Amparo insistía con baturra terquedad:

—Es muy llamativa, es muy aparente y nadie sabe lo que significa.

Y don Narciso se casó con la chapa en el ojal y realmente, el aderezo quedó precioso en las fotografías, de forma y manera que su señora, cuando las enseñaba a gentes poco iniciadas en temas de protocolo, aseguraba que aquello era la Cruz del Mérito Civil y las gentes poco iniciadas se lo creían a pies juntillas.

Lo de la noche de bodas fue mucho peor y marcó para el resto de su vida a don Narciso, consagrando al propio tiempo, también para los restos, la indiscutible autoridad de su señora. Cuya rectitud moral, cuyo respeto sacrosanto a la pureza, le constaban sobradamente al entonces reciente marido, que a lo largo de los tres años y siete meses de relaciones, nunca había conseguido la menor aproximación carnal con su novia. Cada vez que, en un atardecer caluroso de junio (que es tenido por mes afrodisiaco) y después de animarse con un vermouth, se atrevía a proponer a su idolatrada Amparito que le permitiese simplemente agarrarla del brazo, ella le contestaba con palabras de su confesor:

—Soy un tesoro de recato, soy un depósito de virtud, que sólo el sacramento permitirá que sean tuyos...

La víspera de la boda, después de arreglar los papeles en el Juzgado, los que ya casi eran marido y mujer se fueron a pasear por el parque y bebieron unas zarzaparrillas en un kiosko y se sentaron en un banco solitario y se confesaron lo muy felices que se sentían, ante su tan próximo enlace y entonces Narciso, en un arrebato de pasión (reconozcamos que bastante lógico) le pidió, con suplicante y un tanto lasciva mirada, a su Amparito:

—Por favor, nena: ¡dame un beso!

Ella sintió una especie de conmoción interna y, sin duda vencida por un momento de debilidad, fruto del mucho cariño que sentía hacia su prometido, le alargó el brazo, colocó su mano derecha a la altura de los excitados labios de Narciso y concedió:

—Sáciate, monstruo...

Y Narciso besó con fruición aquella manecita, que le fue retirada de improviso, en un gesto enérgico, porque la sensatez había vuelto a apoderarse de Amparito, quien, mientras se levantaba, recriminó al novio:

—Por tu culpa, mañana tendremos que confesarnos otra vez.

Pero habíamos empezado a recordar lo de la noche de bodas, que pasaron a bordo del *J. J. Sister*, un moderno barco que efectuaba la travesía hasta Palma de Mallorca, la paradisiaca ciudad, tan apta para lunas de miel, y donde el matrimonio se disponía a gozar la suya. Habían zarpado a las ocho de la tarde y Narciso, evidentemente obsesionado por la cuestión carnal, intentó ya ejercitar sus derechos conyugales, cuando el navío se encontraba todavía doblando la escollera. Su joven esposa se negó en redondo, alegando que ninguna muchacha cristiana debía entregarse a su marido sin antes rezar el rosario. Y rezaron el rosario; en sus misterios gozosos, naturalmente. Y cuando Narciso se estaba quitando la chaqueta y se le encendía en los ojillos verdes una picarona lucecita, el *J. J. Sister* comenzó a dar bandazos y Amparito se le vino encima, pero de manera violenta, y al cabo de poco, estaban los dos jóvenes esposos devolviendo groseramente por la borda los muy ricos manjares que habían compuesto el selecto menú del banquete de bodas.

Duró el temporal hasta la media noche y a eso de la una, después de haber tranquilizado sus estómagos con unas infusiones de manzanilla, recuperando con ello la normalidad funcional, el joven esposo (se habían sentado en cubierta, en hamacas contiguas, con las manos enlazadas y mirando las estrellas, que por fin lucían, rutilantes) sugirió, con cierto embarazo:

—¿No te parece que debíamos irnos a la cama?

Amparito, siempre respetuosa con las formas, corrigió:

—No seas obsceno, Narcisín. Parece que me estés proponiendo algo pecaminoso. Hubiera quedado más fino si me dices que vayamos al camarote...

—Bueno, pues eso... —concedió el marido.

Y se fueron al camarote. Pero al llegar, dijo Amparito:

—Como esto es tan chico y no hay vestidor ni nada parecido, espérate en el pasillo hasta que yo te avise para que entres. Comprenderás que no voy a desnudarme delante de ti...

A los diez minutos largos, se entreabrió la puerta y la voz candorosa de Amparito anunció:

—Puedes pasar...

Pasó Narciso y a punto estuvo de partirse la cabeza, porque la luz estaba apagada y tropezó con la maleta y cayó de bruces en el suelo. Mientras se levantaba, suplicó:

—Da la luz, cariño...

—No, no y no —contestó su dulce esposa—. Tienes que ponerte el pijama a oscuras, porque sería horrible que te viese desnudar. No seas gorrino.

A trancas y barrancas, Narciso se colocó el traje de dormir, se metió en la cama y, ni qué decir tiene, se precipitó sobre su mujer. Que, la verdad sea dicha, aceptó sin remilgos sus primeras y apasionadas caricias. Rápidamente colocado en situación, el ardiente esposo se dispuso a consumar el matrimonio. Pero le aguardaba una nueva y desesperante sorpresa. Amparito se negó en redondo, no sólo a despojarse del camisón (que era, eso sí, de seda natural de Lyon), sino incluso a levantarse sus faldones, para facilitar la realización del acto.

—Eso es pecado, pecado y pecado. Una cosa es cumplir el deber de la procreación y otra, muy distinta, convertir este hermoso sacrificio en una bacanal.

—¿Pero entonces...? —preguntó el desesperado cónyuge, cuyas posibilidades de contención habían llegado al límite.

—Para eso está el agujerito... —aclaró la esposa.

Sí: el camisón (de seda natural, de Lyon) tenía un agujerito, colocado en el lugar debido, que permitía realizar las labores propias del momento sin merma de las virtudes de la esposa, sin atentar contra su pureza, sin incurrir en vicios contra natura.

A pesar de su lógica excitación, Narciso acertó a la primera y siguió acertando en ocasiones sucesivas y cuando el *J. J. Sister* atracó en el puerto de Palma, a las once y pico de la mañana del siguiente día, los esposos De Luna dormían tan profundamente, después de una noche verdaderamente ajetreada, que el camarero tuvo que golpear repetidamente la puerta del camarote y hasta dar gritos para que se enterasen que tenían que desembarcar.

Bueno; pues a pesar de que doña Amparo respetó siempre tan hermosa castidad en sus relaciones íntimas con don Narciso, fue capaz de concebir un hijo y 24 años después de aquella travesía a Palma, mantenía (incluso acrecentadas) sus virtudes y era tan pura en el hablar, que nunca usó, por ejemplo, la palabra «huevos», que se presta a interpretaciones obscenas y en su lugar decía «posturitas de ave» y era de ver el cachondeo íntimo que se gastaba el servicio cuando, al programar el menú, anunciaba la señora:

—Mañana pondremos para almorzar posturitas de ave fritas, con patatas, y después, filetes.

Tampoco permitía doña Amparo que se usasen mondadientes en la mesa, ya que su confesor (el P. Carriega, Sch. P.) opinaba que la contemplación de aquellos palillos entre los carnosos labios, entrando y saliendo, recubiertos de saliva, podía constituir un indiscutible fómite de pecado, por las evidentes insinuaciones eróticas que entrañaba. Y exigía a las criadas (tenían dos) que se duchasen con el camisón puesto, como hacían las monjitas, porque, aunque con semejante sistema, la higiene física se perjudicase un tanto, mucho más importante era preservar la higiene del alma.

A lo que íbamos. Fabián, contrito y desolado, intentaba comprender que silbar una rumba en el Viernes Santo constituía un pecado gordísimo y su madre, en un generoso gesto de condescendencia, le tranquilizaba:

—Anda, anda. Que los jóvenes de hoy sois todos unos descreídos. Pídele perdón al Señor y vete a dar una vuelta.

Pero una vuelta, ¿adónde?, pensó Fabián. La ciudad estaba colapsada. No funcionaban por el centro los tranvías ni los automóviles. Estaban cerrados los bares y los cafés, así como los teatros y los cines. Se trataba de demostrar, bien que fuese a la trágala, lo muy católicos que éramos todos los españoles. Por lo menos, la víspera, el Jueves Santo, resultaba en cierto modo un día divertido. El matrimonio De Luna salía, vestido de domingo, a visitar los sagrarios, en compañía de su hijo único. Era lo que solía llamarse «hacer las estaciones» y consistía en recorrer siete distintas iglesias o capillas, para rezar devotamente en todas ellas. Aprovechando la pía ocasión, las chicas se vestían de negro, se colocaban la teja y la mantilla (algunas, ciertamente descocadas, con claveles rojos en el pelo) y caminaban en grupitos por las calles, cumpliendo el místico itinerario. Naturalmente, pronto encontraban la compañía de jóvenes vestiditos de azul marino (o de uniforme militar de gala, con condecoraciones) que las flanqueaban y se retrataban con ellas, porque siempre había fotógrafos que hacían su agosto en el abril que cerraba la Cuaresma.

El recorrido de los sagrarios tenía el aliciente de la visita a los oratorios de los conventos y de los colegios de monjas, que en día tan señalado se abrían al público, por única vez en el año y había en todos una reja, detrás de la cual, las hermanitas rezaban devotamente y aquellas capillas, recoletas y entrañables, olían a cera y a incienso y siempre se comentaba que el «monumento», o sea, la exposición en el altar que simbolizaba a Jesucristo muerto, era el más cuidado de todos los de la ciudad y estaban cubiertas con lienzos morados las imágenes de los santos. Y las familias, que coincidían una y otra vez en las iglesias y en los conventos del barrio, se saludaban también, una y otra vez, los caballeros quitándose reverenciosamente el sombrero, ya que todos los caballeros, a la sazón, llevaban sombrero, porque bien reciente estaba el *slogan* aquel que recordaba que «los rojos, no usaban sombrero».

Después de efectuar el cristiano recorrido, las familias piadosas estaban absolutamente reventadas, porque, como quien no lo hace se habían andado varios kilómetros y habían subido muchas escaleras y habían pasado bastante tiempo de rodillas y por eso acudían con entusiasmo, al terminar, a cualquiera de los bares selectos de la ciudad y allí se sentaban, cayendo exhaustas en los sillones. Y tomaban un chocolate con bizcochos (los bizcochos venían por medias docenas, pegados sobre un papel de estraza) y un vaso de leche o, si el tiempo era bueno, una horchata de chufas. Porque en Jueves Santo se podía comer de todo; no así al siguiente día, que exigía cumplir con rigurosidad extrema el ayuno y la abstinencia, o sea que los jóvenes se quedaban con un hambre feroz. Y Fabián, que estaba siempre dominado por la gula, había encontrado un sistema ortodoxo para no incumplir con el precepto y, al propio tiempo, saciar su apetito: a las doce y un minuto de la noche (o sea, cuando ya era Sábado de Gloria y se levantaban las prohibiciones) iba de puntillas hasta la cocina y vaciaba la nevera.

También se refocilaba pensando en la película que vería por la tarde, porque durante la Semana Santa, los cines sólo habían ofrecido films de carácter religioso, que eran los mismos de todos los años y ya todo el mundo se sabía de memoria *Gólgota*, de Julien Duvivier, *Los diez mandamientos*, de Cecil B. de Mille y un *Jesús de Nazaret* hecho en Méjico, que ofrecía la divertida anécdota de que Jesucristo, cuando se dirigía a los apóstoles, les llamaba «mis cuates». Pero nadie se reía en el cine, porque eran días de meditación y penitencia y todas las expresiones frívolas quedaban proscritas.

El Sábado de Gloria, a las diez de la mañana, las campanas de todas las iglesias de la ciudad comenzaban a sonar jubilosamente y en la plaza de la Catedral se efectuaba una suelta de palomas. Doña Amparo, que desde las ocho y media estaba en el templo, naturalmente acompañada por su marido y el chico, gozando de manera exhaustiva con la bellísima liturgia de la fecha, salía a la calle al terminar la ceremonia religiosa, radiante de felicidad, se abrazaba a don Narciso, besaba a Fabián en la frente y todos, todos los años, decía lo mismo, con voz alegre y cantarina:

—*Allelluya! Resurrexit, sicut dixiti! Allelluya!* ¡Dios es grande en el Sinaí!

También todos, todos los años, don Narciso, dulcemente, se permitía indicarle:

—Eso último, no, Amparo; que no es de la Biblia, sino de don Emilio Castelar.

Y también todos, todos los años, ella contestaba:

—Te piensas que voy a creerme que semejante republicanote dijo nunca una frase tan hermosa.

Tenía mucho carácter doña Amparo (natural de Daroca, provincia de Zaragoza) y su profunda religiosidad era compatible con las frecuentes manifestaciones de ese genio suyo. Lo que ella misma solía calificar como «arranques». Algunos de semejantes arranques se hicieron famosos en la ciudad y las gentes los contaban, con una mezcla de admiración y de fastidio. Porque la señora De Luna no les caía bien a muchos, sin duda por aquella intransigencia, por aquel constante aire de superioridad que le daba (quizás a pesar suyo, ya que no se trataba de una actitud consciente) su rígido cumplimiento de los mandamientos, así divinos como eclesiásticos.

Veneraba doña Amparo el recuerdo de su madre, campesina medio analfabeta, pero dotada de un ingenio natural, de una intuición, que le permitieron relacionarse con las mejores familias de Daroca, a quienes vendía primorosas labores en lencería fina, por las que cobraba buenas pesetas. Las mejores familias sentían por Dolores una evidente ternura y bien se la merecía la honrada mujer, abandonada por su marido (que una mañana se despidió de ella diciéndole que iba por tabaco, aunque sin precisar que se marchaba a buscarlo a Cuba) y capaz por sí sola de sacar adelante a su hijita, de darle una educación en colegio de monjas y hasta de enseñarle a escribir a máquina. Gracias a lo cual, por cierto, conocería andando el tiempo a don Narciso, como oportunamente se narrará.

Cuando Amparito tenía dieciocho años, murió su madre. Murió por un tremendo error de don Braulio, el veterano médico de cabecera, más aficionado al anís del Mono que al estudio de los avances científicos. Padecía doña Dolores frecuentes desarreglos estomacales, que el doctor solía parchear con dosis masivas de bicarbonato Torres Muñoz. Un domingo, después de haber comido con la abundancia propia de tan señalado día (sopa cubierta, huevos revueltos con pimientos verdes y pollo asado, con guarnición de patatas y verduras, más los naturales postres de dulce y frutas), se sintió muy mala y tuvo un vómito espantoso y llegó don Braulio, medio dormido porque le habían interrumpido su siesta y sin mayor meditación de la enfermedad, le recetó a la buena señora medio litro de agua de Carabaña.

Con lo que le produjo una peritonitis fulminante, que acabó con doña Dolores en poco más de dos horas. Aquello representó un golpe muy duro para Amparo, especialmente cuando, todavía con su madre de cuerpo presente, pudo enterarse de la plancha del doctor. La congoja de la atribulada muchacha se complicó entonces con una más que justificada irritación y tuvo el primero de sus después tan celebrados arranques. O, al menos, el primero de que había noticia. Consistente en que, en la esquela que a tres columnas publicaba *El Noticiero*, junto con los nombres de sus «desconsolados: hija, Amparo; hermana, Pilar; sobrinos y demás familia», había añadido «y el doctor don Braulio Carrascosa, instrumento directo del Señor para el cumplimiento de sus inescrutables designios».

Al doctor don Braulio Carrascosa le sentó muy mal aquel arranque de Amparo y hasta le puso un pleito, por injurias, que a punto estuvo de complicarse con un procesamiento por desacato, pues tales cosas le soltó la chica al señor juez de instrucción, que sólo atendiendo a su lógico estado de obnubilación, aquél pudo pasarlas por alto. Pero la muchacha comenzó a sentirse incómoda en el pueblo y un buen día, vendió algunos muebles, sacó los cinco mil reales y pico que su madre le había dejado en el Banco al morir y se marchó a la ciudad.

Debidamente aconsejada siempre por el señor párroco, que tanto apreciaba sus virtudes y que le dio una carta de presentación para un notario amigo suyo.

El cual, a su vez, y haciéndose lenguas de los conocimientos de la joven en materia de teclas, la recomendó a don Narciso De Luna Gutiérrez, profesor mercantil y censor jurado de cuentas, que precisamente estaba buscando un mecanógrafo y que se sorprendió primero, y se alborozó después, al comprobar que había ya alguna mujer decidida, moderna (en el mejor de los sentidos) y por si algo faltara, bastante agraciada físicamente, capaz de realizar semejante trabajo con la misma eficacia que un hombre. Y además, cobrando menos dinero, detalle éste que no dejó tampoco de influir en don Narciso, persona de muy arraigados criterios ahorrativos; es decir, según se comentaba por quienes le conocían y le trataban, tacaño hasta la exageración.

La relación comercial del censor jurado y la señorita mecanógrafa, que en un principio dio algo que hablar entre las amistades de aquél, siempre propicias a los malos pensamientos, resplandeció en toda su limpieza en cuanto se constataron las ejemplares costumbres de Amparito. No pudo permanecer ajeno don Narciso, sin embargo, al influjo de aquella acrisolada virtud, que se unía a la eficacia laboral y a la discreta belleza de la joven y tardó poco en enamorarse de ella. Amor que fue creciendo con arrebato, sin duda porque Amparo mantenía con sumo rigor todas las distancias con su prometido e incluso le exigió que sus relaciones durasen exactamente cuatro años, para que así tuvieran tiempo de conocerse a fondo (sobre todo en sus debilidades y defectos) y acudieran al matrimonio conscientemente. Aunque a última hora y autorizada por su director espiritual, el santo escolapio padre Carriega (que era un gran poeta místico), aceptó reducir en cinco meses el período de prueba o noviazgo formal.

Y se casaron Narciso y Amparo, en la forma ya conocida, y no faltaron maledicentes en la ciudad que comentaron que el agarrado señor De Luna había conseguido, con este enlace, ahorrarse el sueldo de la mecanógrafa. Porque su esposa, ni qué decir tiene, continuó desempeñando sus funciones en la oficina del marido y sólo las dejó, por obvias razones, al sexto mes de su embarazo, que por fortuna para don Narciso, tardó casi cuatro años en producirse.

El Sábado de Gloria era uno de los contados días del calendario gregoriano en que don Narciso se concedía el lujo (a sí mismo y a sus directos allegados) de tomar un aperitivo, como solía decir, sólido. O sea, no tan sólo el *vermouth* o la caña de cerveza que, los festivos normales, constituían un regalo en el bar Imperio, sino acompañando a las bebidas con dos raciones de gambas a la plancha y una de calamares fritos. Semejante dispendio lo justificaba, en su personal administración, compensando lo que había ahorrado durante la Semana Santa, tan poco proclive a ningún desembolso.

En el bar Imperio se encontraron los De Luna con el matrimonio Alcubilla, feraz en demasía (según comentario de don Narciso), ya que eran padres de quince criaturas. Dios, que aprieta pero no ahoga, había permitido que don Adalberto prosperase económicamente con un negocio de hierros, que le producía saneados beneficios, merced a la protección que le dispensaba el señor gobernador civil, facilitándole las licencias de importación, tan indispensables para sacar adelante la industria. Pero el señor gobernador civil no podía olvidar que don Adalberto Alcubilla era ex cautivo, estuvo condenado a muerte por los rojos y tenía un autógrafo del glorioso general Sanjurjo (q.e.p.d.).

La señora de Alcubilla, ni qué decir tiene que estaba gorda o, por mejor decir, afofada, según les ocurre por elementales razones a estas madres tan prolíficas. Era también, como todas ellas, muy simpática, muy alegre y muy despistada. Don Adalberto, un cincuentón gordo, extrovertido y bastante analfabeto, condición ésta compatible (como es notorio) con la de rico. Cuando vieron llegar a los De Luna, les llamaron agitando en alto brazos y manos y se acercó don Narciso, feliz porque adivinaba que iba a salirle gratis el aperitivo sólido y efectivamente así fue, porque Alcubilla les pidió que se sentasen en su mesa.

—Hemos dejado a los chicos con los abuelos y nos hemos venido a tomar una copa, como si fuésemos una pareja de tortolitos... —explicó Alcubilla, mirando a su mujer de una manera tan tierna que permitía confiar en que intentasen alcanzar el hijo dieciséis, en cuanto se quedaran solos.

—Pues no saben ustedes cómo celebramos tan agradable encuentro... —dijo don Narciso, componiendo la mejor de sus sonrisas.

Se sentaron con ellos. Fabián pidió permiso para ir a saludar a unos amigos que estaban en otra mesa y le fue concedido. Dijo don Adalberto, después de adquirir las correspondientes chapas de Auxilio Social:

—¿Qué le parece lo de Nuremberg?

—Hombre... —se escurrió don Narciso, que no estaba demasiado al tanto de la marcha del proceso contra los nazis.

—Mire, De Luna: se lo digo muy en confianza —bajó la voz el señor Alcubilla—: Usted ya me conoce; creo que no soy dudoso. Pero veo mal la cosa. Van también por nosotros...

—¿Usted cree?

—Tanto es así, que he comenzado a tantear los mercados de importación ingleses, hoy inexplotados, pero con los que conviene llevarse bien.

—Entonces, ¿usted cree que Franco peligra?

Alcubilla bebió un largo sorbo de cerveza. Se secó los labios con la servilleta de papel, miró profundamente a su interlocutor, se le acercó y con una trágica entonación, dijo, tan sobria como elocuentemente:

—Sí.

—¿Y que Alemania ya no se recuperará?

—No.

Don Narciso se quedó muy preocupado con aquello y se le vino encima una especie de remordimiento de conciencia, pensando en su hijo. Porque cuando Fabián comenzó el bachillerato, dentro de aquel «plan 38» que había inventado don Pedro Sainz Rodríguez, al llegar al quinto curso tuvo que optar entre estudiar el idioma inglés o el alemán y lo consultó, naturalmente, con su padre, aclarándole que él prefería aprender la lengua de Shakespeare mejor que la de Goethe. Pero don

Narciso le efectuó una documentada exposición acerca de la marcha de la guerra mundial y de su previsible desenlace, indudablemente favorable a las armas del III Reich, por lo que el idioma del futuro en el mundo, sería el alemán. Y Fabián, convencido, estudió alemán y daba gozo oírle declinar el «*der, die, das*».

Ahora, su evidente dominio del germánico no iba a servirle para nada, si se cumplían las predicciones de don Adalberto. Que sin duda se cumplirían, ya que se trataba de persona muy bien informada en estos temas internacionales.

Mientras los caballeros seguían hablando de las cosas de la situación, sus esposas, mucho más pragmáticas, comentaban las dificultades de los abastecimientos y doña Amparo le explicaba a doña Lola que conocía un horno, en un barrio extremo de la ciudad, donde podía encontrarse pan blanco, si bien a un precio bastante exagerado: cuarenta céntimos la barra. Y doña Lola le facilitaba a doña Amparo las señas de una carnicería (aunque en el letrero de la tienda ponía carnecería, con *e*), en la que, debidamente recomendada, podía adquirir ternera de la mejor calidad, aunque, eso sí, a 23 pesetas el kilo.

—Pero tendrá que entrar por la puerta trasera y no ir nunca antes de la puesta del sol...

—Da lo mismo; escríbame aquí las señas, por favor... Y deme la tarjeta de presentación...

Los matrimonios se despidieron con toda efusividad y anunció don Adalberto a los De Luna que, dentro de pocas semanas, su hija Virtudes (la número diez de la serie) haría la primera comunión y que, ocioso era decirlo, contaban con su asistencia al acto y al posterior desayuno, todo lo cual tendría lugar en el colegio del Sacre-Coeur (Sagrado Corazón, para los menos finos) donde sus niñas se educaban. En el tranvía, camino de casa, le comentó don Narciso a su mujer:

—Menuda lata eso de la comunión de la hija de los Alcubilla. Porque habrá que regalarle algo...

—No te preocupes —tranquilizó Amparo—. Tenemos aquel Quijote precioso, en madera fina, que te regalaron unos clientes tuyos el año pasado, para tu santo.

—Pero no lo veo demasiado propio...

—Te advierto que vale veintitantos duros...

No opuso mucha resistencia don Narciso a la idea de su señora; antes al contrario, le pareció inmejorable. Comieron en la santa paz del Señor una ensalada de boniatos y unos filetes de carne sin calificar, negros y duros, aunque se vengaron con el postre, natillas de la mejor calidad, y, por si algo faltaba, un café de Guinea excelentísimo, que doña Amparo había conseguido (ni qué decir tiene, de estraperlo).

Fabián se metió en su cuarto, a leer el semanario *Marca*, que constituía una de sus distracciones predilectas, porque él era hincha, aunque a distancia, del Atlético Aviación. Y don Narciso, una vez que estuvo limpia la mesa del comedor, hizo que Asunción (una de las chachas) la recubriera con el hule y puso encima la máquina Victoria y se dedicó a uno de sus placeres favoritos: liar cigarros.

Lo hacía con una solemnidad ritual y nunca permitió que nadie le sustituyera en aquella función. La máquina tenía como una especie de embudo, donde se vertía el tabaco picado. Don Narciso deshacía con morosa delectación las hebras y las dejaba caer en el receptáculo de la máquina, que en la parte inferior tenía colocados los finos rectángulos del papel Bambú y todo listo ya, oprimía una clavija y daba la vuelta a una llavecita y era una gozada ver cómo se enrollaba el cigarrillo, que incluso salía pegado de la máquina, merced al agua que se guardaba en un pequeño recipiente y que facilitaba el engomado.

Doña Amparo seguía, en el mientras tanto, releyendo *Muñequita* (de don Rafael Pérez y Pérez), una de sus novelas predilectas, juntamente con *Los caballeros de Isabel la Católica*, y lo que más le gustaba era aquel capítulo cuando el apuesto marino ganaba un concurso benéfico que le daba derecho a besar a la chica y ella, ruborosa y asustada, se acercaba a él, dispuesta al sacrificio y el apuesto marino tomaba la medalla de la Virgen que ella llevaba colgada del cuello y la besaba y después de tan emocionante detalle, ni qué decir tiene que acababan casándose.

Fabián, a eso de las seis, entró en el salón donde su madre estaba entregada al cultivo de la literatura y dijo:

—Bueno, mamá, hasta luego.

—¿Adónde vas? —preguntó doña Amparo.

—He quedado con Enrique para ir al cine.

—¿A qué cine?

—Al Capitol.

—¿Qué película hacen en el Capitol?

—Una de María Montez.

—Espera un momento —ordenó la señora.

Y se levantó y fue a su alcoba y reapareció con la *Hoja Parroquial* en las manos.

—Veamos la clasificación —dijo.

Se puso las gafas de leer y se las quitó en seguida, porque muy rápidamente había comprobado que su hijo pensaba cometer un horrísono pecado: la película que estrenaban en el Capitol era nada menos que 3-R.

—O sea que te prohíbo que vayas a ver esa indecencia —concluyó.

—¡Pero mamá, si es una película de aventuras!

—Mira lo que dice aquí: «Gravemente peligrosa, por las exhibiciones anatómicas de la protagonista, que enseña sin recato alguno sus muslos y sus brazos desnudos.»

—¡Mamá, que tengo veinte años! —argumentó Fabián, con evidente lógica.

—Por eso precisamente. Estás en la peor edad para recibir las tentaciones lascivas de la carne.

Doña Amparo se levantó y, seguida por su hijo, fue hasta el comedor, donde don Narciso continuaba entregado con fervor al emboquillado de cigarrillos.

—Narciso —le dijo—. Prohíbe a tu hijo que vaya al cine Capitol. Hacen una película clasificada 3-R.

—Te lo prohíbo —dijo don Narciso, sin mucho entusiasmo, pendiente tan sólo de que los cigarros saliesen perfectamente emboquillados.

—¡Hombre, papá, si ya he quedado con Enrique, que me estará esperando en la puerta del cine con las entradas!

—No insistas, Fabián. Ya has oído a papá. Te lo prohíbe —amartilló doña Amparo.

—¿Pero por qué...? —preguntó, desesperadamente, el muchacho.

—¿Cómo que por qué? —se asombró su madre.

Don Narciso, haciendo una pausa en su tarea, decidió la cuestión:

—Sencillamente, porque tu padre lo ordena.

Y ante aquello, no cabía impugnación posible.

O sea que Fabián se quedó el Sábado de Gloria sin ver la película de María Montez, aunque (obviamente) fue otra tarde al Capitol, sin contarlo en casa. Y se aburrió muchísimo, porque la película era un tostón de campeonato aunque, bien mirado, la hermosa actriz, vestida de egipcia, estaba muy buena. Sobre todo, tenía unas tetas impresionantes. O al menos, así lo parecían, debajo de las túnicas. Porque ni qué decir tiene que nunca se le veían.

La simple suposición, sin embargo, justificaba, para la censura eclesiástica, el 3-R.

II

LOS PLACERES — 1946

La chacha Asunción llamó violentamente con los nudillos (aunque más bien parecía que lo hiciese a puñetazo limpio) en la puerta del dormitorio de Fabián. Fabián, tumbado en la cama, estaba estudiando Derecho Romano, porque el martes tenía un examen parcial y no acababa de digerir aquello de Aulius Agerius y Numerius Negidius, como vehículos para facilitar el conocimiento de las obligaciones y contratos.

—Adelante... —dijo el muchacho, repuesto del sobresalto que el aporreo le había proporcionado.

Entró Asunción, que era de Albarracín y tenía una manera de hablar atropellada y velocísima.

—Señorito, que le llama el señorito Enrique y que se ponga en seguida, porque tienen un guateque en casa de la señorita Nuria, que es muy urgente y que le está esperando —dijo, de corrida.

—¿Dónde? —preguntó Fabián.

—En el teléfono, señorito, faltaría más...

Confirmado el aviso, que le llenó de júbilo (no solamente porque Nuria le gustaba una barbaridad, sino porque en aquellas reuniones en su casa se comía de primera, ya que, no en vano, el padre de la chica era estraperlista del ramo de la alimentación), tuvo Fabián que recabar los oportunos permisos paternos. Que le fueron concedidos sin mayor problema, pues a don Narciso le interesaba siempre quedar bien con el señor Aymerich, padre de Nuria, cliente importante de su despacho.

Fabián se puso el traje azul marino, que le sentaba a las mil maravillas, a pesar de haberlo heredado de su padre. Porque doña Amparo siempre aprovechaba los trajes de su marido en favor de su hijo y había encontrado un sastre fenomenal, especializado en darles la vuelta, de forma y manera que parecían talmente nuevos, aunque no pudiera evitarse el problema de que el bolsillo superior quedase a la derecha; pero se trataba de una minucia, compensada de sobra por el ahorro que aquello suponía, sobre todo cuando los paños de Tamburini se habían puesto a un precio espeluznante.

La camisa era, en cambio, nueva y con cuello alto, de los que había que cruzar con un bonito alfiler o pasador, para que quedase perfecto el conjunto. Se planchó su pelo rubio con una dosis considerable de fijador y tuvo buen cuidado en hacerse la raya lo más alta posible, siguiendo la moda que había impuesto don Rafael Durán. Utilizó las sábanas de la cama para devolver cierto brillo a los zapatos (gorrinada que repetía con frecuencia) y después de mirarse en el espejo y de comprobar con satisfacción que estaba la mar de atractivo, salió a la calle. En la portería del número ocho vendían tabaco rubio y allí se gastó tres pesetas en seis Chester, que eran sus cigarrillos preferidos. Tomó el tranvía en marcha (para lo que tenía una especial disposición) y minutos más tarde estaba en casa de su amigo Enrique.

Enrique Barrón también estudiaba —como Fabián— primero de Derecho y habían sido ya compañeros en el colegio; o sea que se trataba de una amistad antigua. El padre de Enrique era registrador de la propiedad en un pueblo al que iba solamente los finales de mes, en un Balilla con gasógeno, que tardaba once horas en recorrer los trescientos y pico kilómetros que separaban la ciudad del registro de don Francisco. Pero él era un entusiasta de la naturaleza y explicaba que, de esta manera, podía gozar cumplidamente con la reposada contemplación de los variados paisajes que jalonaban el trayecto.

El mismo Enrique le abrió la puerta.

—Oye, qué suntuoso vienes —fue su comentario al ver a Fabián.

—Pues tú tampoco pareces un pobre —le replicó su amigo.

Enrique llevaba un traje gris, con finas rayas blancas, y una camisa a cuadritos, con el natural cuello alto y pasador, además de corbata azul oscuro.

—¿A qué se debe el festejo?

—Ya sabes; doña Nuria, madre, que está empeñada en colocarnos a la señorita Nuria, hija. Y tú y yo figuramos en la lista de los apetecibles.

—La chica está buenísima... —opinó Fabián.

—Pero es tonta del culo, muchacho. Y ya me explicarás esa madre que tiene, que es una especie de Führer con acento catalán.

—Bueno; por lo menos el guateque será estupendo.

—Eso sí. Para el señor Aymerich no existen las cartillas de racionamiento...

Abría la puerta una criada vestida de negro, con delantal y cofia. Una criada, por otra parte, monísima, que motivaba comentarios pícaros en baja voz de todos los muchachos invitados.

El piso estaba puesto con una cursilería abrumadora, lleno de cornucopias, de espejos y de escalones para pasar de una habitación a otra. Los techos de escayola estaban pintados en azul desvaído, y había muchas grecas doradas a lo largo y a lo ancho de las paredes. Eran los muebles de colores claros y todo estaba lleno de bargueños y de mesitas, sobre las que aparecían, debidamente enmarcados en plata, recuerdos fotográficos familiares: los señores de Aymerich, de novios ante el altar; su hija Nuria, chiquitita y monísima dentro de la cuna; la misma Nuria, con el trajecito de primera comunión; su hermano mayor, Agustín, con el uniforme de las Milicias Universitarias...

Fabián de Luna y Enrique Barrón fueron recibidos con especial alborozo e introducidos inmediatamente en el comedor, donde ya estaban otros muchachos y otras chicas dándole al diente: sobre una mesa elegantemente recubierta por un mantel bordado, de auténtica fantasía, aparecían fuentes llenas de canapés diversos, incluso de jamón serrano, con lo difícil que resultaba entonces encontrarlo. Y unas jarras de «cup», mezcla astuta de champán y gaseosa, con algunas gotas de coñac, bebida inevitable en todo guateque que se preciase. En un picú (gramófono último modelo) habían puesto el más reciente disco de Antonio Machín, *Isabel*, y algunas parejas bailaban, naturalmente guardando las distancias y de una forma perfectamente moral.

Doña Nuria, madre, vestida como si de ir a la ópera se tratara, vigilaba la pureza del festejo y estaba atenta a todos los detalles y dirigía con sus autoritarias miradas a Nuria, hija, para que confraternizase de manera especial con los muchachos a quienes consideraba yernos recomendables. La presencia de la señora de Aymerich fastidiaba sobremanera a los jóvenes participantes en el guateque, ya que les coartaba y les frenaba en sus impulsos hacia las chicas, aunque no así en la cuestión gastronómica, porque todos devoraban con entusiasmo las «medias noches», los calamares y las croquetas. Aunque les reventaba tener que bailar los boleros tan distanciados de sus parejas.

Por eso se alegraron tantísimo cuando doña Nuria se ausentó del salón y se ausentó después de preguntarle a Fabián si su madre estaba en casa y de aclararle que necesitaba hablar con ella por teléfono. En cuanto la señora de Aymerich abandonó la estancia, los que estaban bailando se aproximaron pecaminosamente a sus parejas y los que no bailaban, se pusieron en seguida a hacerlo, para aprovechar el momento y hasta Nuria, hija, sacó un Lucky y lo encendió y se lo estuvo fumando, en pleno éxtasis, si bien tomando la precaución de decirle a la monísima criada que se quedara en el pasillo y le avisara en cuanto viese regresar a su madre.

Pero su madre tardó mucho en volver, porque su conversación telefónica con doña Amparo fue tan larga como trascendental. Después de las frases protocolarias de rigor, dijo doña Nuria:

—Pues mira, Amparo, te llamo más que nada porque una íntima amiga mía tiene un grave problema de conciencia con su hija única, de dieciocho años y yo sé que tú eres una mujer muy dotada en estas materias de moral y quiero que nos aconsejes...

—Dime, dime... —respondió Amparo, muy feliz ante semejante reconocimiento de su autoridad en temas ético-religiosos.

—Imagínate que esta amiga, no sé si la conoces; bueno, te digo quién es: Lolita Gálvez, la mujer de Jordán, el farmacéutico...

—No, no la conozco.

—Pues tienen una hija, hija única, ya te digo, con dieciocho años, y les ha salido deportista y le dio por montar a caballo y ellos, pues qué iban a hacer, compréndelo, lo permitieron. Y la chica venga a ir de aquí para allá, a los concursos de saltos, y encima ganando copas.

—Bueno, ¿y qué hay de malo en eso? —preguntó doña Amparo.

—Pues casi nada: que resulta que con esa práctica abusiva del deporte hípico y con tanto montar a lo chico en los caballos y venga de espatarrarse, a la niña se le ha roto el himen. ¿Me entiendes, verdad? Que se ha desvirgado traumáticamente, y perdóname la manera de señalar.

—¡Dios mío, qué barbaridad! —dijo doña Amparo.

—Exacto. Una barbaridad tremenda y un problema el día de mañana, porque la niña de los Jordán es decentísima, ya puedes suponerlo, y tiene un novio muy formal, arquitecto que gana un dineral, y a ver quién le explica ahora que la muchacha, a pesar de su acrisolada honestidad, no es virgen.

Hubo una pausa telefónica.

—¿Me oyes? —se impacientó doña Nuria.

—Sí, sí; te oigo. Pero estoy pensando —tranquilizó doña Amparo.

—Eso es lo que quiero que hagas. Pensar sobre el asunto. Y como eres tan inteligente y, sobre todo, tan religiosa y sabes tanto de moral, me des una solución para el problema.

Otra pausa. Y por fin, la voz de doña Amparo:

—Creo que la cosa no es difícil de arreglar. Que tu amiga lleve a su hija a un ginecólogo de confianza. Que le explique lo sucedido. Que el doctor reconozca a la niña y se convenza de que la pérdida de su virginidad ha sido, en efecto, por causas traumáticas y nunca, Dios nos libre, por motivos pecaminosos. Y que extienda un certificado, en papel oficial y con las debidas pólizas, haciéndolo constar así...

—¡Magnífico, Amparito! —celebró jubilosamente doña Nuria—. ¡Si ya sabía yo que tú me darías la solución ideal! ¡Muchísimas gracias! ¡Que Dios te lo pague! ¡Ahora mismo llamo a Lola para contarle tu idea!

—Comprenderás que si ese arquitecto quiere de verdad a la chica, no podrá oponer ningún reparo al certificado médico oficial... —concluyó Amparo.

—Naturalmente que no. ¡Eres una maravilla, Amparito! ¡No sé cómo agradecerte este consejo! Porque a nosotras, la verdad, no se nos había ocurrido... Un beso muy fuerte...

Llamó en seguida a su amiga Lola, la madre de la desvirgada traumáticamente. Y estuvo, como era natural, muchísimo tiempo también hablando con ella. Con lo cual, los chicos del guateque pudieron bailar *cheek-to-cheek* con las chicas un buen rato y además de Nuria, hija, otras varias muchachas fumaron un cigarrillo y se agotó el «cup», lo que motivó que Fabián se dirigiera a la chacha monísima, pidiéndole más, y aprovechase la ocasión para meterle mano discretamente. A lo que ella, la verdad sea dicha, no se opuso demasiado. Y además cumplió —llegado el momento— con su obligación de avisar que llegaba doña Nuria, para que las parejas se separasen y las jovencitas apagaran sus cigarros.

Doña Nuria volvió muy feliz, porque había conseguido resolver el grave problema de la hija de su amiga Lola Gálvez, y quizá por eso dijo:

—Os veo muy poco animados. A ver, música con ritmo...

Mientras su hija ponía en el picú una samba de Carmen Miranda, la señora sintió la necesidad de aclarar:

—No sé si os habéis enterado de que a Nuria le han suspendido en los exámenes parciales, en el colegio del Sacre-Coeur. Bien; por si os extraña que, a pesar de eso, demos una fiesta, debo explicaros que no ha sido por falta de aplicación, ya que la niña estudia muy seriamente, sino por un error suyo en materia de protocolo. Os lo advierto para que no os pueda ocurrir también a alguna de vosotras. Mi hija se olvidó de hacer la reverencia de saludo ante la reverenda madre en un acto público. Sólo por eso, conste, la han suspendido; y yo lo comprendo y por eso creo necesario explicaros que no ha sido, ni mucho menos, por deficiencias académicas.

Nuria, hija, se bebió muy satisfecha un vaso de «cup», gozosa por la defensa que de sus virtudes estudiantiles acababa de hacer su madre, y Enrique, que estaba al lado de Fabián, le comentó:

—¡Menudas son esas monjas, oye...!

—Peores que los jesuitas... —dijo su amigo.

—Cómo te explicaría. Mi hermana Luisa estudia allí. Y mis padres me llevan cada año a la fiesta de final de curso. ¡No veas lo que es aquello!

Lo que a Enrique le perturbaba de la fiesta de final de curso en el colegio del Sagrado Corazón (Sacre-Coeur, para los finos) era que se celebraba una especie de festejo teatral o acto literario, en homenaje a la reverenda madre. Aunque las alumnas no se enteraban de lo que ocurría en el escenario, más que a través de lo que oían, ya que estaban sentadas de espaldas al espectáculo, dado que no podían cometer la ordinariez de no mirar de frente a la susodicha reverenda madre, quien desde su sitial contemplaba, gloriosa, la representación.

—¡No me digas! —se extrañó Fabián—. ¿Lo dices en serio?

—Naturalmente que sí. Pregúntaselo a Nuria...

Nuria lo confirmó y añadió que aquellas monjas eran unas pesadas, que obligaban a las internas a ducharse con el bañador puesto. Y para compensar, se bailó un bolero con Fabián, arrimándose bastante, gracias a que su madre se había marchado nuevamente, ahora para reponer las jarras de «cup», que los chicos del guateque habían vuelto a agotar, en su insaciable sed.

A las nueve en punto de la noche, doña Nuria comunicó que se daba por terminado el guateque, agradeció su presencia a tan buenos amigos y a tan cariñosas amigas de su hija y les despidió sin demasiadas contemplaciones. Bajaron todos por la escalera, a pie y a oscuras (porque acababa de cortarse la energía eléctrica, a causa de las restricciones) y ya en la calle, débilmente iluminada por las farolas de gas, Enrique propuso a Fabián y a Leopoldo, otro compañero de carrera, que había salido junto con ellos:

—¿Por qué no seguimos metidos en juerga?

(La verdad es que estaban los tres más animados que de costumbre por culpa del «cup» y de ahí que se sintieran capaces de semejantes excesos.)

—Yo tendré que pedir permiso a *bwana*. (Leopoldo llamaba siempre *bwana* a su padre.)

—Y yo, al gran jefe. (Fabián llamaba siempre «gran jefe» a su padre.)

—Pues yo no, porque el viejo está fuera y ya le he dicho a mi madre que llegaría tarde. (Enrique llamaba siempre «el viejo» a su padre.)

—Bueno, pues vamos al Imperio y llamamos desde allí a casa... —sugirió Leopoldo.

El bar, sumido en una penumbra apenas remediada por la triste, amarillenta y anémica luz que impartían dos «petromax» colgados del techo, estaba lleno de público alborotador, que hablaba en voz muy alta. Señoras vestidas ostentosamente, caballeros con chaquetas cruzadas y fino bigotito, que fumaban en boquilla. Y en la barra, compatibles con la seriedad del local, las tres putitas del establecimiento, muy serias, eso siempre, aceptando la copa de los muchachos descocados (clientes de todas las noches) que jugaban con ellas a los dados, se bebían dos o tres *gin-fizz* y después daban una peseta de propina al barman, al tiempo que le ordenaban, día tras día y hasta que llegaba el primero de mes:

—Apúntamelo, Manolo...

Los tres amigos pidieron otras tantas «medias combinaciones» y Fabián fue el primero en llamar por teléfono al «gran jefe». El «gran jefe» no se mostró muy partidario de que su hijo cenase fuera, pero al chico se le ocurrió una idea salvadora:

—Es que después nos vamos a casa de Enrique, para refundir entre todos los apuntes de Historia del Derecho. Estaremos hasta tarde, papá, porque son largos...

—Bueno, bueno —concedió, finalmente, don Narciso—. Pero cuando llegues, sea la hora que sea, no dejes de entrar en nuestro dormitorio.

—Descuida.

Leopoldo no tuvo necesidad de mentir, porque *bwana* era más facilón para estas cosas que «gran jefe». Resuelto, pues, el problema, preguntó Enrique:

—Bueno, ¿y qué hacemos ahora?

Con buen sentido práctico, Leopoldo preguntó:

—¿Cómo andáis de pasta?

Revolvió Fabián en sus bolsillos, sacó un puñado de monedas y varios billetes (entre ellos, tres de peseta, de los que acababan de ponerse en circulación) y comunicó a los otros el resultado de su arqueo:

—Ocho duros.

—Estás rico, tú. Yo sólo llevo treinta y dos pesetas... —comentó Leopoldo.

—Pues yo, cuarenta y siete —para algo Enrique era hijo de registrador de la propiedad.

Se quedaron callados, ya que siempre solía ocurrirles lo mismo: las contadas veces en que conseguían las licencias necesarias para montar una juerga, no se les ocurría ninguna. Tampoco, realmente, sus economías propiciaban muchas salidas.

—¿Tenéis hambre? —preguntó Enrique.

—No, en absoluto —la respuesta de los otros dos fue coincidente. Claro: se habían puesto morados de canapés y de fritos en el guateque de doña Nuria.

—Yo, tampoco. Entonces, eliminamos la cena como capítulo de gastos. ¿De acuerdo?

—De acuerdo.

—¿Os apetece el barrio chino?

Las caras de Fabián y de Leopoldo resultaron harto expresivas: en absoluto. El barrio chino era lúgubre, sórdido, desagradable. Las putas de aquellas casas, gordas, viejas, tristísimas y, sobre todo, profesionalizadas al máximo, no despertaban en ellos el menor interés erótico. Bien es cierto que, algunas veces, iban por allí y hasta se ocupaban con ellas. Pero lo hacían sin demasiado entusiasmo, cumpliendo como una especie de casi inevitable obligación, a sus veinte años.

—A mí me gustaría ir a casa Carmen... —reconoció Leopoldo.

—Anda, y a mí. ¡Menudas chavalas hay allí! Pero son diez duros y la propina.

Casa Carmen era el mejor prostíbulo de la ciudad, un auténtico palacio del placer, donde se encontraban chicas maravillosas e incluso menores. Ellos, obviamente, no habían estado nunca, porque —como bien recordaba Enrique— los precios resultaban prohibitivos. Quienes frecuentaban el establecimiento eran los estraperlistas y los ricachones de la comarca y se comentaba que Carmen, la *madame*, ganaba más de cinco mil duros limpios al mes, lo que le permitía efectuar numerosas obras de caridad (porque era muy buena cristiana) y gozar de una especial protección del señor obispo y del señor gobernador civil, a cuyas fundaciones benéficas ayudaba con singular munificencia.

—Bueno, entonces, ¿qué coño queréis que hagamos? —se impacientó Fabián.

—Podíamos ir al Apolo... —sugirió Leopoldo.

—Mira, no es mala idea... —aprobó Enrique.

En el teatro Apolo estaba actuando la compañía de «comedias musicales» (que era entonces como, por lógicas razones de decoro, se llamaba a las revistas) de Emilia Aliaga y Paco Muñoz, con el cómico *Gometes*, quienes representaban *Una rubia peligrosa*, del maestro Montorio.

—Pero vamos allí, en el bien entendido de que tenemos que ligar con las vicetiples —precisó Enrique, que era el más cachondo de los tres.

—¡Hombre, por supuesto...!

Quedaba casi una hora para la función. Los muchachos se limpiaron los zapatos (treinta céntimos), tomaron otra «media combinación» (con lo que se metieron en cuatro pesetas por barba) y bastante trompas, aunque ofreciendo unos signos externos muy decorosos, se fueron al teatro Apolo. Tuvieron la fortuna de coincidir en la puerta con otros dos amiguetes de la Universidad (alumnos de Medicina) y ello les permitió sacar un palco proscenio, que era precisamente para cinco personas y que ofrecía la gran ventaja de estar metido, como aquel que dice, en el mismo escenario. Allí se sentaron, gloriosos y felicísimos, sintiéndose dueños del mundo.

Y empezó la obra y aparecieron unas señoritas discretamente monillas y (al parecer) con buenos cuerpos, aunque esto tenía que deducirse por reflexión, ya que iban vestidísimas y solamente llevaban al aire los brazos y las piernas, desde la mitad del muslo, aproximadamente. Fabián fichó en seguida a una pelirroja de ojos profundos, que sonreía de continuo, aunque no había forma de que levantara las piernas al unísono de sus compañeras, Enrique comenzó a timarse con la morena que siempre estaba a la izquierda del grupo (o sea, muy cercana al proscenio) y que, a mitad del primer acto, le guiñó un ojo muy pícaramente.

—¡Esto marcha, esto marcha!... —se ufanó el muchacho. A los otros tres, las vicetiples no parecían interesarles un pito y, en cambio, se empeñaban en juzgar las calidades de la obra. Eran unos aberrantes.

Llegó el número bomba (porque todas las «comedias musicales» tenían un «número bomba», que era el que repetían las radios y el que cantaban las chachas de la ciudad) y la *vedette* y el actor cómico empezaron a cantarse un dúo muy intencionado, a propósito del galán, que a ella no parecía gustarle demasiado (era mentira) y que el gracioso gordito, en cambio, le ponderaba, exaltando sus méritos:

—Mira que fuma a todo pasto Philip Morris —cantaba, para demostrar lo riquísimo que era aquel chico. Pero la *vedette* no se apeaba del burro:

—¡No lo quiero!...

—Y que jura que su amor es verdadero...

—¡No lo quiero!...

Y por más que el señor gordito glosaba las virtudes y la fortuna del galán (que había salido antes con un chaleco de punto amarillo, que era una gozada), la *vedette* volvía a su estribillo:

—No lo quiero...

El público participaba en el festejo y cuando salían las

vicetiples, para completar la fastuosidad del número, se incorporaba al coro, gritando, a pleno pulmón, el pegadizo estribillo:

—¡No lo quiero!

Tres veces se repitió la canción, entre las ovaciones de la muchedumbre y ello dio oportunidad a Fabián y a Enrique para estrechar lazos visuales con sus respectivas conquistas, la vicetiple pelirroja y la morena, y cuando ya estaba terminando *Una rubia peligrosa*, les hicieron señas, en el sentido de que les estarían esperando a la salida, y ellas dieron a entender que muy bien y los chicos se pusieron contentísimos. Con lo que, al bajar el telón y después de ponerse en pie para aplaudir con entusiasmo, dijeron a los otros:

—Nosotros nos vamos a la puerta del escenario, porque hemos ligado.

—Que haya suerte —contestó Leopoldo—. A mí me apetece más irme a la cama.

La puerta de escenario del teatro Apolo daba a una calleja oscura, que olía a pis. Cuando llegaron Fabián y Enrique, había ya otros hombres haciendo guardia. Y apareció al poco tiempo un coche Plymouth, que aparcó justamente frente a la salida de artistas. Lo conducía un chófer con gorra de plato gris oscuro y, según pudo verse cuando bajó para abrir la puerta a la segunda *vedette*, con guerrera cruzada y botas altas. El coche arrancó y también pudo advertirse que la segunda *vedette* le daba un beso en la mejilla a un señor mayor que iba repantigado en el asiento de atrás.

Al cabo de veinte minutos, más o menos, aparecieron las dos vicetiples. Fabián y Enrique se impresionaron muchísimo, porque de cerca y sin el maquillaje de escena, resultaban mucho más atractivas. Y tenían un inmenso *glamour*, que era como, a la sazón, se denominaba lo que después fue llamado *sexy*. Además, eran simpatiquísimas. Abrieron sendas sonrisas maravillosas y les alargaron las manos, saludándoles con un cordial:

—¡Hola, muchachos...!

Ellos estrecharon más tiempo del normal aquellas hermosas manos y se presentaron:

—Enrique Barrón:

—Fabián de Luna...

Las vicetiples, a su vez, dijeron:

—María Antonia... (la morena).

—Lidia... (la pelirroja).

Y les agarraron del brazo, lo cual produjo en los chicos la natural excitación. De manera que, para sus adentros y aún sin poderse comunicar explícitamente sus impresiones, los dos estaban pensando lo mismo. Que era:

—El asunto está claro. Las tenemos en el bote. Les hemos gustado. Están dispuestas a acostarse con nosotros. Y hay que ver lo buenísimas que están. Somos unos tíos estupendos.

También, sin podérselo comunicar, pero coincidiendo en el pensamiento, se estaban preguntando:

—¿Y a dónde las llevamos ahora? Tendrá que ser a un sitio discreto, donde no encontremos gente conocida de nuestros padres... Al bar Arturo; sí, allí. Allí van las gentes del teatro después de la función y los bohemios y los noctámbulos... ¿Y después? Dicen que hay una pensión en la calle de la Nave, donde admiten parejas y cobran ocho pesetas por la cama... Claro que no es un sitio muy suntuoso... Pero ellas comprenderán que somos estudiantes y no podemos llevarlas al *meublé* de la playa, que cuesta cinco duros...

Seguían planteándose problemas íntimos, mientras andaban en silencio, agarrados del brazo, hacia la avenida del general Saliquet:

—¿Y qué las damos? No, no; ¡cómo vamos a darles nada! Esto ha sido un flechazo o sea que no podemos ofenderlas con dinero. Mañana les mandaremos un ramo de flores o una caja de bombones y quedaremos como señores. ¡Naturalmente! Porque se trata de que les hemos gustado y se nos entregan, felices y satisfechas y hasta agradecidas...

Enrique interrumpió sus pensamientos, para preguntar:

—Bueno, nenas, ¿a dónde queréis ir?

Y Fabián, muy mundano, propuso:

—Podemos ir a bailar a Conga, que cierra a las tres. O tomar algo en el bar Arturo, donde dan unas tapas estupendas.

María Antonia hundió a los chicos con su respuesta:

—Hemos quedado con nuestras madres en Jacinto.

Jacinto era una tasca muy cercana.

—¡Ah!... —fue todo lo que se le ocurrió comentar a Enrique.

Las madres de las chicas eran unas señoras gordas, muy horteras y muy cariñosas, a quienes las vicetiples presentaron a sus galanteadores, usando la fórmula habitual:

—Mira, mamá; aquí, unos amigos...

Se sentaron los seis. Las mamás de las vicetiples sacaron unas tarteras que llevaban en los bolsos y explicaron:

—Las niñas van a cenar ahora, con su permiso. Las pobres no tienen tiempo, entre función y función. Y fíjense qué problema, tener que tomar a estas horas una cosa fría, porque con doce pesetas diarias de sueldo, ya comprenderán ustedes que no podemos cenar otra cosa...

—Claro... —dijo Fabián absolutamente hundido.

Y Lidia, la pelirroja, largó:

—Pero esta noche, mamá, será distinto. Porque aquí, estos amigos, seguro que nos invitan a unos pepitos —y mirando fijamente a Fabián, preguntó—: ¿A que sí?

Tragando saliva, respondió Fabián:

—No faltaría más...

La pelirroja llamó al camarero y ordenó:

—Cuatro pepitos —se dio cuenta de que se olvidaba de los chicos y les preguntó—: ¿Vosotros no tomáis nada...?

—No, no; hemos cenado... —dijo, muy tenuemente, Enrique.

—Y cuatro cervezas —volvió a preguntarles—: ¿Bebéis algo...?

Ellos, que estaban haciendo cuentas mentalmente, respondieron casi al unísono:

—No, no; gracias. Hemos bebido demasiado...

Mientras esperaban la llegada de los pepitos, la madre de Lidia —que era muy comunicativa y campechana— tomó la palabra:

—Pues no vean lo que celebro que mi niña y María Antonia sean amigas de ustedes, que se ve en seguida que son muy señores, porque en provincias, y ustedes dispensen, hay muchos que se confunden con esto de las chicas de teatro y que se creen, perdonen, que son unas furcias. Y no saben que estas pobrecitas trabajan como condenadas porque no tienen otro remedio, que mi marido murió en la guerra, en el frente de Somosierra, cuando esta criatura sólo tenía doce años, y el marido de aquí, está en la cárcel, nada más que por haber sido sargento de Carabineros con los rojos, y si no fuera por nuestras hijas, estaríamos pasando hambre, ¿comprenden los señores? Y no es que sus sueldos den para muchos lujos, pero es un trabajo fijo y sobre todo, un trabajo honrado y a lo mejor hay suerte y les sale un buen novio, que bien se lo merecen, porque a decentes, oigan, no les gana nadie.

Llegó el camarero con los pepitos y las chicas y sus santas madres se precipitaron sobre ellos con feroz voracidad y en un tiempo mínimo los despacharon. Pidieron después flan con nata y los correspondientes cafés, y Fabián y Enrique comenzaron a sudar y a hacer cuentas, mientras la comunicativa y campechana mamá de Lidia volvía a su conversación:

—Y no es porque esté delante, pero mi niña, lo mismo que María Antonia, que por eso son tan amigas, es una hija como no hay otra y tan cariñosa y tan buena, que me da todo lo que gana, oigan, se dice muy pronto; y en cuanto a piadosa, como la que más, que con lo tarde que se acuesta por esta cosa de su trabajo, es de misa diaria y la mar de religiosa y yo estoy segura, se lo repito, de que Dios Nuestro Señor le premiará con un buen novio, que la retire del teatro y la convierta en una señora.

Acabaron su cena. Con un gesto resignado, Enrique pidió la cuenta. Eran sesenta y dos pesetas. Les llegaba; menos mal. Todavía les sobraron unas perras. Se despidieron con mucho afecto; tanto, que las chicas les besaron en las mejillas. Y les dijeron:

—No dejéis de venir mañana al teatro. Es la despedida de la compañía.

Ellos mintieron:

—Desde luego. Hasta mañana.

Cuando se quedaron solos y enfilaron el camino de sus casas, Enrique soltó, a guisa de comentario o resumen:

—¡Vaya faena...!

Y Fabián hizo un gesto de asentimiento con la cabeza.

Claro que, al siguiente día, en la Universidad, cuando Leopoldo se les acercó, muy intrigado, y casi con ansia, les preguntó:

—Bueno, golfos, ¿qué tal anoche?

Enrique, misteriosamente, contestó:

—Imagínate...

Y como Leopoldo insistiera:

—Pero veamos, ¿os las tirasteis? ¿Dónde? ¿Tuvisteis que pagar algo o fue por la cara?

Fabián remató la cuestión, diciendo con una impresionante solemnidad:

—Perdona, Leopoldo. Compréndelo: somos unos caballeros.

Leopoldo picó el anzuelo y fue contando a los de la clase que Fabián y Enrique habían ligado con las vicetiples de *Una rubia peligrosa* y hasta se habían acostado con ellas y así, su prestigio creció notablemente y Luz, que era la única mujer del curso, les recriminó su pecado:

—Debiera daros vergüenza —les dijo.

Ellos pusieron cara de arrepentidos, mientras, por dentro, estaban muertos de risa.

A Fabián le vino muy bien la leyenda de aquella conquista, porque de esta forma aumentaba su prestigio de seductor. Era un prestigio debidamente consolidado, después de haber tenido un romance con cierta camarera de la heladería Los Italianos, que había salido con él varias tardes y se había dejado meter mano, aunque sin pasar a más, porque la chica era virgen y no tenía el menor interés en dejar de serlo. También flirteó con una dependienta de los almacenes Redondo, propicia asimismo al magreo en la oscuridad del parque y se llevó un buen susto cierto atardecer, cuando el guarda les sorprendió en plenas manipulaciones obscenas y menos mal que se contentó con cobrarle la multa de tres pesetas, sin dar parte al Gobierno Civil para que, al siguiente día, salieran sus iniciales en los periódicos, como «sancionados por actos públicos contra la moral cívica».

Bien es cierto que Fabián jugaba con ventaja en esto de

las conquistas, porque tenía bicicleta. Cuando, en junio del año anterior, sacó notable en el examen de Estado, don Narciso, muy a su pesar, cumplió la promesa que le había hecho y le regaló una bicicleta. Una bicicleta Orbea, que pesaba sus buenos quince kilos y que era una maravilla, con su bombín y todo. Fabián paseaba ostentosamente con ella por toda la ciudad y hasta algunos días la utilizaba para ir a la Universidad, con la natural envidia de sus compañeros, que no alcanzaban semejante lujo.

Los sábados, Fabián y Enrique solían ir a bailar con alguna amiga a Viena, que era una *boîte* muy seria, donde no dejaban entrar sin corbata, o sea que quienes se olvidaban de ella, tenían que alquilarla al portero por la módica cantidad de una peseta. Hubo una época en que Viena ofrecía una iluminación mínima, casi la oscuridad; pero el señor gobernador le puso una multa de mil pesetas por propiciar la inmoralidad y desde entonces los tubos de neón refulgían esplendorosos. Ya que la casa contaba con un grupo electrógeno, que le permitía eludir las restricciones eléctricas.

Realmente, los chicos acudían a Viena haciendo un exceso, porque sus padres les daban cada domingo, a guisa de subvención para la semana, ocho y doce duros respectivamente y aunque la consumición costaba siete pesetas, el gasto aumentaba con la copa de la carabina. La carabina era como se llamaba, por lo común, a la señorita de compañía que iba siempre con la chica y que solía ser una solterona pesadísima y horrible, que vigilaba con celo los bailes para que no hubiera en ellos la menor extralimitación carnal y que se encargaba de que los chicos guardaran las debidas distancias con las chicas y que a las nueve recordaba dictatorialmente que tenían que volver a casa.

La carabina estaba también los domingos al lado de las muchachas, en el tradicional paseo por la calle de José Antonio, aunque entonces permanecía más bien ajena a las conversaciones. O sea que los chicos podían coquetear con las colegialas y hasta ruborizarlas con algún chiste subido de tono, si bien y por lo general, les contaban solamente aquellos del «tan-tan» y del «¿qué le dijo?», que eran tan inocentones que las chicas solían llamar a la carabina y repetírselos entre risas bastante idiotas:

—Oye, Fuencisla, oye: era un señor tan bajito, tan bajito, que la cabeza le olía a pies...

—Oye, Fuencisla, oye: ¿Qué le dijo el alcalde de Santa Elena a Napoleón? «A bona-parte vienes»...

Y era de ver las carcajadas de aquellos grupos de jóvenes, que paseaban invadiendo toda la calzada y solamente se retiraban, muy de tarde en tarde, cuando pasaba el tranvía o alguno de los poquísimos automóviles que circulaban, con su gasógeno a cuestas, como si fuese una joroba. También solía aparecer, todos los domingos, el marqués de Tierramar, conduciendo un tílburi precioso y dándole al látigo con especial gracia. Pero los muchachos, falangistas casi todos, que por algo llevaban en la solapa de la chaqueta el yugo y las flechas, siempre comentaban lo mismo:

—Es un burgués. Un reaccionario. Tipos como ése no debían existir en la España nueva...

Sucedía que las chicas, en general, estaban enteramente al margen de la política y les parecía estupendo el marqués, que era un maduro de muy buen ver, y elogiaban como se merecía la fina estampa del caballo jerezano que le remolcaba.

Los domingos por la tarde, de manera invariable, Fabián iba al cine o al teatro con sus padres. Doña Amparo prefería el teatro, o sea que al teatro solían ir. A doña Amparo le gustaba muchísimo Rafael Rivelles, tan elegantísimo, que encendía con aquel señorío los cigarrillos, golpeándolos previamente sobre la pitillera de plata, que servía al mismo tiempo de mechero. También se perecía por la compañía Martí-Pierrá y por la de Tina Gascó y Fernando Granada, y aunque reconocía los méritos artísticos de Irene López Heredia y Mariano Asquerino, no podía evitar ciertos reparos morales, al conocer que vivían juntos, pese a no estar casados como Dios manda.

A Fabián le gustaba mucho más el cine y por eso era feliz cuando una comedia tenía tanto éxito en el Principal, que duraba más de una semana y, como ya la habían visto, tenían que ir al Capitol o al Rialto o al Coliseum. De ahí le vino un especial cariño por Adolfo Torrado, cuyas obras duraban muchos días en la cartelera del Principal. Y gracias a eso, podía verse el domingo la película de Spencer Tracy o de Alfredo Mayo, un actor español muy del agrado de las mujeres, quienes decían que daba gusto lo muy guapo y lo muy masculino que era y lo bien que sabía llevar los uniformes.

En el descanso, don Narciso y su hijo dejaban a doña Amparo en el patio de butacas y salían al *hall*, donde el señor De Luna se fumaba un cigarro y su hijo tenía que aguantarse, porque todavía no gozaba de la autorización paterna para darle públicamente a la nicotina. Ya que su buen padre, cuando comenzó la carrera, unos meses antes, le dijo con la necesaria solemnidad:

—Empiezas a ser un hombre. Eso quiere decir que comprendo que tienes que fumar; pero por un principio elemental de respeto, no lo harás en mi presencia hasta que tengas el título de abogado. Yo tampoco fumé delante de mi padre hasta que terminé la carrera.

En el *hall* del cine solían encontrarse los señores amigos y a veces se encontraban también en los servicios, haciendo pipí, y entonces sentían una especie de rubor, porque acto tan natural y fisiológico era, sin embargo, tenido como vergonzante y hacían como que no se veían hasta que ya estaban fuera del *W.C.* y entonces se saludaban, aunque sin darse las manos, por obvias razones de higiene, toda vez que ninguno estaba seguro de que el otro se las hubiese lavado después de cumplimentar la expulsión de orina.

Aquel domingo, don Narciso coincidió con el señor Aymerich en el descanso y se saludaron muy efusivos y dijo el señor De Luna:

—Ya me ha contado Fabián lo bien que lo pasó la otra tarde, en su casa, en la fiestecita que dio su hija Nuria...

Y el señor Aymerich le contestó:

—Su hijo es un muchacho muy agradable y me satisface muchísimo que sea tan buen amigo de mi chica.

Dijo don Narciso:

—¿Qué le ha parecido el No-Do?

—Muy bonito el festival de Educación y Descanso, en Soria.

—Y las palabras del Caudillo, admirables. Como siempre.

Aymerich tomó del brazo a don Narciso.

—Tengo que hablar con usted. Necesito su consejo, como asesor contable, para unos negocios que llevo entre manos.

—Llámeme cuando quiera...

—Mejor, quedemos ya. ¿A qué hora puedo ir a su oficina el martes?

—¿Le parece a las seis de la tarde?

—Estupendo. Allí estaré.

Sonaron los timbres y se apagó la luz del vestíbulo. Los caballeros apagaron también sus cigarrillos y fueron entrando en la sala, ya a oscuras, mientras en la pantalla aparecía el «Micalet» y se escuchaban unas notas del himno de Valencia y podía leerse la conocida frase:

—CIFESA presenta...

Y en seguida salía Amparito Rivelles, guapísima, aunque, al decir de las señoras, siempre chinches, un poquito demasiado gorda.

III

LOS NEGOCIOS — 1946

La oficina de don Narciso de Luna Gutiérrez era más bien pequeña y, desde luego, nada ostentosa. Una placa metálica, con letras negras, anunciaba sobre la puerta: «DE LUNA-CENSOR JURADO DE CUENTAS-PROFESOR MERCANTIL-ASESORÍAS CONTABLES.» Se entraba en un *hall* (o recibimiento, como entonces se decía, dentro de la patriótica campaña desatada desde el Ministerio de la Gobernación, para españolizar el idioma), con un paragüero y unas perchas, además de dos sillas de madera de pino, feísimas. En la pared colgaba, a guisa de decoración, un escudo de España pintado sobre un plato de cerámica, en colores muy chillones.

El despacho del titular respondía, de manera perfecta, a la sobriedad castrense que (según el último discurso del camarada Arrese) demandaba la España nueva que estábamos comenzando a construir. Eran los muebles del característico estilo Renacimiento, más conocido por «Remordimiento»; es decir, negros, tristísimos, la mesa con unas patorras que simulaban columnas salomónicas; el armario, con unos relieves en la madera representando escenas del *Quijote*. Y el sillón desde donde impartía don Narciso sus consejos en materia de contabilidad, impuestos y similares, tenía un respaldo gigantesco y como el asiento era duro a más no poder, se dulcificaba con un cojín granate, que llevaba bordadas unas flores sin adscripción a especie botánica determinada. Aquel cojín, sin embargo, era muy apreciado por don Narciso, ya que lo había bordado con sus propias manos su querida esposa, aprovechando los meses que se pasó en la cárcel, durante la guerra civil. (A doña Amparo la encerraron, por beata, en agosto del 36, y encerrada se pasó hasta noviembre y era una delicia escucharle contar los detalles de aquella reclusión, por causa de la fe, que en algún momento pudo terminar en martirio, porque en dos ocasiones estuvieron a punto de fusilarla los milicianos de la UGT, aunque Dios no quiso premiar con tan alto sacrificio a la cristiana señora —ésas eran sus palabras— y, finalmente, alcanzó la libertad.)

Aquel despacho (que presidían sendas fotografías de Franco y José Antonio) se comunicaba con otro, de proporciones algo más reducidas, donde trabajaban una secretaria y un botones. Las paredes estaban cubiertas por estanterías, llenas de archivadores comerciales y ejemplares del *Boletín Oficial del Estado*, además de tomos sueltos del *Aranzadi*. Un minúsculo retrete, con lavabo, completaba la oficina de don Narciso, más que suficiente, sin embargo, para el desarrollo de su actividad profesional.

No estaba don Narciso de buen humor aquel martes, porque nada más llegar al despacho, el botones le había pedido permiso para, durante diez o doce días, salir del trabajo una hora antes. Y es que el muchacho era «flecha» del Frente de Juventudes y tenía que asistir diariamente a los ensayos de la gran concentración que la organización juvenil preparaba en ocasión del 30 de mayo, festividad de san Fernando, su patrón. A don Narciso (que era, evidentemente, patriota, y tenía carnet de FET y de las JONS) le parecía admirable la labor del Frente de Juventudes; pero, caramba (pensaba sin decirlo) ya podían las jerarquías darse cuenta de que estos chicos que trabajan, por muy «flechas» que sean, tienen unas obligaciones que cumplir. A pesar de todo, concedió el permiso solicitado; entre otras razones, porque bien sabía que, de lo contrario, recibiría un oficio del delegado provincial ordenándole autorizar la salida anticipada del botones, «sin excusa ni pretexto alguno».

Fue el mismo botones quien, tras pedir autorización para entrar en el despacho, anunció, con su vocecilla gangosa:

—Que está ahí el señor Aymer no sé qué...

Se levantó don Narciso, fue al recibimiento, estrechó con efusión la mano de Aymerich y le sentó frente a él.

—Bien, De Luna —dijo sin el menor proemio Aymerich, al tiempo que encendía un «farias» de los que le traían como favor especial de la Tabacalera de Alicante—. Ya sabe usted que mis negocios en el ramo de la alimentación marchan, a Dios gracias, bastante bien, dentro de las naturales limitaciones en estos momentos difíciles que vivimos...

—Le tengo ya terminada la contabilidad del año pasado —aclaró don Narciso—. Una verdadera obra de arte. Ha perdido usted cuarenta y tantas mil pesetas... Oficialmente, se entiende...

—Estupendo. Pues ahora he pensado ampliar mi campo de operaciones. Mire, no nos engañemos; esto de negociar con chorizos y con alubias produce excelentes rendimientos, a cambio de los sustos que siempre me está dando la Fiscalía de Tasas. Pero no es un negocio bonito. No sé cómo explicarle; cuando a mi hija Nuria le preguntan a qué se dedica su padre, se pone colorada. Claro que la culpa es mía, por haberla mandado a ese colegio de monjas francesas, tan elegante, que está lleno de cursis sin un duro. Pero que presumen de prosapia. ¿Me comprende, don Narciso?

—Perfectamente.

—Por eso quiero dar un giro a mi actividad y algo le insinué, cuando comentamos, no hace mucho tiempo, la conveniencia de constituir una sociedad... Voy a hacerlo en seguida y ya he pensado la razón social y todo: «Cárnicas, Conservas y Leguminosas Reunidas, S. A.» El anagrama queda muy comercial: «CACOLERSA.» ¿Qué le parece?

—Un gran acierto.

—Lo de CACOLERSA puede llevarlo mi chico, que termina este año Profesorado Mercantil; esa especie de carrerita, en la que no se aprende nada, pero que, por lo menos, permite usar un título...

Reparó en la plancha y, sin demasiada alteración, precisó:

—Bueno; quiero decir cuando no se ejerce en serio, como en el caso de usted...

Don Narciso sonrió forzadamente.

—Mi hijo Agustín no es que sea una lumbrera, pero ya me ocuparé yo de que se imponga debidamente en el negocio. Lo único importante ahora es conseguir las guías, para traer los productos, y bandearse después debidamente con los inspectores de Abastos. No es problema; son buenos amigos la mayoría de ellos.

(A la mayoría de ellos los tenía sobornados el señor Aymerich, espléndido en los obsequios al llegar Navidad y cuando los inspectores o sus señoras celebraban su onomástica. Al más hueso de todos, de apellido, Bujalante, le había regalado el día de san José, su santo, un juego de café, de plata de ley, que le costó mil y pico pesetas.)

Don Narciso seguía escuchando.

—Mi idea es, como todas las buenas ideas, muy sencilla. En la ciudad no tenemos una clínica debidamente equipada, un centro sanatorial moderno y con todas las comodidades, como esos del extranjero, que más que hospitales, parecen hoteles de lujo.

—Efectivamente —confirmó don Narciso—. La clínica de la Cruz Roja está anticuada y no se diga el hospital Provincial, que es una pena.

—Ahora están construyendo un sanatorio del Estado, para los obreros. Pero lo que yo quiero es una clínica de lujo, donde las gentes bien de toda la provincia se sientan cómodas y atendidas por los mejores médicos. Y, como es natural, paguen un buen dinero...

—Sin embargo —se permitió objetar don Narciso—, ya sabe que los principales especialistas tienen sus sanatorios habituales, donde operan y donde los catedráticos de la Facultad forman a sus auxiliares...

Aymerich abrió una sonrisa gloriosa. Encendió el «farias», que se le había apagado, falto de chupadas, y dijo:

—Ahí está el quid de la cuestión. Los mejores médicos, los

especialistas más ilustres, los catedráticos de más fama, operarán de manera exclusiva en mi clínica e internarán forzosamente en ella a todos sus pacientes.

Debió poner don Narciso un gesto de asombro mayúsculo porque Aymerich, interpretándolo, pasó a decir:

—Sí, sí; no ponga usted esa cara. ¿Sabe cómo? También resulta elemental, querido amigo: interesándoles en el negocio. Pienso regalarles acciones de la sociedad y, ni qué decir tiene, fijarles unas primas por paciente, además de repartirles participación en los ingresos...

Don Narciso no pudo evitar ponerse en pie.

—Es una idea verdaderamente genial —dijo. Aunque, tras unos segundos de meditación, dudó—: Sin embargo, ¿cree que los médicos aceptarán?

—Claro que sí. Ya he tanteado a varios. Piense que voy a poner a su disposición una clínica modelo; la mejor de España, si me apura. Y además, van a ganar un dineral con ella. ¿Quién sería capaz de negarse a colaborar en esta empresa, evidentemente benéfica?

Pues sí; algunos se negaron, porque algunos médicos tenían sus ideas acerca de la dicotomía y no la consentían. Pero otros muchos aceptaron con evidente agrado la idea y Aymerich constituyó una nueva sociedad (Fundación Clínica Virgen de Nuria, S. A., en homenaje a su mujer) y la sabia asesoría de don Narciso consiguió para la empresa importantes desgravaciones fiscales e incluso subvenciones y créditos, sin interés, del Ministerio.

En poco más de un año estuvo terminado el edificio, en las afueras de la ciudad, y a pesar de que muchos de los adelantos técnicos previstos, no llegaron a instalarse, el sanatorio estaba limpio y era nuevo (aunque tenía goteras, por deficiencias en el material de los tejados) y en seguida estuvo lleno a rebosar, de manera muy especial en la sección «ginecología», porque la casi totalidad de especialistas pertenecían a la «Fundación», que además introdujo la simpática novedad (enteramente desconocida anteriormente) de obsequiar con un bonito ramo de flores a las parturientas. Con lo cual, éstas se quedaban contentísimas y sus maridos, más felices aún, si cabe, pagaban sin rechistar las muy considerables cuentas del sanatorio.

O sea que fue un negocio. La época los propiciaba y hasta podríamos decir que había como un afán inagotable en todo el mundo por hacer negocios. Incluso el marqués de Tierramar, que no tenía problema económico, con sus fincas de labor, pero que siempre había sido hombre de grandes inventivas, se sacó del caletre un prototipo de motocicleta minúscula, una «moto de bolsillo», como la bautizó, y montó una fabriquita, que la lanzó al mercado. Era algo cara, pero funcionaba muy bien y por eso la «moto de bolsillo Tierramar» se vio mucho por las carreteras, ya que apenas gastaba gasolina.

Porque el problema de la gasolina se había puesto imposible. La conjura internacional contra España (judeo-masónica principalmente, según solía leerse) buscaba cargarse a Franco de cualquier manera, para lo cual le hacía la puñeta a todos los españoles, sin distinción de ideología. De ahí la constante exaltación patriótica de los jóvenes; de ahí que Fabián de Luna y Enrique Barrón y otros compañeros procedentes de Frente de Juventudes, que ahora militaban en el SEU, tuviesen la idea de manifestar públicamente su repulsa a la conducta de los países enemigos. Y una mañana se echaron a la calle, portando en alto una pancarta en la que podía leerse «PIETÉ POUR LE PAUVRE PETIT PETIOT», guasa antifrancesa a costa del famoso Landrú. Después de estarse un buen rato dando voces frente al Consulado de Francia, se llegaron al británico y allí la cosa pasó a mayores, porque a los gritos reivindicando Gibraltar y a las nada cordiales alusiones a los padres de ciertos políticos laboristas, acompañaron un nutrido lanzamiento de piedras y objetos diversos contra las ventanas del piso, con rotura de cristales.

El vicecónsul se asustó bastante y entró, evidentemente demacrado, en el despacho del cónsul.

—¿Le parece que llame al gobernador, para pedir más guardias? —sugirió.

Aunque el cónsul, que era hijo de ingleses y por ello, tenía un envidiable humor, le contestó:

—Dígale, mejor, que nos envíe menos manifestantes...

Al día siguiente, el cónsul elevó la natural protesta al gobernador civil y jefe provincial del Movimiento, quien lamentó muchísimo lo sucedido y le ofreció toda clase de excusas, asegurándole que se abriría una investigación para encontrar a los culpables. Y como uno de los culpables era, precisamente, su hijo Javier, lo que hizo el señor gobernador civil y jefe provincial del Movimiento fue ofrecer una merienda a su hijo y a los amigos de su hijo que habían llevado a cabo lo que, en frase feliz de la primera autoridad provincial, «constituía una prueba más de que el genio de España permanece».

Uno de los integrantes de lo que hoy llamaríamos «el comando» era Manolo Sánchez. Manolo tenía dos años menos que sus compañeros y pertenecía a la centuria «Cid Campeador». Su padre, antiguo militante de la CNT, había salido meses antes de la cárcel y reingresado en el gremio de la construcción. Tenía cinco hijos, todos más pequeños que Manolo, y, naturalmente, las pasaba canutas para darles de comer. Menos mal que su mujer vendía pan de estraperlo y, en combinación con una hermana, que vivía en el pueblo, recibía todas las semanas varios kilos de garbanzos o de alubias o de arroz, que revendía con la natural sobretasa en el mercado negro.

Manolo y los dos hermanos que le seguían, se iban a las afueras de la estación y, cuando llegaba el tren, echando humo, atestado de gente, su tía les echaba por la ventanilla los sacos con la preciada mercancía, que ellos recogían. Alguna que otra vez, la Guardia Civil les había confiscado el estraperlo; pero, realmente, la Guardia Civil hacía casi siempre la vista gorda.

Como Manolo era un chaval estupendo, no se contentaba con estudiar sexto de bachillerato, gracias a una beca que le concedió el Frente de Juventudes, sino que desarrollaba una amplia actividad mercantil, a la que le sacaba buenos duros. Por ejemplo, tenía a sus órdenes un grupo de chicos del barrio (el barrio extremo de la ciudad), que le recogían colillas, que él les pagaba a real el cuarto de kilo. Manolo las limpiaba, las aireaba y las vendía después como «labores finas». Uno de sus clientes fijos era don Narciso, que jamás pudo imaginar que aquel tabaco que le proporcionaba un amigo de Fabián, «con influencias en la Arrendataria», procedía de colillas debidamente preparadas.

Fulgencio Santoro («Ful», para los amigos) era el propietario de Sederías Iberia, una fábrica de tejidos que se veía agobiada por las generales restricciones en el sector textil. El gobierno había impuesto los llamados «precios de escandallo», o sea que cada pieza tenía que llevar, debidamente destacado al margen, su importe oficial. Y si se cobraba un céntimo más, se incurría en delito; en un delito que incluso podía suponer la pena de muerte. Algunos estraperlistas habían sido fusilados por vender a precios abusivos y muchos estaban en la cárcel.

El señor Santoro comprendió, sin embargo, que no podía vender sus sedas a los precios de escandallo, porque entonces el negocio se le venía abajo. La instalación de un grupo electrógeno, que permitía funcionar a los telares a pesar de los cortes de luz, le había costado un dineral. Por otra parte, acababan de aumentarse los salarios de los obreros. Y la materia prima, que estaba fuera de cupo (o sea, a precio libre), le costaba cada vez más. Por todo ello, el señor Santoro se puso a meditar y después de muchas noches en claro, encontró una fórmula admirable para cobrar sus piezas de seda al precio que le diera la gana, sin incurrir por ello en las iras y en las sanciones de la Fiscalía de Tasas.

Cuando el cliente llegaba a Sederías Iberia, era recibido con toda amabilidad y se le exhibían las últimas novedades. Verdaderamente, en la fábrica conseguían unos tejidos de espléndida calidad. Preguntaba el cliente sus precios y recibía una respuesta insólita:

—Naturalmente, los de escandallo...

Y el cliente hacía su pedido, ingenuamente feliz, deliciosamente despistado. Porque, una vez rellenados los albaranes, y concretada la operación, el señor Santoro personalmente pasaba al cliente a su despacho y le decía:

—Se habrá usted dado cuenta de que el valor de la moneda se deprecia por momentos...

—Sí, sí... —reconocía el otro, bastante perplejo.

—Se nos aconseja invertir en valores sólidos, de los que se revalorizan de continuo, por encima de las fluctuaciones de la peseta. Por ejemplo, los sellos. Los sellos, como el oro, mantienen una cotización real. ¿Usted no colecciona sellos?

—La verdad, no... —reconocía humildemente el cliente.

—¡Hombre, por Dios! —se condolía Santoro—. Pues ahora va a llevarse varias series completas de sellos, de las últimas emisiones, que el día de mañana sabe Dios lo que valdrán.

—Y el día de hoy, ¿qué valen? —preguntaba el asombrado cliente.

—Nada más que el triple del importe de la factura de los tejidos que acaba usted de comprar. A precio de escandallo, naturalmente...

Le colocaba al cliente varias láminas de sellos de los que se encontraban en el estanco (aunque allí, a su valor facial), y el cliente, que necesitaba imperiosamente las sedas, pagaba aquellos miles de pesetas y recibía, eso sí, un recibo acreditativo en el que se le reconocía el pago del dinero «por varias colecciones de sellos de España, según precios de catálogo oficial». Como no se aclaraba más, podía resultar que los sellos fuesen aquellos de Isabel II, que tanto buscan los coleccionistas.

Gracias a tan astuto sistema, el señor Santoro fue haciéndose una fortuna y además, tenía la conciencia muy tranquila, porque, según le comentaba siempre a su mujer, que era muy pía y, por ello mismo, muy moral:

—Tú no sufras, cariño, que yo cumplo con las leyes en vigor y no me aparto nunca de ellas, o sea que no tengo que arrepentirme de nada. Lo que pasa es que mis clientes son todos, fíjate qué curioso, muy aficionados a la filatelia.

Y comulgaba con su señora, muy devotamente, todos los domingos y fiestas de guardar.

Era también clienta de don Narciso, Mercedes Aldana; pero esto nunca lo supo doña Amparo, quien, evidentemente, no lo hubiese consentido. De modo y manera que, al cabo de tantos años de matrimonio, se trataba del único secreto que ocultaba el señor De Luna a su mujer e incluso, según como lo consideremos, de su única infidelidad conyugal. Moralmente hablando, se entiende. Porque en el aspecto material, la castidad del caballero era total, absoluta, integérrima. Sus amigos decían que por auténtico miedo físico; y es lo cierto que, en algunas ocasiones, los amigos tienen razón en lo que dicen.

Mercedes Aldana era la propietaria de lo que, antes, solía llamarse un cabaret; aunque en aquellos tiempos, tan propicios al eufemismo (los aumentos de tarifas comenzaron entonces a denominarse reajustes), se conocía como «sala de fiestas». La «sala de fiestas» en cuestión estaba situada en el barrio más céntrico de la ciudad y a los jóvenes bien y, sobre todo, a los estraperlistas, les dio por acudir a ella de manera asidua. En Marruecos (que así le puso Mercedes, en homenaje a un teniente de Regulares que fue querido suyo y después de estar en la toma de Badajoz, en el frente del Norte, en la Universitaria y en la batalla del Ebro, se murió de un tifus en agosto del 39) actuaban unas muchachas no demasiado jóvenes, aunque sí bastante gordas, lo cual constituía un indudable acicate para la clientela.

Las *vedettes* de Marruecos (allí todas eran *vedettes*) hacían desmayadamente su número en la pista, que solía consistir en un baile exótico sobre temas conocidos (una se atrevía, incluso, con *La danza del fuego*); aunque, en su peculiar versión, se reducía a bracear intensamente, dar saltos descompasados y, de manera fundamental, menear mucho el culo (con perdón). A los clientes les gustaba tantísimo aquella atracción, que integraba la primera parte del espectáculo; porque después de una pausa de tres cuartos de hora, una figura de la canción moderna interpretaba sus melodías, para que los mencionados clientes pudieran darse el gusto de bailarlas con las aplaudidas *vedettes*.

Mercedes cuidaba celosamente la presentación de su local y exigía a las chicas (o sea, a las *vedettes*) una limpieza absoluta, de manera que cuando descubrió que Tina Retamar tenía ladillas, la expulsó fulminantemente, a pesar de que se la conocía como «la reina del descorche» y de que ella juró y perjuró que se las había pegado don Facundo, el carnicero, que era uno de los mejores clientes de la casa. Marruecos, fiel a su nombre, estaba decorado con motivos árabes y, como gustaba de presumir su propietaria, algunos rincones recordaban los de la Alhambra granadina (en escayola se entiende, y guardando las distancias). La iluminación era discreta y había un puesto de bombones, caramelos y muñecas, para que los señores clientes pudiesen obsequiar a las *vedettes*. (Las *vedettes* tenían establecido un pacto con la señora que regentaba el puesto y le devolvían cada noche, al cerrar, los regalos de sus admiradores, que ella les pagaba a mitad de su precio.)

Aquella «sala de fiestas» ofrecía, asimismo, la actuación, según dijimos, de los mejores cantantes del momento, o sea, los vocalistas y las tonadilleras. Porque Mercedes Aldana tenía un especial empeño en elevar de continuo la categoría artística de Marruecos; por eso, cuando consiguió, tras ímprobos esfuerzos y usando todas sus recomendaciones (la del reverendo familiar del señor obispo fue decisiva) que le autorizasen la apertura del local le prometió al gobernador:

—Mire, usted, excelencia: quiero que sea una sala mucho mejor todavía que el *Rigat* de Barcelona.

Como era el único sitio en la ciudad que cerraba a las tres y media de la madrugada y donde se encontraban mujeres hermosas (y gordas, recuerden), capaces de beberse todo el champán producido en las cavas de San Sadurní de Noya y las atracciones eran importantes y, sobre todo, el ambiente (decía siempre Mercedes) tenía clase, a las gentes con dinero les dio por ir e incluso bastantes lo hacían a diario y se dejaban sus buenos cientos de pesetas. Las *vedettes* tenían un alto sentido profesional o sea que alternaban con mucha gracia, hacían felices a los hombres con su palique y con sus tangos agarrados y a la hora de la verdad (es decir, a las tres y media de la madrugada) los dejaban plantados, para irse a la cama con sus novios, que les esperaban en la puerta de atrás. Pero lo hacían con tanta inteligencia, que los clientes asiduos no se enfadaban y volvían a la otra noche y les volvían, también, a regalar una muñeca de seis duros, que representaba a la Mariquita Pérez.

El negocio era, por tanto, próspero, lo cual suponía problemas contables y de orden fiscal. De ahí que Mercedes apareciese una tarde en la oficina de don Narciso, para encargarle la dirección de todos ellos. En su admirable honestidad, don Narciso (que, naturalmente, había oído hablar de Marruecos y de su propietaria, al parecer enredada con un muchacho quince años más joven que ella) impuso una condición para aceptar semejante labor profesional: no tener que visitar nunca el cabaret (o «sala de fiestas»). Como, en realidad, su presencia en el local no hacía ninguna falta para que pudiese desempeñar eficazmente su tarea asesora, Mercedes Aldana le dijo que bueno, pero que no sabía lo que se perdía, y que si alguna noche se decidía a visitarlo (y estaba, ni qué decir tiene, invitado) vería lo bien que lo pasaba.

Pero don Narciso, obviamente, rechazó la invitación y llevaba ya casi un año organizando las trampas en la contabilidad de Mercedes y demostrando de forma inequívoca (en los libros oficiales) que el negocio era ruinoso, sin haber aparecido por Marruecos. Adonde, en cambio, fue una noche su hijo Fabián, con Enrique, y se dejaron cien pesetas, en un santiamén (aunque se quedaron en la barra y no quisieron compañía de ninguna *vedette*), saliendo bastante defraudados, quizá porque la aventura (así la consideraron) les había desnivelado dramáticamente el presupuesto del mes.

Don Narciso terminaba su trabajo en la oficina a las siete de la tarde; y marchaba sin dilación a su casa, donde estaba esperándole doña Amparo, entregada alternativamente a una de sus dos predilectas aficiones: o la lectura de novelas rosas o la escucha de la radio. Tenía el matrimonio un Telefunken de antes de la guerra, bastante cascado ya y esperaba el señor De Luna que llegara la festividad litúrgica de la Virgen de los Desamparados para sorprender a su esposa en el día de su santo con el regalo de una Iberia, último modelo, con tocadiscos incorporado. Mientras tanto, seguían padeciendo las interferencias y los ruidos del viejo aparato.

Aquella tarde, al llegar, después de darle el natural beso en la mejilla, de una manera absolutamente rutinaria (aunque, en el fondo, cariñosa), dijo doña Amparo:

—Ponte las zapatillas y vuelve en seguida, que van a retransmitir un concierto de la Orquesta Sinfónica de Madrid.

Fabián andaba por dentro, en su cuarto, estudiando (como siempre) Derecho Romano y aunque su madre también le requirió para el acontecimiento musical, contestó con cierto mal humor que bastante concierto tenía él con aquello del usufructo. O sea que se quedaron junto al Telefunken doña Amparo, en su mecedora y don Narciso, en su sillón de orejas, delante de la mesa camilla y dándole a la máquina de emboquillar cigarros, ignorante, el pobre, del origen del tabaco picado que estaba utilizando.

Conectó la radio local con Madrid y la voz preciosa, empastada y algo metálica de un locutor que pronunciaba correctamente la «d» final de las palabras, explicó que el teatro de la Zarzuela refulgía cual ascua de oro, que faltaban pocos minutos para que comenzara el concierto, en el que iban a interpretarse obras de Bach, Beethoven, Wagner y Mozart y que asistían al concierto el alcalde de la capital, con su señora, y los hijos de su alteza imperial, el jalifa, que como era notorio, cursaban (con gran aprovechamiento) sus estudios de bachillerato en Madrid.

Y de pronto, alzó el tono y casi emocionado, dijo:

—En este momento, señoras y señores, van apareciendo en el escenario los profesores músicos integrantes de la Orquesta Sinfónica de Madrid. Todos vestidos de frac, naturalmente. Ocupan sus respectivos puestos, frente a los atriles...

E inesperadamente, comunicó:

—Van todos con su instrumento en la mano...

Hubo una pausa dramática en las ondas. Don Narciso interrumpió el liado de los cigarrillos; doña Amparo, en cambio, no se enteró del equívoco. Ni siquiera cuando el locutor, llevando la voz al pecho, aclaró, para estropear la cosa:

—Me refiero, naturalmente, a los instrumentos de tocar...

El concierto fue maravilloso. Así opinó, al menos, doña Amparo, porque don Narciso estuvo siempre mucho más atento a la perfecta confección de los cigarros que a la *Quinta* de Beethoven. Y eso que la *Quinta* de Beethoven le sonaba bastante, porque cuando en los cines proyectaban el noticiario semanal de la UFA, era la sintonía de presentación, mientras en la pantalla aparecían unas escenas bélicas, con la «V» de la victoria en sobreimpresión. Quedaba todavía, para terminar el programa, la obertura de *Tannhäuser*, cuando se escuchó el timbre de la puerta y a poco, entró Asunción y dijo:

—Con permiso; la señora de Alaña está ahí y quiere ver a la señora.

Con un gesto evidentemente fastidiado, doña Amparo dijo que pasara. Y pasó Benigna Perales de Alaña, que era una mujer tan triste, que parecía mismamente la encarnación de la tristeza y que, además, iba siempre vestida de negro, y tenía un gesto compungido inalterable, por muy buenas y felices que fuesen las circunstancias de su contorno. Jamás se le conoció una sola opinión optimista sobre ningún tema, de forma que cuando le contaban alguna desgracia, componía un rostro dramático y movía la cabeza como recordando que ya la esperaba y si lo que le contaban era positivo y bueno y satisfactorio, tampoco cambiaba la cara de pena, aunque comentaba:

—Que dure hace falta, que dure... Que no es fácil...

Don Narciso le besó la mano muy finamente y le preguntó por su esposo, don Juan:

—En el casino de Cazadores, como siempre... —respondió ella, con tal acento que parecía que estaba dando una mala noticia.

Preguntó doña Amparo:

—¿A qué se debe esta grata e inesperada visita?

—A que necesito de su consejo, Amparo... —contestó doña Benigna, casi deshecha en lágrimas.

Dirigió doña Amparo una mirada harto elocuente a su marido, que tomó en brazos la máquina de liar cigarros y, tras hacer una correcta reverencia con la cabeza, se marchó a otra habitación.

—Veamos su problema —dijo doña Amparo, cuando las mujeres se quedaron solas.

Doña Benigna se puso a llorar como una Magdalena. Al cabo de unos momentos, secó sus lágrimas con un enorme pañuelo, aprovechó la ocasión para sonarse con estrépito y gimió:

—¡Ay, mi querida Amparo, que esta vez me hace falta su consejo más que nunca, porque es usted una santa y nadie más que usted puede tranquilizar mi conciencia...!

Doña Amparo se puso contentísima ya que, según sabemos, le encantaba aquello de que la usasen como asesora espiritual, en palmario reconocimiento, tanto de sus muchas virtudes, cuanto de su indiscutible formación cristiana.

—Usted me dirá, Benigna...

A Benigna le dio otra vez el llanto intermitente y después de secarse de nuevo las lágrimas y de exprimirse los mocos, comenzó a narrar el drama:

—Creo que usted conoce a nuestro sobrino Mariano. Como a Juan y a mí, el Señor no nos dio hijos, y a mi hermana Raimunda los rojos le asesinaron a su marido de aquella manera, pues Mariano ha sido siempre para nosotros como un hijo...

—Lo sé, lo sé... —sonrió dulcemente doña Amparo.

—Marianito tiene ahora veintidós años y ha ingresado en Ingenieros de Caminos, Canales y Puertos, con lo difícil que eso es; y está llevando muy requetebien la carrera...

—No sabe lo que lo celebro...

—Pero, claro, tuvo que irse a Madrid y allí lleva ya tres años, primero con la cosa de la preparación del ingreso y ahora, en la escuela. Se fue cuando era un niño todavía; imagínese, a los diecinueve. Y aunque nos preocupamos mucho por encontrarle una pensión muy decente, que rige una viuda de caído y donde le obligan a recogerse a las nueve de la noche, usted ya sabe, doña Amparo, el mucho vicio que hay en esas capitales...

—No lo sé, pero lo supongo... —precisó la señora De Luna.

—Y resulta que, por lo visto, el pobre Marianito cayó en las garras de una lagartona... de una mala mujer, usted ya me entiende. El chico, no es porque sea mi sobrino, tiene una facha estupenda y mide casi dos metros y ha salido de cara a su padre, que era lo que se dice un hombre guapo. O sea que no es raro que le guste a las mujeres; pero mire usted por dónde, qué desgracia más grande, fue a dar con esa furcia. Y usted perdone la palabra...

Lloró otro poquito doña Benigna.

—¿Y qué? —preguntó, bastante intrigada, doña Amparo.

—Que nosotros nos sospechábamos algo, porque las cartas del chico eran bastante raras últimamente y cuando venía, en las vacaciones, le notábamos extraño y como triste y como preocupado. Pero, ¡ay, Dios mío!, nunca pudimos pensar esto.

Volvió a llorar otro poquito.

—¿Qué es esto? —inquirió doña Amparo, definitivamente subyugada por la historia.

—Que acaba de presentársenos aquí la individua esa, una cualquiera, una mujer de la calle: ya supondrá su oficio...

Se santiguó. Para continuar, entre sollozos:

—Viene con un niño de meses y dice que es hijo de Marianito, ¿comprende el drama? Y que mi sobrino tiene que casarse con ella, imagínese qué barbaridad, puesto que es el padre de la criatura.

Prorrumpió en un llanto estrepitoso, con hipo y jipíos, de tal forma que parecía que iba a darle algo malo. Doña Amparo le sacudió unas palmaditas en la espalda, al tiempo que le decía:

—Vamos, vamos, Benigna, serenidad. Pensemos juntas...

—Eso, eso... —dijo la otra.

—Su sobrino, ¿qué ha dicho?

—Que no es verdad. Que sí, que tuvo alguna relación con esa individua... Que salieron juntos cierto tiempo... Incluso, y usted perdone, ¡qué horror, Dios mío!, que tuvieron acceso carnal. Compréndalo; él es un niño. Y ella, una hija de la noche... Pero Marianito asegura que esa criatura no es suya...

Doña Amparo se levantó, dio unos pasos, estrechó con fuerza entre sus manos el crucifijo que siempre llevaba colgando del cuello. Y con enorme solemnidad, opinó:

—Bien, doña Benigna. Aquí nos encontramos con dos distintas y contradictorias afirmaciones. La de una profesional del pecado y la de un muchacho cristiano. Aquélla pretende que la criatura es fruto de sus amores con Mariano. Éste lo niega. Comprenderá que yo no puedo dudar un segundo: su sobrino dice la verdad.

A doña Benigna le entró otro ataque de llanto. Y cuando se repuso, aclaró:

—Pero es que esa indecente... esa pecadora... dice que tiene pruebas. Y si las tiene, y si demuestra que el niño es de Marianito, comprenda nuestra responsabilidad moral...

—¿Pruebas? —se asombró doña Amparo—. Legalmente,

no hay prueba alguna para acreditar la paternidad. Nuestra legislación no acepta (y hace muy bien) la llamada prueba de la sangre, que algunos países ateos admiten.

Se quedó gloriosa, después de semejante exhibición de cultura jurídica. Pero a doña Benigna, aquellos argumentos no le tranquilizaron nada.

—La mala mujer asegura que el niño tiene una peca, como una fresa, ya sabe usted, en la nalga derecha.

—Bueno, ¿y qué?

—Que mi cuñado, que en paz descanse, tenía esa misma fresa o peca en la nalga derecha y la habían tenido su padre y su abuelo y su bisabuelo y, esto es lo peor, la tiene también mi sobrino Mariano.

Doña Amparo se dio un paseo silencioso por el salón. Rezó, con visible unción, un padrenuestro, mientras mantenía agarrado entre sus manos el crucifijo. Y la luz se hizo en su intelecto, propiciando uno de sus característicos arranques.

—¡Qué tontería!... —dijo.

—¿Qué tontería? —repitió, evidentemente asombrada, doña Benigna—. ¿Qué tontería eso de que la criatura tenga también en la nalga derecha la peca o fresa?

—Sí. ¡Qué tontería! —confirmó doña Amparo.

—¿Por qué?

—Mi querida amiga —tranquilizó doña Amparo, con una sonrisa de suficiencia—. ¿No se da usted cuenta de que todo esto es, sencillamente, lo que se llama un chantaje?

—¿Un chantaje?

—Naturalmente. Piense, mi buena Benigna, piense. ¿Cómo puede saber esa mala mujer que su sobrino Marianito tiene una peca o fresa en la nalga derecha? ¿Cómo se la iba a haber visto? ¡En un lugar tan íntimo!

Doña Benigna iluminó, en la medida de lo posible, su tristísimo rostro. Y casi gritó, llena de júbilo:

—¡Tiene usted toda la razón! ¿Cómo se la iba a haber visto? ¡En un lugar tan íntimo!

Entonces, las dos señoras se dieron un abrazo y se despidieron con mucho afecto y se quedaron tan felices.

IV

LA FIESTA NACIONAL Y OTRAS FIESTAS — 1946

El casino de Cazadores ocupaba una planta baja, en la calle de la Inmaculada Concepción, sobre la que abría unos enormes ventanales, de tal forma que más bien parecían escaparates. Sin el menor recato, los señores socios del casino se exhibían en el escaparate, sentados en unos enormes sillones de cuero oscuro, fumando sus puros, bebiendo su copita de coñac y hablando, por lo general, de mujeres. Al menos, en aquella época, cuando la veda les impedía comentar los avatares de la pasada cacería. Ni qué decir tiene que la decoración del casino era a base de temas cinegéticos, con grabados de ciervos, jabalíes (gorrinos, decían los expertos), zorros y perdices y con muchos cuernos (dicho sea sin ánimo de señalar) colgados de las paredes.

Los señores socios tenían muy a gala su condición, ya que no era sencillo, ni muchísimo menos, ingresar en el casino de Cazadores, que estaba compuesto por un número fijo de miembros (treinta) y cuando se producía una vacante por defunción (la otra causa prevista en los reglamentos, la expulsión, jamás se había dado todavía, venturosamente) eran muchísimas las solicitudes de admisión que se presentaban. Los señores socios analizaban con especial rigor los nombres de los aspirantes y una sola bola negra, sólo una, bastaba para rechazarles. De ahí el prestigio del centro, en el que no había nuevos ricos (es decir, estraperlistas) ni personas de moral dudosa (o sea, con amante notoria) ni, obviamente, desafectos al régimen.

Don Juan Alaña era, además de socio con número muy bajo (el 17), tesorero del casino de Cazadores desde que, en 1939, al terminar la guerra, se reorganizó el centro. Antes de aquella guerra, don Juan usaba unas tarjetas donde se presentaba como «propietario»; pero los nuevos vientos sociales que entonces se respiraban le aconsejaron modificar su definición profesional y en las de ahora, decía «agricultor». Antes y ahora, don Juan vivía de unos miles de hectáreas (muchos miles) de frutales, a los que, cada cosa lo que sea, dedicaba cuidadosa atención.

A pesar de ello, le quedaban bastantes horas libres, porque sus tierras estaban cerca de la ciudad y aunque casi todas las mañanas (excepto sábados y fiestas de guardar) solía visitarlas, a la hora de la comida ya estaba en casa, para gozar de los platos que doña Benigna le preparaba con especial esmero. Doña Benigna, de cuya congénita tristeza ya dimos noticia, era una cocinera excepcional, cualidad evidentemente compatible con su forma de ser. Como no tenía hijos que la distrajeran, la señora de Alaña buscaba entretenimiento en la cocina, en beneficio de su buen marido, don Juan, muy sensible a las exquisiteces gastronómicas.

Sí; buen marido don Juan, aunque para quien le oyese, podía parecer un seductor infatigable. Pero todo era pura teoría; simples lucubraciones. Vestía el señor Alaña impecablemente, con preferencia trajes oscuros, de buen paño y siempre con chaleco. Se cambiaba a diario de corbata (al menos, durante varias semanas) y llevaba los zapatos brillantes en todo momento. Fumaba cigarrillos negros, picadura de Gener, que le emboquillaban especialmente y los encendía, ceremoniosamente, con un mechero de oro lacado que era la envidia de todos los socios del casino. Completaba su indiscutible elegancia (un poco recargada; un si es no es, cursi) utilizando quevedos para leer y reloj de bolsillo, sujeto al chaleco por una leontina de terciopelo negro.

A las tres y cuarto de la tarde, minuto arriba, minuto

abajo, llegaba don Juan Alaña al casino de Cazadores, se sentaba en uno de aquellos butacones de cuero oscuro, frente al amplio ventanal (o escaparate), cruzaba las piernas y encendía de una manera ritual, solemne, casi mística, un Romeo y Julieta. El camarero le traía, sin necesidad de que se la pidiese (¡faltaría más!) una copa de Carlos I, debidamente calentada, además del café (que, obviamente, era malta). Y todos los días, para comenzar el diálogo con sus consocios, decía don Juan:

—Bien, señores. ¿Qué se cuenta...?

Lo que se contaba aquella tarde (como casi todas las tardes) era que vaya mujeres las que llevaba en su compañía Celia Gámez y que lo de las restricciones de gasolina iba para largo y que la temporada taurina estaba desarrollándose sin pena ni gloria, porque Manolete mantenía su decisión de no torear hasta el siguiente año.

—Por cierto —dijo don Juan—. Habrá que renovar el abono para la feria...

Estuvieron todos de acuerdo y le reiteraron, como todos los años, el encargo de hacerlo. Tenía reservado el casino de Cazadores un palco en la plaza de toros (el 6), al lado mismo de la presidencia, que durante las corridas de feria se convertía en auténtico centro de relumbrón social. Las señoras establecían una especie de torneo de elegancias y cada día aparecían con un distinto modelo, aunque alguna repitiera traje del año anterior. Como, entre el tercero y cuarto toro, había un descanso de diez minutos, para regar la plaza, era costumbre que aquella pausa se aprovechara por el público para merendar. En el palco del casino, correspondía cada tarde a un socio distinto ofrecer (y pagar) la merienda y ello propiciaba asimismo otro torneo, éste alimenticio, en el cual se disputaba el título de mejor anfitrión. Aunque, comentando el tema, advirtió don Juan:

—En lo de las meriendas, me permito recomendar cierta sobriedad. Recuerden lo que nos ocurrió el año pasado...

Lo que les ocurrió fue que, la primera tarde (en el cartel, Juanito Belmonte, Manolete y Pepe Luis Vázquez), don Armando Coello subvirtió todos los hábitos precedentes en la materia (que fijaban el refrigerio en unas medias lunas, unos discretos canapés, patatas fritas y similares) ofreciendo como merienda tortilla de patatas y estupendo jamón serrano. A la tarde siguiente (Domingo Ortega, Manolo Martín Vázquez y Choni), don Melquiades Herrera no quiso ser menos y presentó gazpacho y después filetes de ternera empanados. Y al otro día (*El Estudiante*, Manolete y Carlos Arruza) don Juan Alaña (que no se dejaba pisar por nadie) organizó una paella de mariscos, con ensalada de lechuga y tomate. La escalada gastronómica, que nadie preveía hasta dónde podría llegar, fue cortada en seco por el gobernador civil, con una multa de dos mil pesetas, «por ingerir en un lugar tan público como la plaza de toros y ante la muchedumbre, alimentos racionados e incluso, incursos entre los de circulación prohibida».

Doña Amparo y don Narciso, tradicionalmente, asistían a dos de las corridas de feria y a una de ellas, acompañados por Fabián. Ocupaban siempre una grada alta de sombra. Pero como a Fabián le gustaban mucho los toros y a su amigo Enrique, también, ahorraban desde unas semanas antes (suprimiendo las cervezas y hasta alguna sesión de cine) y así podían ir otras tardes más, naturalmente a las localidades altas de sol, que costaban diez pesetas.

Lo que no imaginaba doña Amparo era el disgusto que iba a llevarse, a las cinco en punto de la tarde, mientras sonaban clarines y timbales y Manuel Álvarez, *Andaluz*, se apretaba la montera sobre su pelo negro y se disponía a recibir el primero de los Albaserrada con unas verónicas importantes. A doña Amparo, realmente, los toros no le importaban demasiado, aunque le gustaba muchísimo ir a la plaza, cuando la feria, por la cosa del prurito social. Quiere decirse que estaba mucho menos atenta al ruedo que a los tendidos; porque como ella disfrutaba de verdad era descubriendo, entre el público, a las señoras conocidas, y comentando sus vestidos y criticando a las poquísimas que osaban fumar en público.

Estaba, pues, entregada a su diversión predilecta, sin importarle un rábano la calidad y la hondura del toreo de capa del *Andaluz*, cuando tropezó con una visión insólita, que le hizo dar un grito. Don Narciso, lógicamente asustado, se volvió hacia su mujer.

—¿Qué te pasa?

—Mira... Mira allí... —dijo la señora De Luna.

—¿Adónde?

—En sol y sombra... Al lado de la señora de la pamela blanca... Debajo de la pareja de la Guardia Civil...

Miró don Narciso, sin demasiado interés.

—No veo nada especial...

—¿Pero será posible? ¡Fíjate bien...!

Volvió a mirar e hizo un nuevo gesto de despiste e ignorancia.

—¡Un sacerdote! —gimió doña Amparo—. ¿Lo ves ahora?

—¡Ah, sí...! —concedió su marido, sin mayor énfasis.

—¿Pero te das cuenta a qué extremos estamos llegando? ¡Un sacerdote en los toros! ¡Esto es intolerable...!

—Mujer, no tanto... —quiso suavizar don Narciso.

—¿Cómo que no tanto? El único sacerdote que debe estar en la plaza, es el titular de la capilla, por si, Dios no lo quiera, hay alguna cogida grave y tiene que ejercer su ministerio. ¿Pero cómo se atreve ningún otro a exhibirse públicamente en los tendidos...?

—Será aficionado... —se le ocurrió comentar, con indudable lógica, al señor De Luna.

Y doña Amparo tuvo uno de sus arranques:

—¡Mañana mismo voy a escribirle al señor obispo! Esto no se puede consentir, Narciso. Nos está invadiendo la frivolidad...

Quizá tenía razón doña Amparo, porque la fiesta de presentación en sociedad o puesta de largo de Merceditas Santoro iba a constituir, pocos días más tarde, un auténtico alarde frívolo.

El astuto comerciante de tejidos quiso dar al acto la máxima suntuosidad posible. Y curándose en salud, comenzó haciendo un donativo al Obispado de cinco mil pesetas, para las obras del Seminario, y otro al Gobierno Civil, de diez mil, para Auxilio Social. Con lo cual evitó las posibles críticas eclesiásticas al «alarde profano» y, sobre todo, la más que probable multa gubernativa por transgredir las normas vigentes en materia de abastos.

Aquella «fiesta de juventud» se celebró en los salones del restaurante Alcázar y acudieron más de sesenta personas. Merceditas vestía un traje de tul ilusión blanco, con aderezo en el pelo y estaba rematadamente cursi. La mayoría de los muchachos asistentes estrenaban *smoking* y se les notaba, porque andaban fastidiadísimos, sobre todo con el cuello de pajarita, cuyos almidonados picos se les clavaban en el cuello y les molestaban sobremanera. Se sirvió una cena fría, con el inevitable «cup» y los jóvenes bailaron a los acordes de la orquesta de Manolo Bel, contratada especialmente para el acto por el señor Santoro. Dos o tres chicos se marearon y hubo que llevarles a los servicios, para que devolviesen; pero en conjunto, todo resultó precioso.

Merceditas bailó el primer baile (*El Danubio azul*, naturalmente) con su padre y se la veía muy emocionada, porque no en vano (como decían al día siguiente los dos periódicos de la ciudad, en un «remitido»), había «vestido por vez primera sus galas de mujer». Recibió muchos regalos, aunque todos más bien vulgares (flores y bombones) y a la una de la mañana, estaba tan cansada, que disimuladamente se quitó los zapatos de tacón alto, que le estaban destrozando los pies.

Fabián había sido invitado a la puesta de largo. Pero no pudo ir porque no tenía *smoking* y don Narciso le había dicho que hasta que no aprobara el tercero de carrera no lo tendría, toda vez que el traje de etiqueta costaba cerca de quinientas pesetas y a sus veinte años aquél era un dispendio absolutamente excesivo.

A mediados de mayo se celebraba la Fiesta de la Banderita. Era un hermoso día, que servía para exaltar la vanidad, con pretextos caritativos. En lugares estratégicos se instalaban mesas petitorias, protegidas del sol por un dosel granate y ocupadas por las damás más ilustres (o, simplemente, más ricas) de la ciudad. Además, obvio será aclararlo, de las esposas de las principales autoridades y jerarquías. Cada mesa tenía adjudicada su banda de música, que interpretaba preludios de zarzuela y marchas militares, además de números folklóricos.

El Ayuntamiento (Ponencia de Jardinería) decoraba estas mesas con grandes macetas, sembradas de hermosas plantas y lindísimas flores. Ni qué decir tiene que las señoras que, gloriosamente, ocupaban la mesa, solían estrenar los más recientes modelos de primavera de Isabel y de Moninas, que eran, a la sazón, las tiendas de modas más selectas de la urbe. (Lo de *boutique* todavía no se había inventado.)

La señora de Santoro presidía la mesa de la Gran Vía y a la mesa de la Gran Vía acudió, a eso del mediodía, el señor Santoro, que entregó un cheque de mil pesetas. La señora de Aymerich, por su parte, presidía la mesa instalada en el cruce de José Antonio-Inmaculada Concepción, y también a eso del mediodía apareció en ella el señor Aymerich, que depositó un cheque de dos mil pesetas. Los dos munificientes, Santoro y Aymerich, irían seguidamente a la mesa del Gobierno Civil, que presidía (obviamente) la distinguida y obesa esposa de la primera autoridad provincial y allí efectuaron un óbolo de tres mil pesetas cada uno.

Pero el encanto de la Fiesta de la Banderita no se encontraba en las mesas petitorias, sino en las muchachas postulantes, que iban por las calles con su hucha (debidamente precintada), unas, vestidas de enfermera y otras, con uniformes de colegialas y bastantes, sencillamente, con sus trajecitos de todos los días (festivos). Se acercaban con una sonrisa dulcísima a los viandantes y a los taxistas y a las señoras que hacían cola para el aceite y a los militares sin graduación, que estaban de paseo, y nadie se sentía capaz de resistirlas. Por lo que iban almacenando en sus huchas, perras gordas de cobre y reales de cuproníquel y pesetas rubias y hasta algún que otro billete de duro.

A los estudiantes no tenían que buscarlos, porque eran ellos quienes salían a su paso. Los estudiantes se habían vestido de domingo (azul marino, camisa de cuello alto con pasador, etc.) y a costa de sus ahorros, depositados en las blancas huchas (que llevaban pintada una cruz roja), coqueteaban insistentemente con las chicas. Enrique Barrón, que estaba secretamente enamorado de Magdalena, la hija del notario Lueso-Rodríguez, se le apareció en cinco distintas esquinas, dejó en cada ocasión tres pesetas como óbolo y la última vez —cercanas ya las dos de la tarde— no tuvo más remedio que declararle su pasión.

Magdalena, que iba vestida con un traje de piqué precioso, con lazo azul en el pelo y los inevitables zapatos topolino, o sea, de alta suela de corcho, le miró con una mezcla de dulzura y compasión y le dijo:

—¡Pero si eres una criatura, Enrique!

—Tengo veinte años. Dos más que tú. Acabo el mes que viene primero de Derecho y dentro de nada seré notario, como tu padre...

Magdalena soltó su risa cascabelera, que en este caso resultaba, además, extremadamente cruel.

—¡No me hagas reír!

—Y mi padre es registrador de la propiedad... —recordó Enrique, para confirmar méritos.

—Pero a mí me gustan los hombres maduros, ¿no lo sabes? Como a todas las chicas jóvenes.

—¿O sea que lo del ingeniero Molina es verdad...? —se mosqueó Enrique.

—Verdad, verdad... Según como se interprete. Hay una amistad creciente, eso sí.

—Ese tipo puede ser tu padre...

—No tanto, caramba —recapacitó. Y rectificó—: Bueno, en realidad, sí. Tiene cuarenta años...

—¿Y no te da vergüenza?

—Ninguna, porque es un sol de hombre...

Enrique se enfadó mucho y, como represalia, no echó esta vez en la hucha de Magdalena las tres pesetas que tenía preparadas y se alejó de la infiel muchacha, encendiendo un Bubi para desfogar su fracaso en el vicio del tabaco. Para seguir desfogándose, se fue a Viena y allí, en la barra, estaba su amigo Fabián, bebiéndose un *gin-fizz*. Le notó en seguida la irritación, por lo que tuvo que preguntarle:

—¿Qué diablos te pasa, Enriquito...?

El otro no respondió, por el momento; pidió «media combinación» y después de una larga pausa, dijo como comentario:

—Que las mujeres son todas unas cretinas.

—Hombre, todas, no —rectificó Fabián, que había quedado aquella tarde para ir a bailar con la taquillera del Rialto, en su día de libranza.

—Porque yo no soy feo, ¿verdad?

—No sé qué decirte...

—Y tengo más porvenir que un viejo de cuarenta años. ¿O no?

—Por lo que deduzco, no... —contestó, con indudable mala uva, Fabián.

Enrique se bebió de un trago la «media combinación».

—Vete a la mierda —fue su tajante respuesta.

Después, sin embargo, hicieron las paces y hablaron de toros y coincidieron en que Arruza ponía las banderillas de una manera poco ortodoxa, pero con tal potencia física, que sus pares constituían todo un espectáculo.

—¿Qué piensas hacer el jueves, que es fiesta? —preguntó Fabián.

(Y fiesta gorda: nada menos que el Corpus Christi.)

—Por la mañana podemos dar, si quieres, una vuelta y tomar después una copa. Pero por la tarde tengo que ir a la procesión. El viejo lo ordena.

—Yo tengo más suerte. El gran jefe sólo me obliga a presenciarla, desde el balcón de los Riata. Dan horchata en el mientras tanto...

Apareció su amigo Leopoldo, que iba vestido de uniforme de Falange, o sea, con camisa azul y correaje doble pespunteado, la boina roja metida en la hombrera y pantalones negros.

—¿Qué haces, que no se te ve estos días? —preguntó Fabián.

—Con la cosa de la concentración del treinta de mayo, ensayando sin parar.

Preguntó el camarero:

—¿Qué toma el señor?

Y Leopoldo se dirigió a sus amigos:

—¿Me invitáis...?

—Hombre, si te pones así... —dijo Enrique.

—Un martini seco —pidió Leopoldo. Justificándose en seguida—. Estoy sin blanca. Llegué dos noches a casa después de las nueve y media y *bwana* me ha castigado sin subvención el domingo.

—Buena faena... —comentó Fabián.

—Buena cabronada —dijo, mucho más explícitamente, el afectado.

En éstas, entraron en el bar Magdalena Lueso-Rodríguez y el ingeniero Molina, discretamente amartelados y se sentaron en una mesa y pidieron dos cervezas. Enrique se sintió dominado por una feroz indignación y no contestó a la sonrisa de saludo que le había dirigido la chica y dijo a sus amigos:

—Vámonos...

—Pero hombre, que estoy comenzando el martini —arguyó Leopoldo.

—Me da igual. Yo no aguanto esto y me voy.

—Paga antes... —le recordó Fabián.

Pagó, como un señor, y hasta dejó dos pesetas de propina; pero se fue, despreciando de manera ostensible a Magdalena, que seguía intentando saludarle.

—¿Qué le pasa? —preguntó Leopoldo.

—Es el amor... —se guaseó Fabián.

El barman se les había acercado y, de manera misteriosa, les estaba diciendo:

—¿Les interesa a los señores un cartón de Philip a treinta pesetas? De contrabando, claro...

Era un precio realmente barato. Pero dijeron que no, sencillamente porque no las tenían.

Como muy bien decía doña Amparo, los balcones de los señores de Riata eran auténticamente privilegiados. Daban, los tres de la fachada, a la calle de San Romualdo, centro inevitable de toda actividad ciudadana. Por allí pasaban la procesión del Corpus, el desfile de la Victoria, el Vía Crucis del Viernes Santo, la cabalgata de la Feria de Primavera y los ciclistas de la Vuelta a España. Como, además, se trataba de un segundo piso, la visibilidad era óptima.

De ahí que los Riata fuesen muy celebrados en la ciudad y todo el mundo quisiera hacerse amigo suyo, porque de esta manera se aseguraban una localidad preferente para asistir a semejantes festejos, de tan variada significación. Don Antonio Riata era médico-pediatra y gozaba de una doble fama: como especialista en niños y como mujeriego. Su esposa, doña Leonor, no parecía demasiado afectada por las infidelidades (notorias) de su marido y se pasaba las tardes jugando al *pinacle* y, tres días por semana, a la ruleta, en una ruleta de mediano tamaño que había instalado en el cuarto trastero y en la que se dejaba buena parte de las minutas de don Antonio. Quizá fuese su secreta venganza. El matrimonio no tenía hijos, lo cual (según repetía infatigablemente el doctor) constituía, para un puericultor como él, «una verdadera paradoja».

A un lado sus devaneos en cuestión de faldas, el doctor Antonio Riata era de una intachable moralidad y mucho se comentó su ortodoxa actitud cuando la niña del coronel Garrido (ilustre militar, Cruz de San Hermenegildo y viudo, por más señas) se quedó embarazada, a pesar de ser soltera. En cuanto tuvo la primera falta, acudió a don Antonio, buen amigo de su padre, para que le recomendase un ginecólogo que le practicara un aborto como Dios manda (bueno, es un decir). Lo que hizo don Antonio fue llamar en seguida al coronel, ponerle en antecedentes del estado de su hija y advertirle que, aunque no dudaba de su rectitud moral, no se le ocurriese ser cómplice de la desventurada joven en su pecaminosa intención, porque entonces se vería obligado a denunciar lo que, para su conciencia (como médico y como cristiano) constituía un asesinato.

Este noble gesto se supo en la ciudad, ya que doña Leonor tuvo buen cuidado en divulgarlo, aunque advirtiendo a cada una de las personas a quien se lo narraba (fueron unas cincuenta), que le confiaba la información a título absolutamente confidencial y contando, claro está, con su discreción. A las cuarenta y ocho horas, toda la burguesía de la ciudad estaba al cabo de la calle del embarazo de la hija del coronel Garrido y de la ética profesional del doctor Riata. El cual, con su honrado gesto, consiguió que el coronel pidiese el traslado y marchara con la desventurada soltera encinta a Soria, sin que jamás se supiese nada más de ellos. Decían algunos (malas personas, sin duda) que el coronel no había apreciado la recta actitud del doctor y le iba poniendo verde. Pero esto no pudo confirmarse.

El día del Corpus, a eso de las cinco de la tarde, comenzaban a llegar al piso de los Riata sus amistades. La familia De Luna solía ser de las primeras; doña Amparo besaba efusivamente a doña Leonor y se mostraba algo más fría con don Antonio, cuya vida licenciosa no podía perdonarle. Fabián aguantaba con estoicismo que le dijeran que estaba hecho un hombre y vulgaridades similares y don Narciso, deshecho en mieles, besaba la mano de la señora de la casa.

—¡Bien venidos, bien venidos...! —se alborozó la señora de Riata, para quien convertir su piso en tendido de preferencia constituía un gozo absoluto.

—Otra vez más, abusando de su amabilidad... —comentó don Narciso.

—¡Por Dios, si es una satisfacción muy grande tenerles aquí!

—Vaya calor, ¿eh? —dijo entonces el doctor.

—Ya se sabe: con el Corpus llegan siempre los calores.

Y en un arrebato de inspiración, ratificó doña Amparo:

—Tres jueves hay en el año, que relucen más que el sol: Jueves Santo, Corpus Christi y el día de la Ascensión.

Fabián estuvo a punto de meter la pata y recordar que el año anterior, llovió en Jueves Santo y cayó granizo el día de la Ascensión; pero se lo calló discretamente. Estaba Fabián muy fastidiado, ya que aproximadamente en aquellos momentos debía estar empezando en el estadio Metropolitano, de Madrid, el partido entre el Atlético y el Valencia, vuelta de las semifinales de la Copa del Generalísimo, que retransmitía Radio Nacional, en la voz ardorosa de Matías Prats. Aquello, ocioso será aclararlo, le apetecía muchísimo más que el piadoso desfile procesional; pero papá había decidido (cuando se permitió indicarle la coincidencia de acontecimientos) que no cabía, siquiera, plantear la cuestión y papá, elementalmente, tenía razón siempre.

El piso de los Riata fue llenándose y las señoras ocuparon las sillas que había preparadas en los balcones y se acodaron en las barandillas. Abajo, en la calle, la muchedumbre se apiñaba en las aceras y los soldados de la guarnición, con cara de aburridos, cubrían la carrera. Sudaban los pobres a chorros, con sus cascos de acero y sus guerreras cerradas hasta el cuello y sus guantes blancos y los oficiales, llenos de condecoraciones, iban y venían, vigilando el buen orden de la tropa y, al propio tiempo, saludando a las amistades que desde los balcones les agitaban los brazos.

A la espera de que apareciese, por la esquina, la cabecera de la procesión, Encarnita comenzó a ofrecer los vasos de horchata, que traía sobre una bandeja de plata alemana. Encarnita era la doncella de los Riata y debutaba en el menester público, porque sólo llevaba un mes en la casa. Hubo, por tanto, que perdonarle ciertas deficiencias, como lo de servir por la derecha (hasta que doña Leonor, en un discreto aparte, la corrigió) y, muy especialmente, lo de que (naturalmente, sin querer) vertiera todo un vaso de crema de chufa sobre la poderosa pechuga de la señora de Valls.

Encarnita tenía dieciocho preciosos años, unos ojos azules bellísimos y un cuerpo sensacional. El traje de raso negro se le pegaba a las formas, haciéndolas insinuantes (lo había heredado de la anterior criada, que era más delgada) y los tirantes del blanco delantal coincidían precisamente con la curvatura máxima de unos pechos que se adivinaban duros e importantes. Era recatada; aunque ese mismo pudor aumentaba la tentación.

Gritó doña Leonor:

—¡Ahí vienen...!

Y la procesión comenzó a desfilar frente a la casa, con el ritual de costumbre. Las cristianas damas y los no menos cristianos caballeros, al tiempo que paladeaban la horchata («Riquísima, Leonor; como siempre») hacían comentarios y de vez en vez, saludaban a los fieles participantes en la piadosa comitiva, que cantaban sin mucho entusiasmo, aunque con general desafinación, himnos eucarísticos. Iban encuadrados en sus respectivas parroquias y los más entusiastas se habían colocado unos enormes escapularios, con la imagen del Sagrado Corazón de Jesús. No tardó en aparecer Enrique, detrás de su padre, en la fila, y con cara de circunstancias. Desde el balcón, Fabián le envió un saludo estimulante.

El momento cumbre de la procesión lo constituía, evidentemente, el paso del Santísimo, que se adivinaba por el clamor de la muchedumbre y los vivas y los aplausos y también, porque en la calle, todos se ponían de rodillas. La custodia (obra de arte del siglo XVI, en oro y pedrería) era llevada mayestáticamente en alto por el señor obispo, revestido de pontifical y sudando la gota gorda, como consecuencia de los ornamentos. Dos canónigos sujetaban los bordes de la capa pluvial de su eminencia reverendísima y el palio era mantenido por los consiliarios de la Junta Provincial de Acción Católica. Inmediatamente después del Santísimo, seguían las autoridades y jerarquías, de conformidad con el orden protocolario. Todos, elegantísimos y suntuosísimos, en uniforme de gran gala, a reventar de cruces y condecoraciones, con las gorras de reglamento (o las chisteras) en la mano izquierda y unos cirios gigantescos en la derecha.

Detrás aparecían las autoridades de menor rango, que aunque también llevaban cirio, era de proporciones notoriamente inferiores a los de las jerarquías importantes. Los concejales iban de uniforme del Movimiento (o sea, la FET y de las JONS), guerrera blanca, pantalón negro, cinturón grueso, bordado en oro, camisa azul con corbata negra y la boina, metida en la hombrera. Eran los más animados, los más frívolos y saludaban a troche y moche y hablaban entre ellos y hasta se reían, con manifiesta falta de respeto hacia la solemnidad del acto.

El palio bajo el cual su eminencia reverendísima portaba la custodia (del siglo XVI, recuerden) iba escoltado por los gastadores de regimiento, en uniforme de gala (es decir, con guantes blancos), que caminaban dando largas, parsimoniosas y violentas zancadas, en una perfecta demostración del llamado y nunca mejor que en aquella ocasión, «paso de procesión». Si bien sucedía que no acababan de ponerse de acuerdo y lo llevaban cambiado, con el natural enfado del capitán general, que al siguiente día daría órdenes al teniente coronel para que intensificara la instrucción de aquellos soldados que no habían sabido estar a tono con las circunstancias solemnes del momento.

En el balcón de los Riata, todos habían caído de rodillas a la llegada del Santísimo y se habían persignado y se disponían a verter sobre el palio los pétalos de rosa que la señora de la casa había distribuido en pequeñas cestas. Y en este momento se oyó el teléfono. Nadie hizo demasiado caso, pero insistía tanto la llamada, que doña Leonor se levantó, pasó al salón y descolgó el auricular. No podía ser otra cosa: un niño, con síntomas de peritonitis. Estaba habituada la señora de Riata a estas emergencias y era consciente del reiterado sacrificio a que obliga la profesión médica, más aún en la especialidad de su marido. Por eso, tranquilizó a la atribulada madre:

—Descuide, señora. Mi marido irá en seguida. Sí, sí; tomará un taxi para llegar cuanto antes...

Volvió al balcón. Y entonces se dio cuenta de que don Antonio no estaba allí. Los invitados, puestos ahora en pie, arrojaban con entusiasmo los pétalos, que en lugar de caer sobre el palio, lo hacían sobre las cabezas, mayoritariamente calvas, de los señores concejales. A quienes, por cierto, la lluvia floral no parecía hacerles demasiada gracia, y se quitaban en seguida de sus cráneos los pétalos, con cierto gesto de fastidio. Ya estaba pasando frente a los balcones la compañía de honor, también a paso de procesión, cada soldadito a distinto ritmo de su compañero. Y don Antonio Riata, dueño de la casa, especialista en pediatría, reclamado por un caso urgente, no estaba allí.

Doña Leonor cruzó el salón, anduvo por el pasillo, entró en la alcoba matrimonial y se asomó al cuarto de baño, pensando que su marido podía haber padecido una imprevista e imperiosa exigencia intestinal. Tampoco estaba. Pasó por la sala de espera, entró en la clínica. No había nadie. Lógicamente alarmada, se dirigió la señora a la única parte del piso que le quedaba por recorrer. En la cocina tampoco había nadie. Ni en el trastero. Pero en la inmediata habitación de la criada, sí.

Allí, sobre la cama, estaba Encarnita, tumbada, con el pelo revuelto, desabrochado el uniforme, los pechos (hermosísimos, aunque doña Leonor no lo reconociese) sueltos y turgentes y las faldas remangadas. El doctor Riata, en posición nada airosa, abalanzado sobre la fámula, manipulaba en sus diversas zonas erógenas. Y eran tales la excitación del doctor y la de la fámula, que ni se enteraron de la llegada de la señora. La cual, tras unos segundos de vacilación y consciente, antes que nada, de la responsabilidad profesional de su esposo, sin el menor deseo de ironía, aunque pudo parecerlo, dijo:

—Antonio; que tienes un caso urgente. El niño de los Navarro, con síntomas de peritonitis...

Con la posible dignidad (que no era mucha, dadas las circunstancias), el doctor Riata abandonó la actividad sexual, recompuso sus pantalones, se alisó el poco pelo que le quedaba y, también sin intentar el juego cínico, comentó:

—¡Qué profesión ésta! Allá voy.

Y salió de la habitación, sin darle a la cosa mayor importancia. Entonces, Encarnita se echó a llorar y doña Leonor la fulminó con una mirada cargada de odio y le anunció, con voz airada:

—¡Prepara las maletas! Y hoy mismo les escribiré a tus padres...

Antes de abandonar la habitación del pecado, se volvió para gritarle:

—¡Gorrina...!

A los pocos segundos estaba de nuevo en el balcón, con sus amistades invitadas, repartiendo sonrisas y comentando lo muy piadosa que había resultado aquel año la procesión del Corpus. Cuando don Narciso se interesó por el doctor, ella le aclaró, componiendo un gesto de infinita comprensión:

—Ha tenido que salir urgentemente para atender un caso imprevisto. La profesión suya es un sacerdocio, mi querido amigo...

Doña Amparo se sintió en la necesidad de alabar (aunque con cierto retintín):

—Verdaderamente, los médicos como su marido son unos santos...

V

VIDA UNIVERSITARIA — 1946

La primera clase comenzaba, en la Facultad de Derecho, a las nueve y cuarto de la mañana y Fabián llegaba siempre con la debida anticipación, porque no vivía lejos de la llamada «Alma Mater», el antiguo y hermoso edificio neoclásico de la Universidad; pero Enrique, en cambio, esclavo del tranvía (y el tranvía tenía unos horarios totalmente irregulares), más de una vez tuvo que pedir permiso para entrar en el aula, cuando la clase ya había comenzado.

Con un retraso fijo de cinco minutos (los cinco minutos de cortesía, se les llamaba) los catedráticos salían del Decanato y llegaban al patio central, efectuando lo que también se llamaba, clásicamente, «el paseíllo». Estaban los alumnos sentados en los bancos del patio y se ponían respetuosamente en pie, al paso de los maestros, siguiéndoles después hasta el aula, que los bedeles habían abierto. Allí se sentaban todos, los pelotas en las primeras filas, para que les viese bien el catedrático, detalle con escaso sentido, ya que se comenzaba pasando lista. Eran setenta u ochenta por clase, número a todas luces excesivo, según decía siempre don José Vides, el de Civil, partidario de reducir los alumnos para lograr así una mayor aproximación entre ellos y el profesor.

Entre clase y clase, quince minutos de descanso, los de Derecho coqueteaban con las estudiantes de Filosofía y Letras, que estaban en el piso superior y que eran unas chicas guapísimas, por lo general. Curiosamente, pocas mujeres estudiaban Derecho, y en contrapartida, pocos hombres estudiaban Filosofía y Letras, lo que propiciaba el acercamiento entre las dos ramas. De manera que, cuando acababan las clases en las dos Facultades, a la una de la tarde, alumnos y alumnas se juntaban en el cercano bar del SEU o en Los Canarios y allí tomaban unos vasos de vino en armonía. En Los Canarios estaba siempre don Anselmo, el auxiliar de Historia de América, encargado de la cátedra, que agarraba unas trompas de campeonato. De tal magnitud, que en más de una ocasión había llegado a clase, se había dormido en seguida beatíficamente, dominado por el etílico, y no se había despertado ni con la entrada del bedel, que anunciaba solemnemente:

—Señor, la hora...

Y entonces, cualquier alumno subía a la tarima, sacudía sin contemplaciones a don Anselmo y le repetía, a voces:

—Señor, la hora...

En una de las paredes del patio de la Universidad figuraba el «Diario Mural» del SEU (llamado *Cumbres*), en el cual, combinadas con frases patrióticas de Pedro Laín Entralgo o de Antonio Tovar, dedicadas a la exaltación falangista de los universitarios, aparecían las convocatorias de los torneos deportivos y los anuncios de becas para los Colegios Mayores y para las Universidades de Verano, que eran la de Jaca y la de Santander, esta última bajo la advocación de don Marcelino Menéndez Pelayo. Había también otra Facultad en la ciudad, la de Medicina, pero estaba en distinto edificio, bastante alejado del viejo caserón del «Alma Mater».

El mes de mayo registraba los mayores índices de asistencia a la Universidad, por elementales razones. Los exámenes comenzarían en los primeros días de junio y los estudiantes, muchos de los cuales apenas habían aparecido por clase en los meses anteriores, lo hacían ahora, de manera fiel y aplicada y tomaban apuntes muy serios y se creían capaces de sustituir con el estudio de unas semanas, la inhibición de todo el curso. Y algunos incluso aprobaban, porque también entonces había milagros en Lourdes y en Fátima, cosa que (desgraciadamente) dejó de suceder a partir del Concilio Vaticano II.

Fabián no era de éstos; tampoco, Enrique. Los dos faltaban muy poco a clase y sólo por motivos muy justificados (un partido de tenis, por ejemplo). Frecuentaban durante todo el curso, por las tardes, la biblioteca de la Facultad y gozaban del natural aprecio de los catedráticos. Por cierto que don Fulgencio Santalla, el de Romano, cuyo hijo pequeño estaba preparando examen de Estado, sabedor del Premio Extraordinario que Enrique había obtenido el anterior año, le traía los problemas y le planteaba las dudas de su chico, que naturalmente, Enrique le devolvía resueltas. Naturalmente, también, Enrique obtuvo matrícula de honor en Romano.

Había que intensificar el estudio durante aquel mes crucial, tan poco propicio, sin embargo, al abandono del paseo, porque comenzaban los calores (en estos tiempos antiguos, los calores comenzaban en mayo, sin duda por imposición de la Dictadura) y estaba la calle que daba gozo, con los organillos por las esquinas, interpretando las canciones de Conchita Piquer con redoble de campanillas y repitiendo hasta la saciedad las creaciones de Jorge Sepúlveda. Las señoras guardaban los trajes de invierno y lucían modelos estampados, con la falda varios centímetros por debajo de la rodilla y los caballeros se apresuraban a sacar la chaqueta blanca, cruzada, que era lo más pera del momento. Incluso abrían ya algunas piscinas, lo que daba ocasión al señor obispo para publicar la pastoral de todos los años, acerca de la moralidad en estos lugares, así como en las playas, tan proclives, igualmente, al pecado mortal.

Para Fabián, la tentación del baño no existiría hasta después de los exámenes. Estaba consagrado por entero a la preparación de los programas y por la tarde se reunía con Enrique y con otros compañeros, para contrastar sus apuntes de clase y pasarlos en limpio y, después de cenar, se encerraba a estudiar en su cuarto. Como a las doce de la noche, por culpa de las restricciones, volvían a cortar la luz eléctrica, tenía que encender cuatro velas y así estudiaba, hasta la madrugada, alumbrado muy imperfectamente por la llama vacilante de las bujías. No puede extrañar, habida cuenta de semejantes antecedentes, que a partir de tercero de carrera, Fabián necesitase gafas para leer.

También en mayo, Fabián (como Enrique, como Leopoldo, como todos los estudiantes, en general) notaba una curiosa intensificación de sus devociones y muchas mañanas iba a misa e incluso comulgaba. El arrebato del fervor se manifestaba especialmente cuando llegaban los exámenes. Entonces, no faltaban ningún día al Santo Sacrificio, y además se complicaban el futuro con promesas a la Virgen, al Sagrado Corazón y a los santos más prestigiosos. «Una semana sin fumar, si apruebo Político... Quince días sin ir al cine, si saco nota en Romano... Un mes sin beber cerveza, si no me suspenden en Civil...»

Se trataba de un chantaje bien intencionado a la divinidad, en el que participaban las novias. Porque las novias también hacían sus promesas o sacrificios, emplazando a sus vírgenes predilectas para que echasen una mano al joven amado, a cambio de determinadas renuncias a placeres más o menos frívolos. Las novias vivían este período casi con la misma intensidad que los examinandos y algunas llegaban a obsesionarse de tal manera, que ni cuenta se daban de lo que hacían. Así le ocurrió, por ejemplo, a Merceditas Santoro, que andaba con tal obnubilación con los exámenes de su prometido (el cual ya entraba en casa y todo, porque estaba en último de Medicina), que una mañana se olvidó de ponerse las medias para ir a misa. Y tuvo que sufrir la pública humillación de ser expulsada del templo por el señor párroco, don Arcadio de nombre.

Ya lo advertía un cartel colocado, de forma bien visible, en la puerta de la parroquia: «Se prohíbe el acceso a la Casa de Dios a quienes no guarden el debido recato en el vestir y falten a las normas de la decencia cristiana.» Por eso, las mujeres, aunque el termómetro pasara de los treinta grados, no sólo tenían que llevar medias, sino que jamás osaban entrar en el templo con los brazos o con los hombros desnudos, y para evitarlo se colocaban, púdicamente, una rebequita o, más por lo general, llevaban previsoramente en el bolso los «manguitos», que se ponían en la misma puerta de la iglesia y con los que cubrían la morbidez de la carne, en sus rechonchos (aunque insinuantes) brazos.

La grave falta de Mercedes Santoro fue conocida pronto en la ciudad y muy comentada, porque las damas de Acción Católica, tan celosas de la castidad, no destacaban, en cambio, por su sentido de la caridad con el prójimo. La chica, injustamente acusada de procaz (nadie comprendía que lo de las medias había sido un fatal olvido), sufrió una intensa depresión moral e incluso tuvo que meterse en cama. Entonces, el señor Santoro, con su energía de capitán de empresas, se presentó una mañana en la iglesia y le dijo al párroco:

—Mire usted, don Arcadio. Mi hija está enferma y muy enferma, como consecuencia de su actitud del otro día con ella...

—Créame que lo siento, señor mío —contestó el párroco, que era gordo, llevaba un bisoñé ridículo y hablaba con cierta tartamudez—; me limité a aplicarle los preceptos vigentes en materia de decoro en los lugares sagrados.

—Ya, ya... Pero mi chica, que es tan decente como la primera, no obró de propósito. Anda muy preocupada estos días con los exámenes de su novio y no sabe lo que se hace. No le digo más que el lunes pasado (Santoro bajó la voz y se acercó a la oreja del párroco) se olvidó de ponerse las bragas...

—¡Ave María Purísima! —exclamó el recatado clérigo, al tiempo que hacía con toda energía la señal de la cruz.

—O sea, que debe usted disculparla, padre. Públicamente, se entiende. De no ser así, a mi hija, que es una santa, se lo aseguro, puede darle algo malo.

—¡Pero eso no es posible! —protestó el párroco.

—¿Cómo que no? Usted dice en la misa de doce del domingo, desde el púlpito, que ha podido comprobar que en Merceditas no hubo, Dios nos libre, ánimo de escandalizar, sino que fue víctima de una laguna mental. Y mi chica recobra su honra y todos contentos.

—No puedo hacer eso, porque no me consta... —dijo el clérigo, a la vez que se colocaba debidamente el bisoñé, que se le había varado hacia la izquierda.

—Pues no sabe cómo lo siento, porque había previsto un donativo de mil pesetas para las obras pías de la parroquia.

El señor cura se rascó la cabeza, con lo cual otra vez desniveló su bisoñé.

—En todo caso —dijo— deberá dejarme en libertad absoluta para encontrar la justificación que considere más ortodoxa.

—Naturalmente. Lo único que le ruego es que justifique. Como sea, pero que justifique...

—Bien; eso supuesto... ¿Usted me asegura que su hija no tuvo *animus obscenus*...?

—Y se lo firmo, si es preciso...

—Eso cambia el planteamiento de la cuestión. Con todo gusto lo aclararé debidamente en la homilía dominical...

Percibió en el acto la limosna, despidió con especial afecto a Santoro y el domingo, en misa de doce, tuvo palabras muy reconfortantes para la piedad de Merceditas. Un lastimoso equívoco —dijo—. Una apariencia que no se correspondía con la realidad. Un error, que en conciencia había que rectificar públicamente, porque la honestidad de aquella ejemplar feligresa no podía quedar en entredicho. Terminó pidiendo a todos que rezasen a la Inmaculada y a san Ruperto, titular de la parroquia, para que Mercedes, la purísima Mercedes, recobrase la salud que había perdido, precisamente como consecuencia de tan lamentable malentendido.

A la salida del templo, los señores de Santoro recibieron efusivas felicitaciones de todos sus amigos, especialmente de quienes más se habían distinguido en la dura crítica a la inmoralidad de su hija. Y la señora De Luna, doña Amparo, que, la verdad sea dicha, no había hecho el menor comentario, besó a la señora de Santoro y en uno de sus arranques, levantando mucho la voz, le dijo:

—Enhorabuena y no sabe usted lo que lo celebro, porque Merceditas es una muchacha muy devota y lo de las medias no tenía ninguna importancia. ¡Otros, otros pecados son los graves y parece mentira que a muchos de sus responsables no se les caiga la cara de vergüenza...!

Y miraba descaradamente al doctor Riata, que estaba allí mismo, al lado, cuya peripecia erótica con Encarnita se había conocido, ya que la chacha tuvo buen cuidado en narrarla, con todo detalle, en fuentes tan aptas para la posterior difusión de la noticia, como la carnicería, el ultramarinos de Marcial y la pastelería Goya. Don Narciso, para compensar la ordinariez de su señora, agarró del brazo al doctor y le comentó, como si todo lo anterior no se hubiese producido:

—¿Qué? ¿Mucho trabajo esta temporada?

—Bastante... —contestó Riata, sin cambiar por ello su gesto de evidente irritación.

En la puerta de la parroquia, como todos los domingos, las buenas gentes burguesas del distrito intercambiaban saludos y oficiosidades y los hijos se despedían de los padres, recuperando su precaria libertad, que terminaría a las dos, cuando de manera inflexible, tendrían que regresar a la casa paterna, para compartir el solemne almuerzo dominical en el que, por lo menos, habría pollo. Y Enrique y Fabián se agarraron del brazo y se fueron hacia Viena, donde les esperaba su *gin-fizz* y una cuenta pendiente, que todavía no podrían liquidar.

Aunque ninguno de los dos estaba ya para frivolidades y en vez de hablar de chicas o de fútbol, lo que hacían era comentar, entre sorbo y sorbo, los temas más peliagudos de los programas. Sentían como una especial excitación, a la que no era ajeno el uso diario de las tabletas de Profamina, una variante de la simpatina, que les permitía quedarse a estudiar hasta altas horas de la madrugada, sin que el sueño les venciera. Lo malo de la Profamina era que, entre sus aplicaciones, figuraba también la de excitar el apetito sexual, y los chicos, que no se habían leído el prospecto adjunto, no podían entender cómo el concienzudo estudio de la enfiteusis, a las cuatro de la mañana, les producía aquel cosquilleo erótico que, en más de una ocasión, tuvieron que aplacar por vía manual.

Llegaron los exámenes y ni qué decir tiene, los aprobaron. Más exactamente, Fabián obtuvo una matrícula, dos sobresalientes y dos notables y Enrique, con gran disgusto, sólo consiguió aprobar Historia del Derecho, aunque en las otras asignaturas lograra dos matrículas y dos sobresalientes. A su padre, el registrador, le explicó que aquello había sido una faena del catedrático, porque no había frecuentado las visitas a la Residencia del Opus, a cuya congregación pertenecía don Ángel. Pero su padre no se lo creyó.

Celebrando el feliz término del primer curso de carrera, don Narciso regaló a su hijo una estilográfica Super T, de fabricación nacional, que le costó setenta pesetas. El registrador, mucho más espléndido, obsequió a Enrique con unos gemelos de plata. Ambos padres coincidieron en el complemento económico del regalo: les dieron doscientas pesetas a sus hijos. Y sus hijos se pusieron contentísimos y se las gastaron en seguida. Compraron libros (el *Romancero gitano*, de Lorca, en edición argentina de Losada; *Fortunata y Jacinta*, de Galdós; *Tirano Banderas*, de Valle-Inclán) y se compraron también cada uno una corbata, con el pacto entre caballeros *(gentlemen agreement)* de que se las prestarían recíprocamente.

Fueron al cine dos días seguidos y una tarde al teatro, a ver *Nuestra ciudad*, del americano Thornton Wilder, obra muy moderna e importante, que representaba en el Principal, a teatro vacío, una compañía nueva llamada Lope de Vega.

Habían llegado, pues, las vacaciones. Las vacaciones de los hijos, como entonces todo lo de los hijos, las decidían sus padres, sin opción alguna por parte de los interesados. Don Narciso, según ancestral costumbre, acordó que las pasarían en Manzanera, provincia de Teruel. A Fabián, Manzanera le aburría de una forma absoluta, pero no quedaba otro remedio que fastidiarse. Enrique tuvo más suerte, porque su padre aceptó que marchara a la Universidad de Verano de Santander, para realizar allí unos cursos sobre «Problemas Contemporáneos».

Los señores De Luna se fueron a Manzanera en el tren y una vez llegados a la estación de Rubielos de Mora, tomaron el viejo autobús, que les depositó en el pueblo. Total, seis horas, para cubrir los doscientos y pico de kilómetros. Se alojaron, también según costumbre, en la fonda Mora, que estaba muy limpia y olía a Flit, precisamente como consecuencia de su limpieza. Fabián tenía una habitación chiquita, con lavabo, y sus padres ocupaban la contigua y todos coincidían al levantarse en el water común y era una verdadera lata tener que esperar en el pasillo hasta que el más madrugador terminaba de hacer sus necesidades.

Fabián se pasaba, pues, julio y agosto respirando el aire

sanísimo de la sierra de Teruel y haciendo excursiones (a pie, claro) a fuentes salutíferas que se encontraban en las cercanías, siempre con sus buenos padres. Don Narciso, para estos trances, llevaba cantimplora, gafas de sol, sombrero caqui y un curioso bastón, que se podía clavar en el suelo, al tiempo que su mango se convertía en asiento. Eran aquellas unas excursiones nutridas, con muchas familias; las señoras (excepto doña Josefina, que iba de luto riguroso porque aún no hacía tres años de la muerte de su hermana) con trajes de percal y con alpargatas; las chicas también con alpargatas y muy tapadas (por lo que sudaban de manera angustiosa), y los caballeros con chaqueta, aunque sin corbata. A los pocos minutos de la caminata, solían quitársela y se quedaban en camisa, con los gruesos tirantes sujetándoles los pantalones grises.

Fabián se aburría soberanamente durante aquellos dos meses de vacaciones (o veraneo), aunque se consolaba leyendo novelas de Salgari y aún menos mal que su padre compraba *Fotos* y *Semana* y su madre no dejaba de adquirir *Primer Plano* y *Radiocinema* y algunos otros veraneantes tenían *Mundo* y *Destino*, con lo que podía entretener con su lectura algunas de las tediosas horas de Manzanera. Los domingos le hacían ponerse corbata, para ir a la misa de doce y después tomaban, en el único bar que había en el pueblo, una cerveza con almejas de lata.

Ni qué decir tiene que Enrique Barrón lo estaba pasando mucho mejor en Santander. La Universidad Internacional ocupaba el edificio de Monte Corbán, sede habitual del seminario, y el ambiente era por demás cosmopolita. Había alumnos y alumnas extranjeras y éstas llamaban especialmente la atención, porque en la playa exhibían unos bañadores verdaderamente escatológicos. Y fumaban en público, sin el menor reparo, y se daban los grandes lotes con los estudiantes que se lo proponían.

Enrique asistía diariamente a las clases de «Problemas Contemporáneos» y tomaba con diligencia sus apuntes. El profesorado era muy brillante: el francés Henri Massis glosó los méritos de la España franquista, como adelantada de una nueva civilización y más o menos vino a decir lo mismo su compatriota François Perroux y don Joaquín Ruiz-Giménez, presidente entonces de Cultura Hispánica, destacó que la España del 18 de Julio había impresionado a los países hispanoamericanos con su espíritu nuevo y falangista.

Algunas tardes, Enrique bajaba a Santander, en el autobús con motor eléctrico que tenía la Universidad para sus alumnos y paseaba por Puerto Chico y se tomaba una cerveza en Namur. Estaba la ciudad todavía convaleciente del tremendo incendio de pocos años antes y en las plazas y en las avenidas se levantaban unos kioscos provisionales, donde vendían sus mercancías los comerciantes afectados por la catástrofe. En uno de estos viajes, hizo amistad con Monique, que era holandesa, rubia, muy bella, estudiante de Historia, y que estaba en la Universidad de Verano gracias a una beca. Hablaba correctamente castellano.

Sin embargo, Monique no era nada hispanista o sea que le dijo a Enrique, a las primeras de cambio, que repudiaba la dictadura que padecía el país (esta ordinariez era habitual en quienes venían con todo pagado previamente, a costa del Estado dictatorial) y que los españoles le habían defraudado profundamente, porque su cultura sexual resultaba absolutamente nula. Enrique se sintió lógicamente ofendido en su dignidad de patriota y se impuso el deber de desmentir a Monique. Fundamentalmente (se decía a sí mismo), por una razón nacional; los encantos físicos de la holandesa no influirían decisivamente en su empeño. Aunque, sin duda, lo facilitarían en gran parte.

Pero Enrique carecía de experiencia como galanteador. Su desconocimiento de esa sutil habilidad que consiste en interesar a una mujer, con cualquier banal motivo, como primera vía de penetración, le originó tristes descalabros en sus iniciales asaltos a la imponente Monique, que no le hacía el menor caso y en cambio, se iba de paseo todas las noches con un alemán llamado nada menos que Wolfgang, algo bizco y patizambo.

Enrique (¡veinte años nada más, Señor!) aún no se había aprendido que el físico varonil tiene una relativa importancia en esto de la seducción. Su analfabetismo tropezaba, además, con la serena experiencia de la holandesa, no sólo por sus veintitrés años, sino por el contorno social al que estaba habituada, en su país de origen.

Andaba, pues, Enrique, contrito, mohíno y hasta desolado ante lo estéril de sus tentativas y Monique, recreándose cruelmente en su gigantesca superioridad (¿hará falta decir que, desde el primer momento, se dio cuenta de las intenciones del «españolito»?), le zahería cada vez con mayor sarcasmo y aunque no viniese a cuento, arremetía contra el régimen e insistía en su minusvaloración de la capacidad erótica de los españoles.

—No sabéis nada, sois incultos, burros —pronunciaba las «erres» bastante bien y, en cambio, se enganchaba con las «jotas»—. Cuando llegué a Madrid, vía Santander, estaba llena de ilusiones, porque tenía de vosotros el concepto literario del «don Juan». Mi primera experiencia, con el taxista que me llevó a la pensión, fue un desastre. Era ridículamente primario haciendo el amor. Aquella tarde, paseando por la Gran Vía, un muchacho de buen aspecto me sometió a esa estúpida prueba de vanidad machista que aquí llamáis piropo. Pero, como era muy guapo, acepté el diálogo con él. En cuanto le dije que se dejara de frases bonitas y me llevase a su apartamento, se puso muy nervioso, dijo que cómo iba a tener apartamento, si era solamente peluquero, aunque por las noches estudiaba no sé qué, y me propuso, sería cretino, irnos a un parque, aunque habría que esperar que se hiciese de noche...

Enrique oía a Monique con creciente sorpresa y en su celtibérica y antigua mentalidad, cometía la tremenda injusticia de pensar que la becaria neerlandesa era un zorrón.

—Por la noche, como no tenía nada que hacer, me fui al cine y ya la taquillera se asombró mucho de que no me acompañase nadie y me dijo, bastante groseramente, que tuviese en cuenta que aquél era un cine muy decente. Me tocó al lado de un hombre gordo y calvo, que en seguida quiso meter su pierna por debajo de la mía. Me salí a mitad de la película, ya que, con el cambio de título, no me había dado cuenta de que la conocía. Aunque, cuando la vi en Amsterdam, Lana Turner y Stewart Granger vivían juntos, porque eran amantes, y aquí resultaban ser hermanos, aunque, a pesar de ello, dormían en la misma cama.

—Son las tonterías de la censura... —tuvo que reconocer Enrique.

—Por eso sois tan ignorantes en materia sexual. A la salida del cine, estuve paseando otra vez por la Gran Vía y, naturalmente, sufrí de nuevo toda clase de acosos verbales de hombres de las más diversa condición. Hasta que me gustó uno. Tenía, ¿cómo decís vosotros?, buena facha: eso es. Estuvimos bailando y me llevó a su piso; era casado, pero su mujer estaba de vacaciones, fuera de Madrid. Hicimos el amor en su propia cama matrimonial, lo que podía haber tenido cierto aliciente, aunque él, antes que nada, le dio la vuelta a un retrato de su esposa, que tenía sobre la mesilla, en un rapto curiosísimo de respeto conyugal...

—¿Y qué, y qué? —se interesó Enrique, con la esperanza de que el honor patrio hubiese quedado, al fin, dignamente salvado en el coito.

—Otro fracaso. Que si estaba muy nervioso porque comprendía que haber ido a su casa y utilizar la santa cama de matrimonio era una indecencia... Que si con tanto calor, no podía concentrarse... Que si hubiera sido más normal que nos tratásemos algún tiempo, antes de llegar a «aquello»...

Monique se sonrió con sarcasmo, para concluir:

—¡Qué desastre, *chéri*! Menos mal que aquí, en la Universidad, hay franceses y alemanes y hasta algún compatriota mío. Porque ya te digo: lamentándolo mucho, los españoles no me servís...

Enrique se mordió los labios, para no contestar con digna dureza a la afrenta que la rubia Monique acababa de inferir a la Patria; para evitarlo, salió por la tangente y preparó su mutis con una disculpa tonta:

—Me voy con los sellos...

Debió ser la Providencia (aunque sin duda, doña Amparo de Luna se hubiese escandalizado ante semejante suposición). Citar los sellos y cambiar el rostro, hasta entonces, seco y antipático, de Monique, fue todo uno. Con la alegría en los ojos, con una inédita sonrisa, con el mejor acento español posible, preguntó:

—¿Es que coleccionas sellos...?

—Sí... —respondió, sin mayor comentario, Enrique.

—¡Qué maravilla, *chéri*! ¡Yo también! Y he traído algunos álbumes... los repetidos, porque pensé que aquí podría cambiar e, incluso, comprar y vender... Pero hasta ahora, no había encontrado ningún filatélico en la Universidad.

—Yo colecciono solamente sellos de Europa.

—¡Lo mismo que yo! ¡Qué alegría...!

Se le agarró del brazo, con insólito afecto.

—¿Puedo acompañarte a ver tus sellos...? —preguntó.

—Naturalmente... —Enrique, siempre inexperto, no comprendía que estaba caminando los primeros pasos hacia lo que tanto había deseado. Sencillamente: que había conseguido la vía de penetración. Subieron a su cuarto y durante más de una hora anduvieron metidos en charla filatélica, gracias a lo cual consiguió Enrique su primera satisfacción política con la holandesa, porque ella, comentando una reciente emisión de sellos españoles, tuvo que reconocer:

—Estáis lanzando unas series muy bonitas de color, con preciosos dibujos en todos los valores...

—Producto íntegramente nacional. Los hacen en la fábrica de Moneda y Timbre —se ufanó el muchacho.

Al otro día, fue él quien pasó a la habitación de Monique y quien alabó su colección. Quedaron en bajar el domingo a Santander, donde por la mañana había un mercado filatélico y allí comenzó Enrique a ganarse la admiración y el respeto de Monique, por lo mucho que entendía de sellos y porque le ahorró buenas pesetas al regatear con los vendedores e incluso abrumarles, exhibiéndoles el catálogo donde se fijaban los verdaderos precios. Y sin embargo, el muchacho seguía sin enterarse de que justamente había llegado el momento de replantear (ahora con todas las probabilidades a favor) el tema erótico.

Tenía a la guapa holandesa dispuesta a derrumbarse en el lecho del amor, aunque fuese arrullada por la descripción de los distintos valores de aquella bonita emisión que se lanzó en España, en ocasión de la Exposición Internacional de Barcelona, en 1929.

Por fortuna para Enrique, Monique suplió su despiste y una tarde, después de la merienda, paseando por el claustro de Corbán, le dijo, así, sin más ni más:

—He decidido hacer un último intento sexual con un español. Si también sale mal, nunca jamás repetiré...

Enrique siguió callado.

—¿No te interesa saber con quién?

—Mujer... —se escurrió Enrique.

—Contigo.

Se puso muy colorado e incluso llegó a notar como un ahogo; pero recordó sus deberes patrióticos, le vino a la memoria cierta frase de Raimundo Fernández Cuesta, en uno de sus últimos discursos a las juventudes («A España se la sirve de muy distintas maneras, desde los más diversos puestos...») y, con su voz más enérgica, contestó a la descarada propuesta:

—Estoy a tu disposición...

El problema, entonces, consistió en encontrar el lugar idóneo para consumar el acto, porque en la Universidad obligaban a dejar la puerta del cuarto abierta, cuando se recibía a persona de distinto sexo y estas cosas de la moral se vigilaban muchísimo. Enrique tuvo que soportar nuevos desprecios de la holandesa a las costumbres nacionales:

—Este país es una vergüenza... No tenéis libertad ni para hacer el amor. Parece mentira, en pleno siglo XX... España sigue en la Edad Media, *chéri*...

Recordando los consejos de Fabián, Enrique consultó al camarero de un bar del paseo Pereda; pero tuvo la malísima suerte de que resultase militante de Acción Católica y, muy ofendido, le contestó que él sólo hacía «aquello» en casa, con su señora y que vergüenza le daba pensar en la degradación de la juventud, aunque también le prometió rezar por la salvación de su alma. Anduvo dando tumbos más de una hora, por las calles cercanas y cuando estaba parado, perplejo y preocupado, junto a una parada de taxis, el conductor del único que estaba en el punto, le pidió fuego. Enrique decidió aprovechar la oportunidad para plantear de nuevo la pregunta, esta vez con magníficos resultados. El taxista (que se definió a sí mismo como un granuja y, además, celebró mucho serlo) le facilitó seis direcciones distintas, de otras tantas pensiones, con tarifas incluidas. Aunque al final, le aconsejó:

—Pero mire, joven; si la hembra merece la pena y yo supongo que la merecerá, que ustedes, a su edad, ¡menudo material trabajan!, yo le recomiendo que la lleve a Pedreña, ahí, al otro lado de la bahía... Toman ustedes el barquito, que sale cada media hora, se van preparando durante la travesía, que es cosa de tres cuartos, y nada más desembarcar, verá usted que dice «Hotel». Pregunte por la señora Teresa o por Marcos, de parte de servidor, Isaac, el taxista. Verá qué sitio más ideal para la cosa, oiga. Le dice al Marcos o a la Teresa que le den la habitación con vistas al mar...

Isaac, el taxista, dio una chupada honda, sabrosa, casi sensual, a su pitillo:

—Yo de esto sé mucho, joven, porque ya le digo que soy un granuja y a mucha honra. Oiga, y siempre he opinado que cuanto mejor se decore la cosa, más bonita resulta. ¿A que sí?

—Sí, claro... —susurró Enrique, a quien la idea le gustaba, pero necesitaba concretar un extremo importante. Por lo que preguntó—: ¿Y qué cuesta ese hotel?

—Yendo de mi parte, acuérdese, Isaac el taxista, le llevarán quince pesetas por un ratito y ocho duros, si es dormida...

—Pues no sabe cómo le agradezco esta información...

—¡Faltaría más, joven! Y a disfrutar, que la vida pasa sin darse cuenta... Ya me ve a mí: casi jubilado en la materia, con lo granuja que yo he sido. Porque, oiga, si yo le contase....

A Monique le entusiasmó la idea de cruzar la bahía y escoger Pedreña como escenario para su desahogo sexual, porque le apetecía mucho conocer aquellos paisajes, verdes, umbrosos, bellísimos, que ya le habían llamado la atención cuando los veía desde Santander. Para eludir los problemas disciplinarios que, sin duda, les causaría pasar la noche fuera de la Residencia Universitaria, decidieron ir el viernes, a las tres de la tarde, para regresar a Corbán a la hora de la cena. Y así lo hicieron.

La travesía de la bahía resultó bastante movida y en algún momento, Enrique creyó que daría el espectáculo; pero pudo reponerse a tiempo. Monique, feliz, entusiasmada, radiante, hacía fotos con una Kodak complicadísima que llevaba y hablaba, a dosis repartidas, de la belleza de aquel paisaje, de los sellos que pensaba comprar el domingo y de la miseria que había en España, de lo mucho que le repugnaba la dictadura franquista y del atraso general que observaba en el país. Enrique, reconcentrado, ensimismado, sin duda con una latente preocupación dominándole, procuraba no enojarse y contestaba como en las películas americanas:

—Sí, querida... Claro, querida... No faltaría más, querida...

En el «hotel» funcionó todo a la perfección. Marcos comentó:

—¡Ah, sí, Isaac el taxista! ¡Menudo granuja...!

Y les dio la habitación con vistas al mar, que era de lo que se trataba, y que a Monique le pareció *merveilleuse*. Buen principio, pensó Enrique para sus adentros. Aunque notaba una creciente desazón. Monique, que estaba admirando el paisaje desde la ventana, abandonó de súbito su observatorio y se precipitó sobre Enrique, que iba a encender un cigarro. Le agarró con fuerza, llevó sus labios sobre los suyos y le colocó tal beso apasionado, que el muchacho salió de él medio ahogado y con unas toses tremendas. A ella le dio una risita, claramente de cachondeo y comenzó a desnudarse. Enrique, también. Tardaron los dos muy poco en hacerlo y ahora fue Enrique quien llevó la iniciativa en el beso y como había tenido la precaución de respirar hondo antes de comenzar (no como la otra vez, cuando ella le trincó sin previo aviso), quedó muy bien. Estaba ya en perfecta disposición para consumar lo que allí les llevaba; pero Monique, sin aparentar ninguna conmoción (ni siquiera interés) por el hermoso espectáculo que los veinte años potentes de Enrique le ofrecían, se sentó en la cama, cruzó las piernas y dijo, con una frialdad verdaderamente cruel:

—Me tomaría una cerveza...

Enrique contestó, con un cabreo nada disimulado:

—¡Pues aquí no hay cerveza!...

—Lógico, *chéri*. ¡Os faltan tantas cosas en España!...

Fue como el fulminante que disparó la carga de pasión (patriótica y de la otra) que Enrique venía conteniendo. Se abalanzó sobre Monique, casi en una perfecta interpretación del tan reputado «salto del tigre» y la besó y la acarició y la mordió y cuando se disponía a lanzarse definitivamente a fondo, ella, que también estaba ya metida en situación, tuvo sin embargo reflejos suficientes para desasirse de él, levantarse de la cama, ir al sillón sobre el que había dejado su bolsa y regresar en seguida al lecho, con un sobrecito en la mano, que alargó a Enrique:

—¿Qué es esto...? —preguntó, con lógico estupor, el muchacho.

—Tú dirás, *chéri* —sonrió Monique—. Mi tranquilidad...

Ahí pudo estropearse el festejo y pudo caer de nuevo un baldón de ignominia sobre el prestigio español, porque Enrique, cuyas experiencias sexuales eran cortas y nunca se habían desarrollado fuera del ámbito del barrio chino de su ciudad, desconocía por completo las técnicas de utilización de aquella goma blancuzca que, con tanta naturalidad, le entregaba la holandesa. Pero estaba el chico tocado por una inspiración casi angélica (y ustedes disculpen la metáfora) y cuando Monique —que se había dado cuenta de su sorpresa y de su duda—, con su mala uva de rigor, compuso un mohín sarcástico, para largar: «No me digas que en España tampoco sabéis de esto...», de una manera intuitiva, genial, colocó debidamente el artilugio, cayó sobre Monique y se entregó febrilmente a las tareas del amor, repetidas cinco veces (sí, cinco), en el breve espacio de tres cuartos de hora y sin solución de continuidad, como aquel que dice. Cuando, finalmente, sudoroso, algo dolorido de los riñones, pero rebosante de satisfacción, se irguió sobre la holandesa, sujetándose con las manos en las sábanas, mientras le miraba a sus ojos azules, ella suspiró muy profundamente, le dedicó una sonrisa llena de gratitud, de admiración y de gozo y tan sólo dijo, eso sí, muy tiernamente:

—¡Arriba España...!

Enrique dio un salto, casi una voltereta y quedó de pie sobre la alfombra, glorioso, triunfador, lleno de un orgullo patriótico sin límites, consciente de haber cumplido con su deber de español. Durante unos segundos se sintió identificado con don Juan de Austria, con Daoíz y Velarde, con el cabo Noval, con el general Moscardó. Preso nuevamente de una excitación místico-erótica, nacional-afrodisíaca, cayó otra vez sobre Monique, que literalmente molida, le recibió con cierto susto, aunque susurrando, en su entusiasmo:

—¡Franco!, ¡Franco...!

Sustituyó la tercera invocación por un quejido muy dulce...

VI

OTOÑO — 1946

Estaba ya don Narciso sentado en la mesa y, naturalmente, también lo estaba Fabián, porque jamás el hijo podía cometer la indelicadeza de dejar solo al padre y sólo faltaba doña Amparo, que estaba trajinando por la cocina, para poner debidamente a punto el hervido de vainas de guisantes, que les correspondía comer después que, el día anterior, habían gozado ampliamente con los guisantes salteados.

—¿Cómo van esos estudios? —preguntó don Narciso, de manera absolutamente rutinaria.

—Bien, papá. Me parece que el segundo curso no será tan difícil como el primero. Además, con eso de que al terminar, nos vamos a las Milicias Universitarias, pienso que los catedráticos tendrán cierta condescendencia...

—Lo importante es estudiar, hijo. Eso es lo importante —pontificó el señor De Luna, al tiempo que se hurgaba en las encías con un mondadientes. Porque era tan original, que efectuaba semejante manipulación antes de comer, en vez de hacerlo después, como todo el mundo.

Llegó doña Amparo, simultáneamente con Asunción, que traía la fuente con las vainas; comenzaron a comer (después de que la señora hizo la señal de la cruz); opinó su marido, con evidente falsedad, que el guiso estaba muy bueno y dijo su señora:

—¿Qué te parece el escándalo de esa película?

—¿Qué película? —preguntó don Narciso.

—No vas a decirme que no te has enterado. ¡Si no se habla de otra cosa en la ciudad! Una inmoralidad tremenda que echan en el Rialto: *Gilda*.

—¡Ah, sí! Algo he oído —comentó el señor De Luna.

—Una vergüenza. Un atentado al pudor. Parece mentira que en un país católico como el nuestro, se toleren semejantes procacidades. Las Damas de Acción Católica hemos mandado un escrito de enérgica protesta al gobernador...

—Vaya... —dijo, sin demasiado entusiasmo, don Narciso.

—Y tú, hijo —doña Amparo se dirigía a Fabián—, ya supongo que no pensarás ir a verla...

—¡Oh, no, mamá, por Dios!... —mintió el chico, con la más inocente de sus expresiones. (Había estado en el estreno, con Enrique.)

En el casino de Cazadores, don Juan Alaña terminó de encender su Romeo y Julieta con la habitual solemnidad y se quitó los quevedos y mientras limpiaba sus cristales, con el pañuelo de seda natural, preguntó:

—¿Qué? ¿Ya han ido ustedes al Rialto?

Los socios de la tertulia pusieron cara de circunstancias y don Juan, brillándole en los ojos una lucecita pícara, les reprochó:

—¡No sean hipócritas! ¡Que estoy seguro de que han visto *Gilda*!

Don Germán reconoció:

—Pues sí; yo la he visto.

—Hermosa mujer la tal Rita Hayworth, ¿eh?... —enjuició el señor Alaña.

—Sobre todo, tiene *glamour* —dijo el conde de Valleselva, que presumía de hablar muy bien el inglés—. O sea, que es una *pin-up girl*.

—Lo que pasa es que está buenísima —simplificó don Ignacio, el arquitecto.

—Pero dense cuenta que lo importante en ella es el matiz sexual —precisó don Juan, siempre exquisito—. Cuando se quita el guante de aquella manera tan provocativa...

—No me lo recuerde —pidió don Ignacio, el arquitecto—. Oigan, les confesaré que me puse cachondo como un cadete...

Todos se rieron mucho, porque don Ignacio tenía setenta y dos años y aquello sonaba a indiscutible farol.

El señor gobernador andaba sumido en un mar de preocupaciones, porque las cartas y los telegramas de protesta se amontonaban sobre su mesa.

—Yo no puedo hacer nada, López —le explicaba a su secretario particular—. Esa película viene debidamente autorizada desde Madrid y carezco de competencia para prohibir su exhibición. Pero mire lo que me dicen en este escrito las Damas Apostólicas...

—Realmente, es una porquería, señor gobernador —se permitió opinar López.

—O sea, que usted la ha visto...

—Comprenda, señor gobernador... No sabía de qué se trataba...

—Muy guapa la Rita Hayworth, cada cosa lo que sea —concedió la primera autoridad provincial.

—¿También su excelencia ha visto la película?

—Hombre, ya sabe que me mandan entradas para todos los estrenos. Tampoco yo podía suponer de qué se trataba.

—Naturalmente, señor gobernador. Hay que reconocer que el *Amado mío* es una bonita canción.

—Y la insinuación del guante está muy conseguida...

—Si su excelencia lo cree así...

El señor gobernador levantó con sus manos aquel montón de cartas y de telegramas que tenía sobre la mesa.

—¡Pero menudo problema el que me ha creado la *Gilda* de las narices...!

Manolo Sánchez también fue a ver la película, con dos camaradas del Frente de Juventudes y, naturalmente, al anfiteatro. Lo estaban pasando muy bien y hasta comentaban la calidad de la dirección de Charles Vidor (ya que no le concedían al film mayor trascendencia que la cinematográfica), cuando llegó la secuencia de la canción y nada más empezar Rita con el *Amado mío*, cayeron sobre la pantalla unas manchas de tinta y se armó cierto escándalo, porque en el patio de butacas estaban los integristas de las Juventudes de Acción Católica, muchachos apasionados de la fe, que lanzaban tinteros sobre el blanco lienzo y como, en el trayecto, salpicaban a los espectadores, éstos se irritaban muchísimo, ya que les habían manchado el traje y los contestatarios les decían que lo importante era salvar el alma.

El impacto de *Gilda* fue tan grande, que el film duró cinco semanas en Rialto, de modo y manera que todos vieron la película, indudablemente para poder protestar después de que se tolerasen semejantes obscenidades. Algunos jóvenes fueron hasta tres veces y en todas partes se canturreaba aquella hermosa melodía:

—Amado mío... te quiero tanto... no sabes cuánto... ni lo sabrás...

Mercedes Aldana, con su enorme visión comercial, la incorporó en seguida al repertorio lírico de Marruecos y eligió a una de sus *vedettes*, la menos gorda, para interpretar todas las noches el número, quitándose también los guantes negros (aunque sin alcanzar la picardía de Rita), entre el entusiasmo de los espectadores. El escándalo de *Gilda* motivó que don Arcadio, comprendiendo que su misión pastoral le obligaba a ocuparse del tema, dijese en misa de doce, el domingo y desde el púlpito, después de sujetarse debidamente el bisoñé:

—Luzbel nos acosa desde todos los frentes y uno de esos frentes es la pantalla cinematográfica. Debo preveniros, amados feligreses, sobre esa película abyecta, procaz, cochambrosa, que se está proyectando en un cine de nuestra ciudad, merced a la indecorosa tolerancia de la autoridad civil. Ya sabéis: se llama *Gilda*. Yo no me atrevo a decir que, quienes la vean, incurran en excomunión, aunque bien se la merecerían. Pero desde luego, estarán en pecado mortal.

El empresario del cine Rialto (que, sin embargo, era muy católico) agradeció profundamente la publicidad del párroco de San Ruperto, que hizo aumentar todavía más (en lo posible) los índices de asistencia a su local. Doña Amparo de Luna, en uno de sus arranques, propuso a sus compañeras de la Congregación de María Inmaculada:

—¡Vamos a quemar el cine...!

Pero no fue seguida por las otras damas, que eran, evidentemente, algo pusilánimes.

Aunque doña Benigna Perales, de Alaña, acababa de demostrar la firmeza de sus convicciones cristianas, dando cumplimiento a una antigua promesa que, por diversas circunstancias, no pudo llevar a cabo a su debido tiempo. Durante la guerra, su querido sobrino Marianito (como un hijo para ella) sufrió un tifus terrible, que a punto estuvo de costarle la vida. Al niño le había afectado mucho el asesinato de su padre y al decaimiento moral se le unió una intoxicación, por la mucha edad de un pescado que se comió con gula, a pesar de lo mal que olía. La infección intestinal degeneró en fiebres tifoideas y durante varios días —acababa de cumplir los 13 años— el muchacho estuvo entre la vida y la muerte. Pudo salvarse gracias a una feliz combinación de circunstancias: unas medicinas que su tío, don Juan, consiguió comprar en el mercado negro; la sabiduría del doctor Sorni y, muy especialmente, el fervor con que su tía Benigna, eficazmente auxiliada por su hermana Raimunda, acudió a san Pancracio y a la Virgen del Pilar, que eran sus santos predilectos.

Cuando Marianito se hubo recuperado, su buena tía le comunicó que, entre las muy variadas promesas que había ofrecido a sus intereses celestiales (condicionándolas, desde luego, a que se pusiera bien del todo) figuraba la de pasarle por el manto de la Virgen del Pilar, en la basílica de Zaragoza; rezar después un rosario frente a la milagrosa imagen y depositar finalmente la natural limosna para su culto. Doña Benigna, como solían hacer otras muchas virtuosas damas en trances semejantes, no solamente se obligaba a sí misma en la promesa (cuestión lógica), sino que implicaba también a un tercero, ajeno en principio al compromiso contraído en su nombre y sin su autorización.. Aunque, aclarémoslo en seguida, Marianito aceptó de mil amores la obligación pactada por su tía en virtud de un consentimiento presunto, como diría un jurista.

Naturalmente, la promesa no pudo cumplirse de forma inmediata, ya que Zaragoza estaba en zona nacional y Marianito y sus familiares, en la entonces llamada comúnmente, roja. Tampoco los meses inmediatos al término de la guerra civil permitieron saldar la deuda de conciencia; viajar era muy difícil; no había automóviles; los trenes iban atestados; los viajes duraban horas y horas, cuando no, días y días... Fueron pasando los meses e incluso, los años, y doña Benigna mantenía incumplida su promesa, lo que la tenía hondamente preocupada. Cuando sucedió el desdichado *affaire* de la pelandusca y el niño con peca o fresa en la nalga derecha, lo primero que hizo la señora fue encomendar el arreglo a san Pancracio y a la Virgen del Pilar; pero al reparar en la anterior obligación incumplida, creyó más oportuno y desde luego, mucho más decente, variar la identidad de los santos protectores. Y se dirigió a san Camilo y a santa Teresita del Niño Jesús, además de buscar terrenales ayudas en doña Amparo, como ya nos consta.

Aquello se resolvió felizmente; la lagartona dejó en paz a Marianito, no sólo por la eficaz intervención celestial y por los sabios consejos de doña Amparo, sino mayormente, porque don Juan Alaña, sin contárselo a nadie, se entrevistó con la individua, y le dio tres mil pesetas a ella y otras dos mil a un viejo jornalero de una de sus fincas, viudo y sin hijos, que no tuvo inconveniente alguno, ante tan importante suma, en reconocer como suyo al presunto niño de Mariano. La mala mujer regresó en seguida a Madrid, contenta como unas pascuas y las hermanas Perales (doña Benigna y doña Raimunda) cumplieron esta vez fielmente todas las promesas hechas a los santos, convencidas de que su protección había resultado decisiva.

Y aún hizo más doña Benigna: decidió que, en cuanto pasara el verano, marcharía con su sobrino a Zaragoza, para tranquilizar su conciencia, que mucho le remordía por el incumplimiento de la anterior, y ya antigua, promesa. Raimunda se alegró tantísimo porque también estaba inquieta moralmente y además de eso, le gustaba viajar y no conocía Aragón. Don Juan, en cambio, no se mostró partidario.

—Eso es ridículo, Benigna. No tiene sentido.

—¿Por qué no? La promesa está pendiente; y me ha dicho don Joaquín (don Joaquín era su director espiritual) que aún no he incurrido en pecado gordo, porque no me niego a cumplirla. Pero que lo sería y de los graves, si definitivamente dejara la cosa así.

—Pero mujer: lo de pasar a los niños por el manto de la Virgen y ofrecerlos a Ella, está muy bien cuando son eso, niños. Los monaguillos los toman en brazos, los acercan hasta la imagen y resulta un acto muy emocionante y muy piadoso. ¿Pero cómo vas a pretender hacerlo con un tiarrón de veintidós años y casi dos metros?

—¿Qué tendrá que ver? Lo haremos, lo haremos y lo haremos...

Lo único que logró don Juan fue no tener que acompañar en el viaje a su mujer y a su cuñada. Mariano, bastante fastidiado, dijo que bueno, que si su madre se lo pedía y su tía se lo ordenaba... Don Juan les dejó en la estación, a las ocho de la mañana. Llevaban unas cestas con bocadillos (de pan de maíz, desde luego), huevos duros y fruta y dos termos con leche. A las nueve de la noche llegaron a Zaragoza; durmieron en la hospedería del Pilar y los muchos fieles que, al siguiente día, asistían a la misa de nueve, contemplaron el poco frecuente espectáculo de un menudo monaguillo, revestido con roquete y sotana roja, llevando de la mano hasta el altar a aquel buen mozo, que besó con evidente unción el manto de la Virgen y después se quedó un buen rato orando, junto a dos señoras vestidas de negro, que no pararon de llorar en todo el tiempo.

Dedicaron el resto del día a visitar la Ciudad de los Sitios. Compraron varias docenas de medallas de la Pilarica y unas imágenes pequeñas muy curiosas, que presentaban a la Virgen dentro de un obús, a guisa de capilla; merendaron en Ambos Mundos y regresaron a la mañana siguiente, aunque esta vez el viaje estuvo lleno de sobresaltos. Un grupo de «maquis» se había enfrentado con la Guardia Civil a la altura de Alcubierre y la refriega fue larga. Por razones de seguridad, el tren estuvo detenido más de cuatro horas en un apeadero, tan modesto, que ni siquiera tenía cantina. A los viajeros no se les dio ninguna explicación; de forma que, cuando inquirían del revisor, con la natural impaciencia, la causa de tan inacabable parada, el hombre de la gorra galoneada se limitaba a responder:

—Órdenes superiores.

—¿Falta todavía mucho para continuar el viaje? —insistían los pasajeros.

—Lo ignoro, señores. Me limito a cumplir órdenes.

Pero siempre hay en estos casos un enterado, una persona que, con gesto de suficiencia y bajando la voz, dice:

—Yo sé lo que pasa...

Y los demás se arremolinan junto a él.

Esta vez, el enterado era un bizco, con boina negra y traje de pana, de indefinida edad, ya que semejantes lugareños, tan resecos de cara, tan tostados por el sol y tan llenos de arrugas, nunca se sabe si son jóvenes envejecidos por el diario trasiego en los bancales o viejos que se conservan muy requetebién, gracias al contacto constante con la naturaleza...

El bizco formó corro y en el corro estaban las hermanas Perales y Marianito, que parecía más preocupado aún que ellas.

—Esto es cosa de los maquis... —susurró el de la bizquera.

—¿Los maquis? —doña Benigna no sabía qué era aquello. Ni su hermana Raimunda, tampoco. De modo que fue preciso que Marianito les explicara:

—Son rojos que andan por las montañas, haciendo maldades. Han entrado por Francia, según ellos, para liberarnos del franquismo. Atacan las aldeas, cometen actos de sabotaje y roban lo que pueden.

—¿Y están por aquí cerca? —se inquietó doña Benigna.

—Eso dice este señor...

—¡Ave María Purísima...!

El estrábico de la boina, en el mientras tanto, ampliaba la información, dando cuenta al asustado auditorio de las últimas fechorías que los «maquis» habían cometido por aquella comarca.

—Pero la censura no deja que estas cosas se cuenten y así pasa que igual ustedes no tenían idea de cómo está la situación...

—A mí ya me había dicho algo un primo mío, que es militar —comentó un calvo gordinflón, mientras comía sin parar orejones y pan de higo, que iba sacando de un cucurucho de papel de estraza—. Pero no pensé que fuera tan seria la cuestión...

—Yo les aconsejaría —dijo entonces el bizco, con gran solemnidad— que si llevan encima dinero... bueno, me refiero mucho dinero: cuarenta o cincuenta duros, por ejemplo, se lo escondan por alguna parte. Lo mismo que las señoras los pendientes y las cosas de valor.

—¿Y qué hago yo, que tengo tres muelas de oro? —preguntó una jovencita, evidentemente subnormal.

Eran cerca de las tres de la tarde, cuando el revisor salió del apeadero acompañado por la pareja de la Guardia Civil y haciendo palmas, dijo al personal, que se había desparramado por las vías y por los cercanos matorrales:

—¡Todos al tren, que nos vamos...!

Si mal lo pasaron las hermanas Perales y Marianito, no se diga el sufrimiento de don Juan Alaña, que se había dado más de cien recorridos al andén de la estación y que cada media hora llamaba con los nudillos a la puerta de la oficina de Información de la RENFE, para preguntar, con finura:

—¿Serían tan amables de decirme, si es posible, las causas del retraso del descendente de Zaragoza y su probable hora de llegada?

Eso fue la primera vez, cuando un individuo con gorra de plato azul y traje de indefinido color, pero positivamente guarro, le contestó con retintín:

—Oiga, caballero, los retrasos ya se sabe lo que son y parece mentira que usted se extrañe, aunque por las trazas se me antoja a mí que usted viaja en tren más bien poco.

A la sexta, don Juan, perdida su compostura, osó levantarle la voz al mugriento y protestar:

—¡Tengo derecho a que se me informe con exactitud! ¡En ese convoy viajan familiares míos muy queridos...! Entre otros, mi esposa...

—Pues no se haga ilusiones, que al final llegará... —dijo el gorrino, al tiempo que le daba con la puerta en las narices.

Efectivamente; al final, llegaron, sucios, agotados, famélicos, hechos una pena. Benigna se abrazó largamente con su marido y le puso perdidos los hombros de la chaqueta gris, con sus gruesos lagrimones. Raimunda también lloraba, con tal estrépito y violencia, que su hijo llegó a asustarse.

—Bueno, bueno; ya estáis aquí... —tranquilizaba don Juan—. ¿Pero qué os ha pasado...?

—Ha sido terrible, cariño —balbuceó doña Benigna—. Algo espantoso. ¡Hemos estado en peligro de muerte...!

—¡No tanto, tía...! —dulcificó Mariano—. Pudo pasarnos algo grave, pero a Dios gracias, sólo fue el susto...

—¿Habéis descarrilado, acaso? —preguntó, con lógica, don Juan.

—¡Mucho peor, muchísimo peor...! ¡Eran los caquis...!

—¿Los caquis? ¿Los soldados? —se asombró Alaña.

—Quiere decir los maquis, tío. Los rojos esos que andan por la sierra...

—¿Ah, pero entonces es verdad que hay maquis? Pues ayer, en el casino, don Ignacio, el arquitecto, aseguró que se trataba de una patraña más de las radios francesas...

—¡Y son feísimos, con una cara de asesinos que aterra...! —precisó Raimunda, que aún seguía llorando.

Su hermana la miró, recriminándole con los ojos, para decir en seguida:

—No exageres, que gracias a Dios y a la Pilarica, no los hemos visto.

—Pero tienen que ser feísimos... ¿No te parece?

—Bueno, eso, sí —concedió la otra.

Y se agarraron todos del brazo y salieron de la estación, precedidos por el maletero que llevaba los equipajes en la espalda, colgados de una correa, y caminaba encorvado, por lo mucho que pesaban.

El conde de Valleselva salió de casa, como todos los días, a las doce de la mañana. Vivía el conde en un edificio de mediados del XIX, que en tiempos debió tener ciertos aires de palacio; pero que ahora estaba medio en ruinas hasta el punto que necesitó ser apuntalado. Dos gruesas vigas de madera se apoyaban sobre la fachada, cuyo primitivo color blanco se había convertido en gris sucio. Tenía el caserón dos únicos pisos y el amplio portal daba al patio de carruajes, por donde correteaban unos gatos famélicos. Todo ofrecía una sensación total de abandono, aunque, eso sí, sobre el balcón principal, campeaba en piedra el escudo heráldico de los Valleselva. Título que estuvo repleto de glorias y ahora se encontraba cargado de deudas, si bien hacía honor al lema de la estirpe: «Antes se rompe que se dobla.»

En la puntual repetición de su jornada de cada día (en la que se rechazaban de forma absoluta cualesquiera actividades laborales), el conde se disponía a ir a la barbería, para que Jesús le afeitase (una pasada nada más; muy suave en el cuello) y le aplicara la loción de Floid y le peinase con Varón Dandy. Total, cuatro pesetas; era quizá el único pago que el conde realizaba al contado. Echó, pues, a andar hacia la peluquería, con pasos largos y solemnes. Pasos casi de procesión, según solía comentar el vecindario, que tenía al conde como una especie de lujo del barrio y lo enseñaba a las visitas, cuando cruzaba por debajo de sus ventanas.

Quizá cegado por el sol de mediodía, no reparó el conde, cuando traspuso el amplio umbral de su casa, en un extraño personaje que se paseaba por la acera de enfrente. Un hombre alto, de poderoso tórax y atlético aspecto; pero lo que de él llamaba verdaderamente la atención era su vestimenta. Llevaba una especie de uniforme militar, aunque la guerrera iba sin hombreras. Pantalón largo, cinturón de tela y gorra de plato. Todo ello —ahí lo más sorprendente—, en color rojo. Un rojo chillón, escandaloso. El insólito conjunto se completaba con unas gafas de sol muy grandes, como las que solía usar Manolete, que casi cubrían el rostro del singular individuo.

—¡Qué mal gusto...! —pensó para sus adentros el conde, cuando al cabo de unos pasos se apercibió de la presencia del extraño personaje. Y siguió su camino sin mayor preocupación.

El extraño personaje vestido de rojo echó a andar, asimismo, detrás del conde, guardando una distancia de tres o cuatro metros. No intentaba disimular en absoluto que se trataba de un auténtico seguimiento. O sea, que si el conde cambiaba de acera, él también; y si se paraba frente a un escaparate, él lo hacía asimismo; y una vez que se detuvo en el kiosko de Quilis, para comprar el *ABC* de Madrid, el colorado también lo compró. No había mucha gente por la calle, porque, además, aquellas eran calles tranquilas, de poca circulación; pero los escasos transeúntes miraban con la natural sorpresa al señor conde y a su seguidor y no entendían aquello, excepto uno, que le comentó, con picardía, a la señora flaca que llevaba colgada del brazo:

—Mira, un colorado... ¿Quién será el moroso?

Naturalmente, el conde se había percatado de la rara persecución, pero estaba ya cerca de la barbería y calculó que allí terminaría tan absurdo acompañamiento. Entró, dio los buenos días con cierta nerviosa precipitación, se acomodó en el sillón de Jesús y su asombro fue mayúsculo al observar que el extraño personaje vestido de rojo se sentaba en el sillón contiguo, se quitaba la gorra y ordenaba:

—La barba, por favor...

Bastante preocupado, no advirtió, en cambio, que unos clientes que todos los días, después de afeitarse, se quedaban para leer gratis el periódico, cuchicheaban entre sí y ponían cara de pitorreo. Terminaron sus servicios casi al mismo tiempo y salieron con segundos de diferencia, siempre el extraño personaje detrás del conde, que tomó el tranvía en la esquina, para cumplir su siguiente y habitual etapa en el casino de Cazadores, consistente en aumentar su cultura en la biblioteca, hasta que se hiciese la hora de almorzar. El sujeto subió también al tranvía, aunque por la puerta trasera; sin embargo, a los pocos momentos estaba en la plataforma de delante, silencioso y pegado al conde. Quien esta vez, pudo escuchar murmullos, comentarios en baja voz y observar un cierto cachondeo entre los demás viajeros.

Definitivamente nervioso, se apeó una parada antes de la que le correspondía. Miró hacia atrás. El tranvía había arrancado de nuevo, con el extraño personaje en la plataforma. Suspiró, aliviado. Y emprendió rápida caminata hacia el casino, donde le aguardaba una ingrata sorpresa: el individuo de marras, que lógicamente había llegado antes en el tranvía, aguardaba frente a la puerta, con los brazos cruzados. Unos niños le miraban absortos. Dos o tres socios que estaban sepultados en las poltronas de cuero, bien visibles a través del llamado escaparate, quedaban asimismo pendientes de él. El conde no se atrevió a entrar; pasó de largo por la fachada del casino y notó que el tipo vestido de rojo volvía a seguirle, a pocos pasos. Y que los viandantes se paraban y hacían comentarios.

Dobló súbitamente hacia el estrecho y solitario callejón llamado de las Ánimas. Anduvo unos pasos, se detuvo y giró en redondo. El extraño ser casi se dio de bruces con él. Sin conseguir dominar su ira, el conde le increpó, aunque, eso sí, a media voz:

—¿Pero qué diantres pretende usted?

El extraño personaje metió la mano (también cubierta por un guante rojo) en el bolsillo, sacó un tarjetón y se lo alargó. El conde leyó: «AGENCIA DE COBROS LA INFALIBLE. NUESTRO AGENTE Sr. Menéndez *(esto escrito a mano)* TIENE EL HONOR DE SEGUIR A USTED POR ENCARGO DE Ultramarinos Cebrián *(también a mano)*, PARA RECORDARLE QUE ADEUDA A DICHA FIRMA LA CANTIDAD DE doscientas veinte pesetas con treinta céntimos *(asimismo manuscrito)*. EL ACOMPAÑAMIENTO DE NUESTRO HOMBRE COLORADO POR TODA LA CIUDAD TERMINARÁ CUANDO LA CUENTA SEA SALDADA. MUCHAS GRACIAS Y DISPENSE LAS MOLESTIAS.»

Tuvo una vacilación de segundos el señor conde. Después, en justificado rapto de indignación, rompió en varios pedazos el infamante tarjetón y caminó de nuevo. Con el extraño personaje detrás, desde luego. Salió a la plaza de la Catedral. En los veladores del café Colonial, bastantes parroquianos tomaban su café, beneficiándose del solecito tibio que lucía. Dudó unos segundos, pero apretó el paso con decisión. Y el colorado le siguió, forzando también la marcha. Hubo cierto revuelo entre los parroquianos del café Colonial y hasta algunos le señalaron con el dedo, mientras comentaban algo, en plan de chanza, con sus compañeros de mesa. Comprendió entonces el conde que estaban en el secreto y la proximidad de casa de sus sobrinos, los Javaloyes, le propició la idea maligna. Conocía bien aquella escalera, sin ascensor, amplia, de madera reluciente, que serpenteaba hasta el quinto piso, con taburetes en cada rellano, para reposar del esfuerzo en la ascensión.

Entró, pues, en la casa. No estaba, afortunadamente, Aureliano, el portero. Comenzó a subir lentamente los altos escalones; al llegar al primer piso, se asomó al hueco. Efectivamente: el colorado también subía. Continuó la marcha, ya más lentamente. Al llegar al tercero, el colorado estaba tan sólo a dos peldaños de distancia. Entonces, se volvió rápidamente, se abalanzó sobre el sujeto, a quien pilló desprevenido y aplicándole una llave de jiu-jitsu (técnica japonesa que había aprendido durante su estancia en Londres, siendo estudiante) le derribó sobre el pasamanos de la escalera. Después, en un esfuerzo insospechado (los nervios aumentan, en casos así, la potencia física de las personas), le subió unos centímetros, inclinó el vencido cuerpo sobre el hueco de la escalera y lo arrojó por él.

El ruido del colorado, cayendo hasta la planta baja, se aminoró con el timbrazo prolongado del conde, llamando a la puerta del piso de sus sobrinos. Le abrió Fausto, quien no pudo reprimir su sorpresa:

—¡Caramba, tío! ¡Qué alegría verte...!

—Pasaba por aquí y me he dicho: voy a charlar con mis parientes... —explicó, muy sereno, el señor conde, al tiempo que cerraba con cierta precipitación la puerta.

Aureliano, que había acudido alarmado por el estrépito, se encontró con el espectáculo del agente de La Infalible, medio despanzurrado, echando sangre por la cabeza y diciendo, entrecortadamente:

—¡Me ha matado ese cabrón! ¡Me ha matado ese cabrón...!

Al fiel portero no se le ocurrió otra cosa que la más adecuada a la situación: subir atropelladamente al primero, donde vivía el doctor Carreño y solicitar sus inmediatos servicios profesionales.

La noticia la llevó al casino de Cazadores, aquella misma tarde, don Ignacio, el arquitecto. Y los asiduos a la tertulia de la sobremesa se impresionaron bastante, aunque don Juan Alaña, con una sonrisa condescendiente, les informó:

—Villaselva andaba notoriamente retrasado en sus pagos. Ahora puedo decirles, sin perjudicar su honra, definitivamente maltrecha, que debe siete mensualidades de su cuota social.

—¡Qué barbaridad! —comentó don Germán Lahoz—. ¡Yo que le consideraba un caballero!

—Y lo es. Pero sin un duro.

—Menos mal que ese individuo ...el colorado... parece que no tiene más que dos o tres fracturas. ¡Porque si llega a matarle...!

Hubo un silencio espeso, que rompió don Juan.

—De todos modos, reconozcamos que el sistema es vejatorio. No se puede someter a una persona honorable, por mucho dinero que deba, a semejante humillación pública.

—Vejatorio, pero eficaz —dijo don Ignacio, el arquitecto—. ¿A quién se le ocurrió?

—¡A quién va a ser! Al tal Aymerich; el mismo que está construyendo la clínica maravillosa... Esa sociedad, La Infalible, es también suya...

—Un caballero de industria, semejante tipo.

—Pues tuvo la desfachatez de pretender ingresar en el casino... —precisó don Juan.

Después, siguieron un buen rato con el tema, y cada cual contó lo que sabía de la ruina del conde de Valleselva, de manera que todos llegaron a la conclusión de que estaba literalmente en la calle.

—Pero su palacio... bueno, su caserón, vale mucho dinero. Derribándolo, se entiende, para aprovechar el solar —indicó don Ignacio, el arquitecto.

—Está hipotecado tres o cuatro veces... —aclaró don Germán.

En vista de lo cual, decidieron hablar de política, coincidiendo todos en que la situación internacional se había puesto muy difícil para España y que, con la frontera francesa cerrada a cal y canto y las Naciones Unidas cada vez más enfrentadas a Franco, el porvenir de España se presentaba muy, muy negro.

—Yo, por lo que pueda pasar —sonrió don Juan—, me he ido a ver otra vez *Gilda*...

Fabián estaba tumbado en la cama, entregado a profundas meditaciones. Su situación económica era desastrosa; las setenta y cinco pesetas que ahora le entregaba cada domingo don Narciso, no le llegaban apenas para nada. Por ello, había tomado la drástica decisión de vender, en una librería de lance, la colección «Araluce», que tanto le entretuvo en su adolescencia; aunque ya sabía que no iban a pagarle mucho más de trescientas pesetas. Bien; un alivio, gracias al cual podría llevar al cine a Mari Nieves durante varias semanas y hasta invitarle al aperitivo. Mari Nieves le gustaba mucho y hasta incluso pensaba que podía enamorarse de ella. Pero enamorarse de ella suponía romper con sus otras amigas y quedar sometido a la severa censura de doña Elvira, madre de la chica. Que era muy exigente en estos temas y querría meterle en casa en seguida, para forzar la situación.

Por otra parte, doña Amparo le traía frito con sus obsesiones religiosas y no paraba de imponerle novenas, sufragios, dolores y gozos de san José, meses de María, rosarios larguísimos (con aquellas letanías en latín, que nunca se acababan), primeros viernes, misas de difuntos y toda una inacabable gama de devociones múltiples, auspiciadas por el pesado del padre Carriega, el anciano escolapio, que iba a merendar a su casa todos los miércoles y le colocaba unos sermones tremendos sobre la castidad. La castidad era, por lo visto, lo único que tenía que importarle; el pecado por antonomasia. De manera que un simple pensamiento lujurioso, le condenaba *per in aeternum* al fuego del infierno. Y era lo que Fabián rumiaba para sus adentros: si un sólo pensamiento traía idénticas consecuencias punitivas que el acto realizado, resultaba una tontería contentarse tan sólo con pensar obscenidades, puesto que lo lógico era cometerlas (por el mismo precio).

La cuestión política también le tenía preocupado; estaba claro que el régimen atravesaba un momento difícil y él, que había sido jefe de escuadra en el Frente de Juventudes y ahora militaba en el SEU y se sabía de memoria los discursos de José Antonio, sentía el deber patriótico de rebelarse frente a las presiones extranjeras. Aunque comprendía que la eficacia de esta rebelión era más bien limitada y entonces, lo que hacía era levantar el ánimo de sus compañeros en la Universidad y convencerles de que la culpa de todo la tenían la masonería y el comunismo y de que Franco acabaría sacando adelante a España. Discutía agriamente con Eloy Burcelas, que era monárquico y había repartido en clase unas hojas clandestinas, con el manifiesto que don Juan de Borbón acababa de lanzar, pidiendo al Caudillo que se fuese, para dar paso a un sistema democrático. ¡Menuda insensatez! Además, si se exceptuaba a unas pocas docenas de anquilosados, ¿quién creía ya en la Monarquía?

Finalmente, tampoco dejaba de preocuparle el riesgo físico a que podía verse expuesto si, como decían los agoreros, la penetración de los maquis iba en aumento. Hermanos mayores de varios compañeros, que estaban en el Ejército, contaban los frecuentes enfrentamientos armados que venían produciéndose en las zonas fronterizas con Francia y también, en las sierras de Aragón y de Asturias. Eran bastantes los muertos, aunque los periódicos silenciaban totalmente la cuestión. Fabián estaba en edad militar y la primera movilización le afectaría de inmediato. No es que le asustara la idea; antes al contrario, comprendía que la posibilidad de defender España de sus enemigos tenía que llenarle de júbilo. Aunque él era pacífico, a pesar de sus entusiasmos patrióticos y, bien mirado, prefería —desde luego— que no hubiese otra guerra civil, que fuese mentira que los de la ONU estaban dispuestos a apoyar un ejército del Gobierno republicano en el exilio y que no hiciese falta echarse al monte, con el máuser montado.

No estaban siendo sus veinte años, no, como contaban sus padres que habían sido los suyos, fue su reflexión final. Pero en ello, precisamente, residía su responsabilidad; la suya y la de todos los jóvenes de su generación. Se lo habían repetido mil veces en las reuniones de mandos del Frente de Juventudes, en los «fuegos de campamento», en las concentraciones y en los discursos de las jerarquías. Había que levantar España, había que sacarla adelante y para ello, todos los sacrificios eran pocos. «¡Por el Imperio hacia Dios!» Pero, ¿podía pensarse seriamente en la idea imperial? Cinco años atrás pareció posible; Fabián recordaba su alborozo, el día que las fuerzas de la Marina ocuparon Tánger. ¡Comenzaba la expansión! Claro que entonces, los alemanes iban ganando la guerra y en cambio ahora, en Nuremberg acababan de juzgar (bastante irregularmente) a los altos jefes del III Reich.

Lo que estaba claro, lo que no se discutía, era la función salvadora que a su generación le tocaba cumplir. Trabajando sin tasa, cada cual en lo suyo, todos unidos en el común esfuerzo, al mejor servicio de la patria. Apretándose el cinturón, olvidando el contorno exterior hostil, para restablecer la economía nacional y conseguir, borrando odios cercanos, la unidad de las tierras y de los hombres de España. Bien lo había precisado el Caudillo, en su discurso a las juventudes, el 30 de mayo. Y aquella consigna tenían que cumplirla por encima de todo. Era un imperativo de conciencia.

Estaba, pues, hundido en semejantes lucubraciones, cuando se abrió la puerta del cuarto y asomó don Narciso, que para empezar, le echó la bronca de costumbre:

—¡Te tengo dicho que no estés tumbado en la cama y menos aún, con los zapatos puestos!

—Perdona, papá... —dijo Fabián, al tiempo que, como siempre, se ponía en pie de un salto.

—Vamos a ver. Una consulta jurídica.

—Bueno... Piensa que estoy en segundo todavía...

—Pero ya estudias Penal. ¿O no?

—Llevamos ocho o diez clases...

—Te habrás enterado de la salvajada que ha cometido el conde de Valleselva con un probo empleado de mi cliente, el señor Aymerich...

—Sí; lo del colorado... Se comenta mucho en la Universidad...

—¿Tú crees que eso es un delito? ¿Qué pena le puede caer al conde? ¿Le meterán en la cárcel? ¿Se le puede embargar algo, si es que le queda algo por embargar? ¿Cómo se valoran los daños y perjuicios? ¿Debe querellarse solamente la víctima o también la empresa? ¿Tú qué harías?

Fabián no dudó en la respuesta:

—Pues mira, papá; antes que nada, terminar la carrera. Para poderte contestar luego.

Don Narciso no quedó nada satisfecho con la salida de su hijo; así que refunfuñó:

—No servís para nada... ¡Con el dineral que me cuestan las matrículas! Pero claro, los jóvenes de ahora, ya se sabe... Mucho coqueteo, mucho cine...

Antes de dar el reglamentario portazo, todavía dijo:

—¡Y pensar que nos jugamos la vida en el frente para que fueseis hombres de provecho...!

Realmente don Narciso se pasó la guerra poniendo inyecciones, gracias a la inutilidad para otros servicios bélicos, derivada de sus dioptrías y de sus pies planos; pero ello no le impedía considerarse partícipe del heroísmo ajeno.

VII

«PRIETAS LAS FILAS» — 1946

Don Juan Alaña compuso una expresión auténticamente dramática y, dirigiéndose a los señores miembros de la Junta Directiva del casino de Cazadores, resumió:

—O sea que, por doloroso que nos resulte, el caso no tiene solución posible. De conformidad con los Estatutos sociales, el procesamiento del conde de Valleselva lleva implícita, de forma automática, su baja como socio...

Hubo un silencio muy tenso. Don Ignacio, el arquitecto, preguntó:

—¿Seguro?

—De toda seguridad. Si quieren, les volveré a leer el artículo quince, del capítulo tres, «Altas y bajas».

Los demás dijeron con sus gestos que no era preciso. Y se pasó a contemplar las solicitudes de admisión presentadas, para cubrir la baja del conde. Se rechazó en seguida (una vez más, y ahora, con indignación), la de Aymerich. Y la de un tal Florentino Pérez, éste por conducta privada inmoral. Don Ignacio pidió la palabra:

—¿Pero cómo nos consta, de forma fehaciente, algo tan delicado, tan íntimo?

Don Juan, que andaba encendiendo su Romeo y Julieta, solicitó un momento de espera, haciendo un gesto con la mano izquierda y tras darle las chupadas iniciales al habano, rompió la pausa:

—Consta de forma indiscutible y por una coincidencia en verdad chocante. Este don Florentino anda metido en asuntos de construcción...

—Es aparejador —precisó don Ignacio.

—Eso. Su señora, mujer de cuna humilde, pero muy honorable, necesitó sustituir a una de las criadas, que se le iba a casar. Hizo las gestiones propias del caso y le llegó la nueva fámula, Dorotea, de nombre, por más señas. Traía buenos informes y, en el colmo de la fortuna, los uniformes de la anterior le sentaban como hechos a medida...

Repitió la pausa, para repetir también la chupada del veguero. Los demás estaban tan interesados, que uno dijo, evidentemente excitado:

—Bueno, ¿y qué?

—Que la chica entró en la casa a las diez de la mañana y se puso al corriente de todo y llegó la hora de comer y se dispuso a servir la mesa. Mientras estaba en la cocina, había llegado don Florentino, que se sentó con su mujer y sus hijos, a la espera de la comida. Y se produjo el drama.

—¿El drama? —se extrañó don Ignacio.

—La doncella, o sea, Dorotea, que aparece con la sopera y don Florentino, que al verla, cambia de color y ella, que con la mayor naturalidad (sin duda, fue un acto reflejo) va y dice: «Caramba, señor, ¿cómo usted por aquí?» La señora de don Florentino, extrañada, pregunta lo normal: «¿Es que usted conoce a mi marido?» Y la chacha, definitivamente obnubilada, contesta: «¿Su marido? ¿Pero aquí, don Florentino, no es el marido de la señorita Eva?»

Los miembros de la Junta del Casino prorrumpieron en sonoras carcajadas. Y comentó uno:

—¡Menuda plancha!

—De campeonato —resumió don Juan—. Como veo que han comprendido, se trataba de que la Dorotea en cuestión había estado sirviendo, con anterioridad, en el pisito que don Florentino le tiene puesto a Eva, una tanguista que actúa no sé dónde...

—En el Marruecos —concretó don Armando Coello, que en seguida se arrepintió de haberlo hecho. Porque los demás le miraron con muy mala intención.

—¡Ya es casualidad!

—Vaya que sí. Como ha comentado mi señora —explicó don Juan, con cierto orgullo conyugal—, se trata del dedo del Destino.

—Además, la tal Dorotea es una imbécil. Bien pudo disimular...

—Estas gentes sin cultura, ya se sabe... —disculpó don Germán. Y el señor Herrera, que tenía prisa, recordó:

—Bueno, sigamos con la votación. ¿Qué otros aspirantes quedan?

—Solamente dos. Don Hipólito Cué.

—Me opongo rotundamente. Ése es rojo —dijo, algo acalorado, don Germán Lahoz.

—Hombre, rojo, rojo...

—Fue concejal cuando la República, militante del Partido Socialista y se pasó una temporadita en la cárcel, al acabar la guerra. Mi bola, desde luego, será negra. No tengo ningún inconveniente en anticipárselo a ustedes.

—De todos modos, habrá que votar... —recordó don Juan. Que presentó al siguiente aspirante—: Don Francisco de Orrico López, abogado del Estado.

Nadie comentó nada sobre él. El ordenanza trajo las bolas —negras y blancas— y un cacharro de madera oscura donde habría que introducirlas, a medida que fuesen siendo leídos los nombres. El solemne acto comenzó ante la natural expectación. Y al final, como se esperaba, resultó que solamente don Francisco, el abogado del Estado, se quedó sin bola negra, por lo que fue declarado socio de número. Don Ignacio, el arquitecto, como socio de mayor edad, fue comisionado para darle la buena noticia al electo. Regresó a los pocos minutos del teléfono e informó:

—Se ha puesto tan contento, que dice que nos invita a todos los miembros de la Junta a comer mañana en Ajurriaga.

Ajurriaga era la tasca de moda en la ciudad. Allá por 1940,

cuando las dificultades de abastecimiento eran todavía mayores que en 1946, Ajurriaga daba un pescado sensacional, a precios bastante asequibles: una ración de excelente merluza, por ejemplo, costaba 3,25. El secreto del restorán era un secreto a voces: doña Lucrecia, la esposa de Patxi Ajurriaga, el dueño (vasco, como su propio nombre indicaba), tenía amores con Aniceto, el principal asentador de pescados del Mercado de Abastos. Por ello, las mejores piezas, iban destinadas a la tasca de su querida. Y cuando apenas llegaba pescado, el poco que entraba en el pósito, sin exponerse siquiera a los licitadores, se llevaba directamente a la cocina de Ajurriaga. Con ello, las gentes acomodadas de la ciudad escogieron el restorán de Lucrecia para sus comidas y el matrimonio comenzó a ganar dinero en abundancia.

Hubo un momento difícil, en 1944, precisamente cuando mayor era el éxito comercial de Ajurriaga. Lucrecia se enfadó con Aniceto y rompió sus ilícitas relaciones con él. En lógica represalia, dejó de tener la tasca sus maravillosos pescados y ya, como en todas las demás, apenas podía comerse nada. El negocio se hizo deficitario; pero Patxi supo reaccionar debidamente. Habló muy en serio con su esposa, exaltó con el debido énfasis las virtudes de toda índole que adornaban a su amante y consiguió convencerla para que reanudasen sus amores. Lucrecia comprendió que su marido tenía razón y, además de retornar a la dicha sentimental, devolvió al restorán su perdido prestigio, recuperando con rapidez la clientela.

El convite lo presidía, naturalmente, don Francisco de Orrico López y los señores miembros de la Junta del Casino de Cazadores dieron cumplida cuenta de una ensaladilla nacional (antes, rusa), una tortilla de un huevo (la de dos estaba prohibida, a causa de la escasez) y la famosa merluza de la casa. Sin embargo, la comida estuvo marcada por un signo de indudable preocupación; el anfitrión, que era persona bien relacionada en las altas esferas, había comunicado a sus invitados, dentro de la natural reserva, que se rumoreaba que la ONU iba a imponer medidas muy duras contra España, sin que se descartase la invasión armada. Aquello indignó a los reunidos, que preguntaron, al unísono:

—Pero ¿por qué? ¿Qué les hemos hecho a las Naciones Unidas?

—Dicen que somos fascistas...

—Pues ellos presumen de demócratas. O sea que debían respetar las ideologías contrarias...

La preocupación política estaba invadiendo todos los estratos del país y hasta las señoras comenzaban a interesarse por ella, de tal manera que doña Amparo de Luna, a la salida del novenario de misas por el eterno descanso de la suegra de Alcubilla, le comentó a la desconsolada hija, después de darle, con la emoción natural, su más sentido pésame:

—¿Qué dice su marido de la situación?

Y Lola, vestida de riguroso luto, hasta el punto de que incluso se había puesto unos pendientes de perlas negras, se retiró el manto de la cara, para que se le oyese mejor, y tan sólo replicó:

—La ve muy mal...

Doña Amparo intentó levantar el ánimo de su amiga:

—¡No será para tanto! *¡Sursum corda!* Yo lo he consultado con santa Jerova y estoy ahora muy reconfortada.

Santa Jerova era una pía invención de doña Amparo, que, llevada de su desbordante fe, se planteó meses atrás un serio problema de conciencia. Los santos conocidos, los que figuraban en el «rol» canónico o sea, en el santoral, estaban todos abrumadísimos por sus fieles. Hay que suponer —pensaba la señora— los millares de gracias que, cada día y en todos los países del orbe cristiano, le piden a san José o a santa Rita o a la Virgen de los Desamparados. Hasta santos de segunda división (dicho sea con todo respeto), como san Amancio o santa Eduvigis o san Eustasio, tienen que atender las súplicas, al menos, de quienes llevan sus nombres. Entonces, la fervorosa dama se inventó un santo para ella sola. Consultado el padre Carriega, reconoció que tiene que haber varones celestiales, incluso en olor de santidad, que, sin embargo, no han quedado recogidos en el escalafón oficial de la Iglesia Católica.

Tal información le bastó a doña Amparo para montar la matriarcal figura de su protectora particular. Estaban representados en ella, subsumidos, como aquel que dice, esos santos incógnitos que no aparecen en el santoral, aunque evidentemente, existen. Ella los resumió en santa Jerova, nombre que formó tomando las primeras sílabas de Jeremías, que así se llamó su padre, a quien nunca conoció; Rosa, en homenaje a una hermana muerta prematuramente, y Valeria, patronímico de una monja muy piadosa que le enseñó las primeras letras. Incluso mandó esculpir una imagen, en madera policromada, de santa Jerova, que era igual que todas las imágenes de las santas, en general, aunque ofrecía la peculiaridad de sostener, con la mano izquierda, un libro de contabilidad; concretamente, el «Mayor»: era un homenaje a don Narciso, el fidelísimo esposo.

Lola Alcubilla, aunque algo sorprendida por la cita de una santa que no conocía, insistió en el pesimismo:

—Las dificultades son cada vez mayores. No tenemos alimentos, no tenemos materias primas, nos falta energía eléctrica...

—Eso es verdad. Los pantanos apenas tienen agua embalsamada... —comentó doña Amparo, tan campante.

—Mi marido está muy preocupado. Mucho...

Se despidieron, hasta la misa del día siguiente, dándose un beso muy afectuoso. Y doña Amparo tomó el tranvía, con ciertas dificultades, porque iba llenísimo. Sin embargo, un muchacho muy fino, al verla de pie en el pasillo, le cedió su asiento, en una prueba de que también los jóvenes de ahora eran unos caballeros. Doña Amparo aprovechó el trayecto para rezarse dos misterios gloriosos del santo Rosario y, cuando llegó a casa, Fabián estaba leyendo *La Codorniz*, sentado junto a don Narciso, que con el ceño fruncido se enteraba de las noticias de la prensa diaria. Ambos le dieron un beso en la mejilla y ella se metió en seguida en la habitación, para ponerse las zapatillas, porque los zapatos de tacón le hacían polvo sus juanetes.

Apareció en el dintel de la puerta Asunción.

—Señorito Fabián, que le llama el señorito Enrique.

Fabián dejó, con indudable fastidio, la revista que estaba leyendo (andaba justamente por la mitad de un artículo muy divertido de Tono) y fue al teléfono.

—¿Qué pasa, tú?

—Que acaba de llamarme Manolo Sánchez... Está muy excitado con todo eso de la ONU y los rumores que corren por la calle. Me ha pedido que vayamos esta tarde, a las siete, al Hogar Juvenil del I Distrito, donde habrá una reunión de mandos...

—Pero nosotros ya no lo somos...

—Dice que da igual; que quiere que estemos al tanto de lo que se decida, para luego difundir las consignas en la Universidad...

—Bueno, qué le vamos a hacer. ¿Paso a recogerte?

—Te espero a las siete menos cuarto...

El Hogar Juvenil del Frente de Juventudes (I Distrito) estaba en un tercer piso, sin ascensor, de una modesta casa de vecindad. En la planta baja había una mercería, que tuvo ciertas dificultades, en un principio, con los entusiastas «flechas» y «cadetes», porque se llamaba «I. PRIETO». Aclarado debidamente que entre don Isaías Prieto, el propietario, y el líder socialista, don Indalecio, no existía el menor vínculo de parentesco ni, por supuesto, de afinidad ideológica, los chicos dejaron tranquilo al mercero, que, a cambio, les hacía precios especiales cuando tenían que renovar los bordados del yugo y las flechas, así las rojas (que iban a la izquierda) como las verdes, metidas dentro de un círculo también verde, que se llevaban a la derecha de la camisa azul.

El *hall* del Hogar tenía las paredes repletas de carteles, fotografías y banderines, todos (obviamente) sobre temas patrióticos nacional-sindicalistas. A la derecha estaba la sala que, pomposamente, se llamaba «de juegos», aunque solamente había en ella una mesa de ping-pong y tres mesitas pequeñas para jugar al ajedrez y a las damas. Se comunicaba con la biblioteca, en cuyos estantes podían encontrarse, además de las *Obras completas* de José Antonio, *La conquista del Estado*, de Ramiro Ledesma, y la biografía de Franco, por Joaquín Arrarás; folletos editados por la Vicesecretaría de Educación Popular y por la Delegación Nacional de Prensa y Propaganda, con discursos del Caudillo y de Arrese y de José Antonio Elola y de Pilar y de Raimundo y de Ridruejo y revistas literarias, como *El Español, La Estafeta, Juventud, Haz, Vértice*. Tampoco faltaba una colección encuadernada de *Flechas y Pelayos* y otra de *Primer plano*.

Todas estas publicaciones quedaban al alcance de cualquiera; no así los libros más conflictivos, que estaban en un mueble contiguo, protegido por el cristal y cerrado con llave. Allí lucían sus lomos (bastante manoseados, por cierto) novelas atrevidas como *La familia de Pascual Duarte*, del joven escritor gallego Camilo José Cela, y *Mariona Rebull*, del catalán Ignacio Agustí, y *Una chica topolino*, de José Vicente Puente. Y obras bastante heterodoxas, políticamente hablando, tales como *El capital*, de Marx; *Mi lucha*, de Adolfo Hitler; el *Romancero gitano*, de García Lorca, y las memorias del conde de Romanones. Para acceder a estos libros era preciso solicitarlos del jefe de semana, quien remitía la petición al capellán del Hogar y éste autorizaba o no la lectura, después de ponderar debidamente el grado de formación moral y política del solicitante. También bajo llave quedaban algunas otras obras, éstas sin problemas, aunque encuadernadas en lujo, por lo que debían preservarse debidamente. Así, el *Poema de la bestia y el ángel*, de José María Pemán; la *Historia de los heterodoxos españoles*, de Menéndez Pelayo y la última edición del *Diccionario* de la Real Academia Española de la Lengua.

Las chicas de la Sección Femenina ocupaban un cuartito pequeño, donde estaba el botiquín. Y la única habitación regularmente grande del Hogar se utilizaba como sala de conferencias, sala de juntas, sala de proyección (había un Pathebaby y los domingos se daban películas mudas de Charlot y del gordo y el flaco), sala de música (con frecuentes conciertos del grupo de ocarinas) y sala de radio, ya que, sobre una repisa, descansaba un flamante aparato Iberia, a través del cual se escuchaban las noticias y, especialmente, la retransmisión de partidos de fútbol.

En esta sala se habían congregado varias docenas de camaradas, algunos de uniforme completo, otros solamente con la camisa azul debajo de la chaqueta. Presidía, tras la carcomida mesa de pino, el camarada Cerezo, jefe de la centuria Cid Campeador. Cuando llegaron Enrique y Fabián, estaban ya todas las sillas ocupadas; por lo que tuvieron que quedarse de pie, en un rincón, naturalmente, después de saludar brazo en alto a los mandos. El camarada Cerezo rogó:

—Por favor, no fuméis, que somos muchos y esto se pone irrespirable.

Luego se dirigió a Paco Fuentes, que estaba en primera fila.

—A ver si te cortas el pelo, tú, que tienes el cogote con rizos y eso es una mariconada...

Hubo risas. Y comenzó, ya en serio, la reunión.

—Os he citado, como se ha citado también a los camaradas en los otros distritos, porque el delegado provincial quiere que estéis informados debidamente de la situación. Corren muchos bulos y, como siempre, la mayoría sólo son eso: bulos. Aunque tampoco os oculto que el momento es difícil para España y para la Falange.

Aunque sólo tenía dieciocho años, el camarada Cerezo (su padre era el cocinero del hotel Regina) hablaba con pasmosa seguridad.

—La conjura internacional contra el régimen se está intensificando en estos últimos días, de manera grave. Los republicanos en el exilio se han aliado con los monárquicos despechados y con Gil Robles, y con los comunistas de Carrillo y se temen nuevas incursiones del *maquis* por los Pirineos, naturalmente con la complicidad y el apoyo de los cabrones de los franceses. Pero lo peor no es eso. Lo peor es que, probablemente, las Naciones Unidas, eso que llaman la ONU, pueden declararse beligerantes contra el régimen...

Hubo un murmullo en la sala y Toni González no pudo reprimir el insulto:

—¡Hijos de puta!

—Calma, por favor —pidió Cerezo; para seguir en seguida—: La consigna es clara: reforzar la moral, estar atentos a las órdenes de la jerarquía, perseguir a los derrotistas y trabajar con más fe que nunca. La Provincial ha remitido una circular, ordenando que todos los militantes del Partido y, naturalmente, todos nosotros, los del Frente de Juventudes y los del SEU, vistamos a diario la camisa azul con el traje normal. Se trata de demostrar que somos muchos y que no nos avergonzamos de nuestros ideales falangistas. Tenéis que comunicarlo a los demás camaradas; tenéis que exigirlo a todos. Especialmente en la Universidad. Por eso —se dirigió a Fabián y a Enrique— he querido que vinieseis vosotros; para que mañana mismo les comuniquéis la consigna, no sólo a los estudiantes, sino también a los catedráticos.

Fabián le dijo, por lo bajo, a Enrique:

—Pues verás lo que nos contesta Calvo, el de Canónico, que es tan rojillo...

El camarada Cerezo ya estaba terminando.

—Permaneced en contacto frecuente con los delegados de calle y no dejéis de acudir a las centurias, cuando se os convoque. Pero, sobre todo, insisto en esto, contagiad a las gentes, a vuestras familias, a vuestros amigos, esta confianza, esta serenidad. Nada más. ¡Arriba España!

—¡Arriba! —contestaron todos. Y fueron saliendo de la sala, encendiendo con prisas el cigarro. Manolo Sánchez les comentó a Fabián y a Enrique:

—Como habéis visto, era imprescindible que vinieseis...

Pepe Falero, jefe de escuadra de la centuria Cid Campeador, se acercó a la mesa presidencial y le dijo a su jefe, el camarada Cerezo:

—Tengo que hablar contigo.

—Tú dirás...

—No, aquí no. Es cosa personal y reservada.

—Bueno, vamos al cuarto de las chicas; ahora no hay nadie.

Pepe cerró la puerta por dentro.

—¿Qué pasa? —preguntó el camarada Cerezo.

—Antes que nada, la orden de servicio: tomo debida nota de las consignas y las cumpliré. A no ser que...

—¿A no ser que...? —repitió, extrañado, el jefe de la centuria.

—Me he enterado de que sales con Paloma Villar...

—Fuimos la otra tarde al cine, sí. ¿Y qué?

—Esa chica me gusta mucho.

—No me extraña. Es muy guapa y, además, encantadora.

—Pero es que me gusta para novia.

—¡Ah! ¿Se lo has dicho a ella?

—Iba a decírselo precisamente la tarde que la llevaste al Coliseum.

—Ya es casualidad, hombre.

—Y no me da la gana de que me la marees...

—Pero, Pepe, yo...

—Tú eres jefe de centuria y eso impresiona. Además, ya me he enterado de que te trajinas muy bien a las chavalas...

—No tanto, Pepe...

Pepe, que estaba claramente nervioso, encendió un Tritón.

—Quiero decirte una cosa muy en serio. Mis intenciones con Paloma son formales.

—Ya lo veo.

—Comprenderás que no estoy dispuesto a tolerar que, por un coqueteo, me dejes sin novia.

—No es ésa mi intención; palabra. Créeme que no sabía lo tuyo.

—Bueno, pues ya lo sabes. O sea que déjala en paz.

Hizo una pausa. Echó al suelo el pitillo, apenas fumado y lo chafó con rabia. Dijo con mucho énfasis:

—Porque te advierto una cosa, camarada. Como me pises a Paloma, me borro de la centuria y hasta del Frente de Juventudes...

El 2 de diciembre de 1946, el presidente del Comité Político de la ONU, el soviético Manuilsky, inició el debate sobre España suscitado por Trygve Lie. El Consejo de Seguridad pasó el asunto a la Asamblea General. Previamente se había creado en todo el mundo un ambiente absolutamente hostil al régimen de Franco; en el colmo del desvarío, la prensa rusa lanzó la noticia de que «el gobierno fascista de Madrid» fabricaba bombas atómicas en Ocaña. Como dijo don Juan en el casino:

—Ojalá fuese cierto, porque entonces bien que nos respetarían...

Pero no era cierto, claro. La única dolorosa verdad era

que, precisamente cinco naciones hispanoamericanas (Méjico, Venezuela, Panamá, Guatemala y Chile) proponían a la Asamblea General de las Naciones Unidas la ruptura total de relaciones con España; no prosperó la moción, pero sí la siguiente, en virtud de la cual se aprobaba la retirada de todos los embajadores acreditados en Madrid. Es decir, el aislamiento diplomático de España, la condena formal de su régimen, el cerco moral y material. Solamente seis países (todos también de Hispanoamérica) votaron en contra del acuerdo.

Aquello fue un auténtico revulsivo para el país que, sorprendentemente, reaccionó de forma inesperada: apiñándose como nunca lo había estado junto a Franco y su gobierno. La dignidad española, el orgullo español (virtudes que, en aquellos antiguos tiempos, caracterizaban a los ciudadanos de esta nación) se impusieron a cualesquiera otras consideraciones partidistas o ideológicas. Desde Galicia a Cataluña, desde el País Vasco a Andalucía, desde el reino de Valencia a las dos Castillas, desde Extremadura a Asturias, desde León a Navarra, desde Aragón a Murcia (todo lo que, en aquellos antiguos tiempos, se llamaban provincias e integraban una unidad nacional llamada España) se propagó un clamor de indignación y protesta. Todos, absolutamente todos los ciudadanos, se rebelaron airados contra la presión exterior. Y es que comprendieron que la Patria (así se denominaba con frecuencia, en aquellos tiempos antiguos, al país donde vivimos) no tenía que ser manejada por los extranjeros, cuya injerencia en nuestros problemas privados resultaba intolerable.

El 9 de diciembre, Madrid entero se echó a la calle, haciendo honor al carácter representativo de la ciudad, ya que, en aquellos tiempos antiguos, Madrid ostentaba el título de capital de España. Centenares de miles de personas, de todo carácter y condición, llenaron a rebosar la plaza de Oriente, en una manifestación absolutamente auténtica y espontánea, de la que no existían precedentes. Franco fue aclamado con fervor, incluso por sus propios adversarios, que aquel día no se sentían intérpretes de una idea política contraria al régimen e incluso olvidaban sus justos agravios contra él, porque sabían que se estaba ventilando algo mucho más importante, mucho más intemporal y duradero: el decoro de los españoles.

La manifestación impresionante de Madrid estimuló al resto de las capitales españolas, donde también las gentes llenaron calles y plazas, exigiendo su derecho a decidir los problemas nacionales sin necesidad de que nadie, desde fuera, les dictase soluciones. En nuestra ciudad, la conmoción fue especialmente importante, quizá por el temperamento, bastante acalorado, de sus habitantes. A doña Amparo de Luna le dieron varios arranques consecutivos y, consecutivamente también, movilizó por teléfono, con irresistible autoridad, a todas sus amigas de la Congregación de Damas Apostólicas; llenó de colgaduras con los colores nacionales los balcones de la casa; obligó a don Narciso a que se pusiera camisa azul (el señor De Luna, apolítico de toda la vida, jamás la había llevado) y, ayudada por Asunción, que le mojaba el pincel en el bote de pintura, convirtió una vieja sábana en pancarta, donde podía leerse: ¡VIVA CRISTO REY! ¡ARRIBA ESPAÑA! ¡ABAJO EL ATEÍSMO INTERNACIONAL! Aunque doña Amparo carecía de los más elementales conocimientos sobre aquello de las Naciones Unidas, su cristiano corazón le indicaba que debía tratarse de un cubil repleto de masones, protestantes, judíos, herejes y demás ralea.

El casino de Cazadores, reunida su junta directiva con carácter extraordinario, acordó dirigir telegramas de entusiasta adhesión al Jefe del Estado y a las autoridades civiles y militares de la provincia, así como sumarse corporativamente al acto público de exaltación patriótica que se anunciaba. Don Juan, visiblemente emocionado, dijo a sus compañeros:

—Señores: sepamos estar a la altura de las circunstancias. ¡Todo por la Patria!

Hasta Mercedes Aldana comprendió que las exigencias del momento obligaban a sacrificar los intereses comerciales, en bien de la comunidad nacional. Y decidió cerrar Marruecos, naturalmente de forma provisional y hasta que se celebrase la prevista manifestación. No debía nadie, en aquella ocasión histórica, distraer con frivolidades sus deberes de patriota. Colgó una gigantesca bandera roja y gualda sobre la cartelera, citó a todas sus *vedettes* en el local (vestiditas de forma discreta, nenas, les advirtió) para salir juntas hacia la plaza del

18 de Julio y, como doña Amparo de Luna (aunque salvando las naturales distancias), pintó una pancarta, en la que se leía: A LA MIERDA LA ONU, DE PARTE DE UNA. ¡VIVA ESPAÑA!

Realmente, la ciudad vibró (como todas las ciudades de España) y el 11 de diciembre, a las diez de la mañana, millares de personas comenzaron a marchar hacia la plaza principal —la del 18 de Julio—, donde estaba convocada la manifestación. Era un espectáculo sobrecogedor. Iban familias enteras apiñadas, los abuelos caminando trabajosamente, los hijos alzando banderas, los nietos gritando a todo gritar toda clase de fervores. Los señores de Alcubilla, a pesar de su reciente luto, no solamente acudieron, sino que lo hicieron masivamente, con sus quince hijos; el pequeñín iba en brazos de doña Lola y el penúltimo, en los de don Aldaberto y toda la familia coreaba, aunque en muy distintos tonos de voz, el grito más repetido aquella mañana:

—¡Franco, Franco, Franco...!

Don Fulgencio Santoro («Ful», para los amigos) había reunido la víspera a los obreros de sus sederías, para anunciarles que el día siguiente sería festivo, con objeto de que, quienes lo desearan («y espero de vuestro patriotismo que seais todos», precisó) pudieran acudir a la manifestación y después, por la tarde, reposar del patriótico esfuerzo. Más o menos, lo mismo hizo Aymerich en sus varias empresas y se le pudo ver, alzando en sus brazos una gigantesca foto del Caudillo, mientras Nuria (madre) cantaba algo parecido al *Cara al sol* y Nuria (hija), procuraba seguirle con la misma desafinación. Los dos activos industriales coincidieron en la calle de la Paz y se abrazaron fuertemente y dijo Santoro:

—¡No podrán con nosotros, querido Aymerich!

—¡Claro que no! —confirmó el otro.

En ese mismo momento, se vio venir, sin corbata (nadie recordaba semejante desaliño) y portando un banderín con los colores nacionales, al conde de Valleselva, que en pleno tumulto, casi fue a darse de narices con Aymerich, su acusador particular. Hubo unos segundos de tensión, que acabaron cuando el conde, abriendo sus brazos, fue hacia el industrial, gritando:

—¡Arriba España!

—¡Arriba siempre! —gritó a su vez, el otro. Y se abrazaron, verdadera, hondamente emocionados y ya siguieron juntos su itinerario común, hacia la plaza.

Don Arcadio, el párroco, andaba en un grupo, con feligresas de la Adoración Nocturna y como era un día prodigioso, un día en el que todos se sentían mejores y más auténticos y muy puros, don Arcadio se había quitado el bisoñé y su calva brillaba al sol que daba gozo verla. También resultaba hermoso contemplar al doctor Riata, abrazado a su esposa, prodigándole ternezas, porque parecía que el fervor patriótico devolvía a todo el mundo sus perdidas virtudes y hasta los matrimonios se reconciliaban, gracias a las Naciones Unidas. Ciertamente, casi se palpaba físicamente un colectivo deseo de hermandad, de cooperación en una gigantesca y hermosa tarea común, a la que todos se estaban entregando sin regateos.

La centuria Cid Campeador había formado frente al Hogar Juvenil del I Distrito, tapando el escaparate de la mercería de «I. PRIETO», que tenía cubierta la luna con un gigantesco retrato de Franco. El camarada Cerezo pasó revista a sus muchachos; todos iban impecables, la camisa azul con los distintivos; los pantalones cortos, grises; los altos calcetines, también grises; las botas de negro cuero y, sobre las cabezas, la boina colorada.

Volvió al comienzo de la formación y avisó:

—¡Atención! ¡Centuria!...

Para dar en seguida la voz de mando:

—¡Firmes!

El estrépito de un taconazo al unísono resonó en la estrecha calle.

—¡De frente... mar!

Y en seguida, la canción que acompasaría la marcialidad del desfile:

—*¡Montañas nevadas!* ¡Izquierda! ¡Izquierda, derecha, izquierda!... ¡Ya!

Los chavales, con estupenda perfección, comenzaron a cantar y marcaban el paso impecablemente y las gentes les aplaudían y ellos, gloriosos, conscientes de su disciplina, llenaban los aires con las estrofas:

—«Voy por rutas... imperiales...»

Para llegar al estribillo:

—«Montañas nevadas... bandeeeras al viento...»

Fabián, Enrique y Leopoldo, con sus camisas azules, estaban en la plaza del 18 de Julio, con otros muchos compañeros de la Universidad y con varios de los catedráticos, incluso el señor Calvo, el de Canónico, que a pesar de que era tan rojillo, también se había echado a la calle y hasta, en un determinado momento, gritaría «¡Viva España!» de una manera absolutamente espontánea. Ya estaba llena toda la parte central de la plaza y aunque, en principio, se habían respetado los jardines, la muchedumbre terminó por ocuparlos también y una masa inmensa, de abigarrado color (predominando el azul mahón), vociferaba y cantaba y levantaba pancartas y banderas españolas. Las centurias juveniles ocupaban la zona inmediatamente anterior a la fachada de Gobierno Civil y el delegado provincial dirigía los cánticos y, una vez agotadas todas las marchas, inició el *Prietas las filas*. Como en un tácito acuerdo, la muchedumbre cesó en sus gritos y así, dentro de una polifonía casi perfecta, durante unos minutos solamente se escuchó, saltando en las gargantas de los muchachos del Frente de Juventudes, aquel hermoso himno:

Prietas las filas
recias, marciales,
nuestras escuadras van
cara al mañana
que nos promete
patria, justicia y pan.

Y después cantaban que sus camaradas fueron a luchar y que el flecha debía lanzarse al cielo, «que un blanco has de encontrar» y terminaban levantando el brazo, en las estrofas finales:

Ya las banderas cantan victoria
al paso de la paz
ya han florecido, rojas y negras,
las flechas de mi haz.

Cuando terminaron, una enorme ovación estalló en la plaza y se reprodujeron los vítores y los gritos y el flamear de banderas y pancartas. Doña Amparo de Luna, que estaba junto a su marido en el centro mismo de la plaza, pasó por unos malos momentos, porque con la emoción y los apretones le dio como un mareo; pero consiguió recuperarse y siguió agitando su sábana, ayudada por Asunción. La inmensa masa lo llenaba todo y las calles adyacentes rebosaban también de gente entusiasmada y, como le comentó doña Nuria (madre) al señor Aymerich, que seguía agarrado del brazo del conde de Villaselva, allí no cabía un alfiler.

A las doce en punto, aparecieron en el balcón de Gobierno Civil las autoridades y jerarquías. Millares de pañuelos se agitaron al aire, mientras la multitud arreciaba en sus gritos, en sus cánticos y (también) en sus imprecaciones. El señor gobernador civil y camarada jefe provincial de FET y de las JONS, pidió silencio con un expresivo gesto de brazos y cuando lo consiguió, acercóse a los micrófonos y comenzó diciendo, con voz evidentemente turbada por la emoción:

—¡Españoles! Estáis aquí, en esta impresionante manifestación de amor a la Patria, porque también vosotros os negáis a que os gobiernen desde el extranjero...

(Ovación inenarrable.)

—Hace dos días, cuando el pueblo de Madrid, rompeolas de todas las Españas, inició estas multitudinarias demostraciones de la voluntad nacional, que hoy estamos continuando en todas las provincias, nuestro glorioso caudillo Franco...

(La muchedumbre prorrumpe en ovaciones y gritos de «¡Franco, Franco, Franco!» Una voz: «¡Contigo siempre!» Más gritos de «¡Franco, Franco, Franco!»)

—...nuestro glorioso caudillo Franco dijo: «Volvemos en la Historia a polarizar la atención del mundo...»

(El delirio. Y el delirio, hasta que el gobernador civil y el jefe provincial de FET y de las JONS terminó su breve, pero emocionante e inspirado discurso, con estas palabras):

—Y ahora, españoles, camaradas, podéis volver a vuestras casas con la satisfacción del deber cumplido. Estamos dando al mundo una prueba de unidad, de fidelidad al Caudillo y de identidad con su régimen. Si el mundo no quiere entendernos, peor para él. ¡Arriba España!

La multitud coreó el vítor y en seguida, mayestáticamente, en coro impresionante, se cantó el *Cara al sol*. En estas concentraciones multitudinarias, nunca podía evitarse que, cuando parte de la masa andaba por el «volverán banderas victoriosas», otra parte estuviese todavía en «y no te vuelvo a ver»; pero el gobernador civil y jefe provincial de FET y de las JONS supo esperar a que se acallara el último clamor del himno de la Falange, para dar los gritos de ritual:

—¡España!

—¡Una...! —respondieron miles de voces. Y así con los demás, hasta llegar al:

—¡Arriba España!

—¡Arribaaaa!

Se retiraron del balcón las jerarquías, después que el señor obispo había enviado su bendición a la muchedumbre y aún tuvieron que reaparecer durante cinco veces más y el capitán general se quitó la gorra de plato y la alzó en alto (lo mismo había hecho el Caudillo, desde el balcón del Palacio de Oriente, dos días antes) y el alcalde lloraba sin poderlo remediar y todas las autoridades acordaron enviar un telegrama al Jefe del Estado haciéndole patente la renovada adhesión de la provincia, puesta de manifiesto en aquella manifestación inolvidable.

La multitud fue dispersándose y las centurias juveniles lo hicieron en correcta formación, con los guiones al frente, marcando el paso militar de manera irreprochable y cantando sus himnos:

—De Isabel y Fernando — el espíritu impera — moriremos besando — la sagrada bandera...

—Marchan las nuevas juventudes — sueñan con una España en pie — ¡será! *(Letra de Enrique Llovet.)*

—Las flechas de mi haz han florecido — rosales y ambiciones — En mi vieja centuria — me abracé con España *(Letra de José M.ª Llanos, S. J.)*

A doña Amparo, que ya no podía más, tuvo que sentarla don Narciso en un banco y traerle un pañuelo empapado en agua de una fuente cercana, porque la señora estaba malísima. Los Alcubilla tuvieron problema con su hijo décimoprimero, que se sintió atacado de una feroz colitis y fue ensuciando todas las esquinas, hasta llegar a casa. Aymerich y el conde se despidieron con un abrazo y dijo el industrial:

—Tranquilo, mi querido amigo. Mañana mismo ordeno a mi abogado que desista de la querella...

Doña Benigna había llorado muchísimo y como don Juan Alaña comprendió su estado de ánimo, le dijo que no se preocupase por la comida, que la llevaría a almorzar a Ajurriaga. (Por cierto que Lucrecia, Patxi y Aniceto habían ido los tres juntos a la manifestación, dando una bella prueba de hermandad patriótica.) A Santoro procuraban encontrarle y saludarle sus empleados, para que viese que también habían estado en el fervoroso acto. Don Arcadio, el párroco, visiblemente emocionado, daba su mano a besar a las feligresas y repetía de continuo:

—Rezad con fe por España, hijas mías; rezad con fe...

Fabián, Leopoldo y Enrique, sudorosos, agotados por tanto cántico y tanto grito, pero definitivamente felices, marchaban agarrados del brazo de otros varios compañeros de la Universidad y todavía les quedaban entusiasmos para dar vítores patrióticos. Iban llenando la calle, en una hilera de diez o doce, muy prietas las filas, satisfechos por el deber cumplido, dichosos por aquella prueba de patriotismo que había dado la ciudad entera.

Y Fabián le dijo a Enrique:

—¡Ha sido maravilloso!

—¡Impresionante!

—Ya no podemos dudar: el futuro es nuestro.

—Claro que sí.

—Haremos la España que tanto deseamos y nuestros hijos disfrutarán de ella.

—Y tendremos la satisfacción de comprobar que estos sacrificios nuestros en los momentos difíciles, han asegurado su felicidad...

—Aunque ellos quizá no lo comprendan...

—¿Cómo no van a comprenderlo? Ya se lo explicaremos, si es preciso...

La fila, de manera intuitiva, estaba marcando el paso. Y aquellos muchachos, llenos de ilusión, felices en la memorable jornada patriótica, caminaban, efectivamente (o, al menos, así lo creían), cara a un mañana del que esperaban patria, justicia y pan.

SEGUNDA PARTE

1978

«¿Qué pasa contigo, tío?»

I

SEMANA ¿SANTA? — 1978

El estrépito era tremendo. Mientras unas luces de diversos colores se encendían y se apagaban de continuo, sin más razón aparente que fastidiar al público, varias docenas de muchachos espigados, de largos pelos, vestidos informalmente (lo que quiere decir, hechos un asco), se contoneaban junto a chicas cuya edad media no pasaría de los veinte años, también informales en el vestir, con los cabellos lacios o a lo afro, recordando a las siervas de Idi Amin. El *disc-jockey*, con un vaso de whisky en la mano y encerrado en su cabina de plástico, dirigía el cotarro musical con suma agudeza, graduando sabiamente los ruidos y el frenesí rock.

Sucedía, sin embargo, que a medida que la noche avanzaba, el *disc-jockey* iba sumando whiskies, y así llegaba un momento en que, perdida la noción del equilibrio, amontonaba uno detrás de otro los ritmos más febriles, más enloquecidos y las parejas se acomodaban a ellos con inusitado fervor y parecía que iban a descoyuntarse, por la manera cómo se retorcían y se excitaban con el señor Travolta o con el difunto don Elvis Presley, y cualquiera que no supiera que, por lo general, sólo bebían coca-cola, hubiese pensado lícitamente que estaban absolutamente embriagados. Pero no era eso; aunque más de uno llevaba en los pulmones el sabor incitante de la droga, fumada al alimón con los demás amiguetes de la mesa.

Fabián, sudado, despeinado, exhausto después de media hora consecutiva de rock enfebrecido, le dijo a Angélica:

—Sentémonos un poco, tú...

—Jo, qué débil te veo —comentó la chica, que era rubia, con unos ojos verdes preciosos y vestía uniforme de pintor de brocha gorda, con manchas incluidas.

Se fueron a la mesa, donde Edmundo se hallaba literalmente subido encima de una muchacha que hacía compatible el inacabable beso con el cigarrillo que mantenía en su mano izquierda, aunque ya por poco tiempo; porque el ósculo duró tanto, que la lumbre le quemó los dedos y ella, entonces, lo soltó en un gesto rápido, para continuar succionada por los labios incansables del chaval. Fabián y Angélica no prestaron la menor atención a la ardorosa pareja; Angélica sugirió:

—Oye, me tomaría un cubata.

Al cabo de veinte minutos o así, apareció un camarero y Fabián se separó de su chica, a la que estaba mordiéndole la oreja izquierda en aquellos momentos y pidió la consumición. Coincidió que también Edmundo se había desasido, finalmente, de su compañera (de nombre, Nuria) y entonces los cuatro recordaron que estaban juntos y hasta se hablaron entre sí.

—Esto es un coñazo, ¿no os parece? —dijo Angélica. Y remachó Nuria:

—¡Claro que sí, tía!

Fabián comentó:

—Pues ya me diréis adónde nos abrimos. Porque el panorama es una leche...

—Creo que hay un *top-less* cerca del puerto —sugirió Edmundo.

—Ni hablar. Para tetas ya tenéis las nuestras —protestó Angélica.

—¡Serás carca...!

Y como el *disc-jockey* pinchara entonces un disco muy maravilloso de Neil Diamond, los cuatro decidieron volver a la pista y reanudaron la cosa de la fiebre del sábado noche, aunque realmente era del viernes. Porque en viernes estaban y de la antes conocida como Semana Santa, ocasión ahora para unas hermosas minivacaciones de cuatro días (o hasta de siete, según los casos), que ellos pasaban en la playa, rebosante de bullicio, de alegría, de música y de juerga. Estaban llenos los apartamentos y los hoteles y los chalets, con un gentío mayormente juvenil, que se aprovechaba exhaustivamente de las fiestas.

A las tres terminó la música y las dos parejas salieron de la discoteca, amorosamente agarradas y fueron hacia la playa. Explicó Fabián:

—Pues no veáis el peñazo que me ha dado esta mañana mi abuela, que llamaba por teléfono sólo para recordarme no sé qué del Vía Crucis y del Viernes Santo...

—Esa abuela tuya es de monseñor Lefebvre —dijo Nuria.

—Del Palmar de Troya, más bien...

—Pues yo le he contado lo de Kellie Evarts y la he dejado seca —se ufanó el chico.

—¿De Kellie qué?...

—Coño, no me digas que no sabes quién es la Kellie. Una tía cojonuda, con dos pechos de impresión, que hace *striptease* como fórmula para la predicación religiosa.

—¡No jodas...! —se le ocurrió como comentario a Edmundo.

—¿Pero tú tampoco lo sabes? ¡Menuda tropa de ignorantes, macho! La llaman «la dama iluminada» y «la predicadora del sexo» y baila desnuda para salvar almas. ¡Que sí, leches, que sí! Se quiso suicidar varias veces y, por fin, se ha realizado y dice que el sexo no es pecado, sino un camino hacia la perfección espiritual...

—Esa tía es una cachonda... ¿No te lo estarás inventando?

—¡Ni hablar de inventos! Que hay que leer, Edmundo. Ha venido en el *Blanco y Negro*, fotografiada medio en pelota, delante de una imagen del Corazón de Jesús... Y no veas qué muslazos tiene la moza... Bueno; pues asegura que está cumpliendo una misión recibida de la Virgen de Fátima...

—¡No te digo...! —opinó Nuria, al tiempo que se abrazaba con Edmundo, quien, en justa correspondencia, la besó con fruición.

Hacía una noche espléndida; aquel comienzo de abril resultaba auténticamente primaveral. Y alteraba la sangre, por las trazas, ya que la playa estaba llena de parejas que retozaban sobre la arena y hasta hacían el amor (como es costumbre definir últimamente a lo que, en tiempos, se llamó practicar el coito) e incluso algunas de estas parejas eran del mismo sexo. Fabián, Angélica, Edmundo y Nuria, agarrados por el talle, pasearon durante unos minutos junto al mar, procurando no pisar a quienes, ajenos a todo, estaban entregados a sus pasiones y fue Nuria la que dijo:

—Esto está imposible.

—¿Adónde podríamos ir?

—Creo que han inaugurado un tablao flamenco, que no cierra hasta las cinco...

—Pero eso del flamenco es una lata...

—Hombre, de vez en cuando...

Y se fueron al tablao, que se llamaba Los Cuernos de Oro y que estaba lleno de extranjeros. Después de leer la lista de precios, optaron por quedarse en la barra y pidieron unas tónicas y pudieron escuchar a unos cantaores muy morenos de verde luna, que mientras las bailarinas con trajes de lunares le daban al taconeo, desgranaban por soleares unas letras muy divertidas:

—Le condenaron a muerte y olé... Y a las cinco le han matado y olé...

Comentó Fabián:

—Parece que se alegran mucho con la desgracia...

Más curiosa todavía fue la siguiente letra, que decía, más o menos:

—Mi padre, y olé, ya se ha muerto... Y todos, olé, le han llorao... Olé las lágrimas puras... olé del embalsamao...

Dijo Edmundo:

—Esto del flamenco no me mola.

—Ni a mí.

A las cuatro se fueron. Llevaron a las chicas hasta sus apartamentos; se despidieron de ellas con los naturales y apasionados besos. Y cuando se quedaron los chicos solos, preguntó Fabián:

—¿Qué pasa con tu alemana?

—Una pesada. Siempre pensando en lo mismo...

—Es que son una coña estas tías. Sólo quieren follar.

—Bueno, hasta mañana. ¿Qué vas a hacer?

—No sé; mi padre pretende llevarme a misa. Dice que es el día de la Resurrección...

—Jo, qué antiguo...

Cuando Fabián (hijo) llegó al apartamento, Fabián (padre) estaba leyendo un libro. Se quitó las gafas, cerró las páginas y le dijo al chico, con cierta intención crítica:

—Vaya horas de venir...

—Hemos estado por ahí, bailando un poco. Ya sabes.

—En tal día como hoy, cuando yo tenía tus años, respetábamos la fecha. Pero ahora ya no respetáis nada... —intentó moralizar Fabián, *senior*.

—Corta el rollo. Y *till tomorrow* —contestó el hijo, que se marchó a su cuarto, tan campante.

Fabián de Luna, abogado en ejercicio, se había casado con Mari Nieves, su primero y único amor, en 1955. Al principio vivieron precariamente, ayudados por la colaboración económica de don Narciso; pero pronto consiguió Fabián, *junior*, liberarse de la tutela paterna y fue haciéndose una clientela y se especializó en Derecho Laboral. Le decían todos que aquello no tenía porvenir; sin embargo, resultó que los problemas de los trabajadores con las empresas eran cada vez más frecuentes y abundaban los pleitos. O sea que, convertido en el único especialista de la ciudad, comenzó a ganar dinero. De tal manera que su buen padre decidió cerrar su Asesoría Contable y, con la tranquilidad de que su hijo único estaba ya debidamente colocado, pasó sus últimos años (moriría en 1972) sin otro empeño que disfrutar plácidamente de sus rentas, junto a doña Amparo.

Como el matrimonio no tenía gastos excesivos, vivieron con placidez, aunque don Narciso padeció el trauma de sustituir sus cigarros emboquillados en casa por las labores de la Tabacalera, ya que resultaba imposible mantener aquella hermosa costumbre de liarlos con sus propias manos. Doña Amparo padeció otros problemas mucho más agudos, porque el creciente deterioro de las costumbres cristianas le afectaba duramente. A pesar de lo cual, sobrevivió a su marido (como está mandado, que el número de viudos es mínimo) y encontró consuelo en sus nietecitos, Fabiancito y Amparito, a quienes cuidó con ternura, procurándoles inculcar, desde niños, sus pías convicciones. El fracaso fue total.

Amparito (la mayor, que ahora tenía veintidós años) cursó a trancas y barrancas el bachillerato, tan difícil de entender con eso de la EGB y del BUP y decidió, en cuanto tuvo el título en el bolsillo, que quería ser azafata de congresos. Se había pasado dos veranos en Dublín, por lo que hablaba el inglés perfectamente y consiguió plaza a la primera. Estaba en una empresa hotelera, llevaba un uniforme azul celeste y vivía sola en un apartamento, porque (según explicó) su trabajo no era compatible con el hogar paterno. Aunque su santa abuela procuraba recordarle, cuando la veía (lo que sucedía muy de tarde en tarde) que la pureza es la virtud fundamental de la mujer española, ella no parecía hacer mucho caso de semejantes antiguallas.

Fabiancito, con veinte años, había empezado Derecho a los dieciocho, pero lo dejó, porque le aburría muchísimo aquello de las leyes antiguas. Se matriculó después en la Facultad de Ciencias de la Información y ahí fue la carrera quien le dejó a él, ya que en todo un curso habían tenido siete clases; el resto del tiempo lo invirtieron en huelgas, sentadas, enfrentamientos y protestas. Ahora no hacía nada, pero sentía profundas preocupaciones sociales, era lector atento de Marx y de Marcuse y usaba para sus desplazamientos por la ciudad un 127 que le había regalado su padre, creyendo que de esta forma le convertiría en burgués. Sin embargo, el muchacho tenía muy firmes sus convicciones políticas y no se dejaba seducir fácilmente por el espejuelo de la comodidad capitalista; aunque vivía de la subvención semanal paterna, repudiaba el conservadurismo y estaba dispuesto a afiliarse a la ORT.

Los De Luna no pensaban pasar en aquella playa las vacaciones de Semana Santa; pero sus hijos acordaron que la decisión debía adoptarse democráticamente y sometieron a votación el tema. Empatados a dos padres e hijos decidió el voto de la empleada del hogar (Aurelia, veinte años, absolutamente inútil en su menester doméstico, destrozadora contumaz de vajillas, 16 000 pesetas al mes de salario, con derecho a recibir al novio en su habitación los fines de semana), que optó por la playa. Una vez decidida la elección, Amparito anunció que ella pasaría aquellos días en Miami, con unas compañeras. Pero sus buenos padres tuvieron que aceptar el consenso mayoritario.

Doña Amparo, la abuela, se quedó en la ciudad y conmemoró la Semana Santa de una manera antigua y fuera de lugar. La noble anciana encontraba ya muy pocos curas que estuviesen de acuerdo con sus ideas sobre la liturgia del momento y como naturalmente se había muerto el P. Carriega, Sch. P., se sentía falta de una ayuda espiritual como Dios manda, aunque comentaba con sus antiguas compañeras de la Asociación de Damas Apostólicas:

—Pues yo rezo todas las noches por la salvación del alma de Pablo VI.

Y era verdad.

Sus famosos arranques hacía mucho tiempo que le abandonaron. La última vez que intentó recobrar aquella capacidad ofensiva de sus buenos tiempos, fue cinco o seis años antes, cuando coincidió a la entrada de casa sus hijos con su nieta, que iba acompañada por un muchacho muy triste y muy alto, que al despedirse le dio dos besos en las mejillas. Doña Amparo, apenas llegó al piso donde su hijo Fabián vivía una relativa felicidad burguesa con Mari Nieves, se encerró con ellos, hizo por tres veces la señal de la cruz y sollozó:

—¡Dios nos castigará a todos! ¡Satán se ha apoderado de nuestra estirpe! ¡Tenéis que tomar medidas urgentes! ¡Y lo han hecho delante de mis propias narices, tan campantes...!

—¿De qué se trata, mamá...? Y por favor, tranquilízate. A tu edad no te convienen estos sofocos... —contemporizó Fabián.

—Se trata de vuestra hija... De esa criatura, a la que, para mayor escarnio, le pusisteis mi nombre de pila. ¿Qué tiene ahora? ¿Quince años, no...?

—Ya ha cumplido dieciséis. El mes pasado —precisó Mari Nieves.

—Pues a semejante edad es un arcano de lujuria. Una pecadora sicalíptica.

—¡Mamá, por Dios…! —se asustó Fabián.

—Lo he visto… Con estos ojos que se ha de comer la tierra y que ojalá se coma pronto, porque para las cosas que están viendo… Un niñato la ha besado; así, como si tal cosa. A la luz del día y en el portal de casa.

—Bueno, mamá… —intentó justificar la nuera—. Ahora los chicos y las chicas se besan sin mayor complicación.

—¡Eso! Encima, discúlpalo tú, que eres su madre. Yo no besé a mi marido, que en gloria esté, hasta después de haber recibido las bendiciones. Y aun entonces, lo hice con recato…

El recuerdo de la travesía a Palma, del camisón con su agujerito y de aquel exceso, la víspera nupcial, con el ósculo en la mano inocente, pareció enternecer a la señora viuda de De Luna (ochenta años ya), que concedió:

—Claro que eran otros tiempos…

—Y que lo digas, mamá —confirmó Fabián—. De tal manera que nuestra hija ahora es… ¿cómo te diría? Una virtuosa, un caso ejemplar dentro del contorno. Porque la chica de los Busanta… Loli, creo que se llama, con diecisiete añitos, se quedó embarazada y tuvo que marcharse a Londres, para arreglar el problema…

—¡Jesús, María y José! —exclamó doña Amparo—. ¡Con lo decente que era su madre! Y no digamos su abuela.

—Y a Conchita Altazora, ahí la tienes, a los dieciséis, casada de *penalty* con Chechu Mayorales, el hijo del ingeniero.

La noble anciana puso un gesto de ignorancia.

—Perdona, hijo. ¿Qué quiere decir eso? —preguntó.

—Que se ha casado encinta, mamá. De cuatro meses —puntualizó Fabián.

Desde entonces (y de esto hacía casi seis años), nunca más doña Amparo intentó reeditar sus arranques, tan celebrados en otros tiempos, porque la señora, lúcida para su provecta edad, comprendió que quedaban fuera de lugar. Se encerró en sus recuerdos, dedicóse a releer las poesías místicas del P. Calasanz Rabasa, que tanto gustaban a su difunto director espiritual, el también escolapio P. Carriega, y pasaba horas y horas en la soledad de su piso, frente al Sagrado Corazón de Jesús que, en fecha solemne, y junto con la singular imagen de santa Jerova, se entronizaron en la que fuera alcoba nupcial, rezando y rezando sin parar.

Bien; pues aquel sábado, que ya no se llamaba de Gloria desde la reforma litúrgica, aunque viejos religiosos opinaban que Nuestro Señor Jesucristo seguía resucitando, si bien con la protesta formal de ciertas iglesias, ahora legalizadas, Fabián fue a la parroquia con su mujer, aunque sin su hijo, que se había quedado durmiendo como un tronco, enteramente ajeno a las tímidas llamadas de su padre. Había bastante público; público cincuentón, en el mejor de los casos y a los De Luna les tocó al lado de Feliciano Alcubilla y su mujer, que eran aproximadamente de su edad y cuyos respectivos padres fueron amigos, en lejanos tiempos. Se dieron la paz en el momento oportuno y salieron juntos de la iglesia y juntos se sentaron en un bar, para charlar frente a unas tónicas sobre los temas del momento.

—Ayer, menos mal, no han matado a nadie los de la ETA...

—Es natural, hombre. Son muy católicos y respetan las fechas santas.

—¿Qué te parece la reforma fiscal?

—Pues mira, que ya es mala pata que lo único que está funcionando bien en el gobierno sea el Ministerio de Hacienda.

—Tienes razón, oye. Ya es mala pata.

—¿Qué tal tu fábrica?

(Alcubilla tenía una fábrica, o al menos así la llamaba él, de gomas y utensilios para paraguas. Ocho trabajadores.)

—Pues ahora, de primera, porque está cerrada desde el jueves. Pero ya verás el lunes...

—¿Tienes problemas?

—Me piden un aumento lineal de ésos. Yo he echado cuentas y creo que se sale de los límites del Pacto de la Moncloa. ¿Tú cómo interpretas lo de la masa salarial?

—Perdóname, Feliciano. Aunque soy laboralista, he renunciado a entender semejante embrollo.

—Sí que es un buen lío, sí...

Las señoras estaban hablando (además de lo carísimo que estaba todo) de los espectáculos. Y la mujer de Alcubilla, bajando la voz, le preguntó a Mari Nieves:

—¿Has visto el anuncio de esa función... creo que se llama «Bárbara, hacer el amor con...»?

—No. ¿Por qué?

—Dice que se ofrece lesbianismo, masturbación, orgía y *cunnilingus*. ¿Tú sabes lo que es *cunnilingus*?

—Pues mira, no —confesó Mari Nieves.

—Yo, tampoco. Y me pasa que no me atrevo a preguntárselo a Feliciano. Él es muy antiguo para estas cosas.

—A lo mejor no tiene importancia. Parece una palabra en latín y no te olvides que el latín era el idioma de la Iglesia Católica, cuando la Iglesia Católica era, de verdad, católica.

—He estado a punto de preguntárselo a mi chico mayor, pero luego me ha dado un no sé qué...

—¿Por qué no lo miras en el Espasa?

—Ya lo he hecho. No viene.

—Pues entonces, no será malo. Porque en el Espasa vienen todas las verdulerías. Allí me enteré yo de lo que quería decir cohabitación y clítoris y pene y sodomizar y muchas gorrinadas de ésas.

—¿Sodomizar? —se asombró la señora de Alcubilla—: No lo había oído nunca, mira.

Los maridos continuaban con la política.

—Pues yo te digo —insistía Feliciano— que la alternativa de poder del PSOE hay que tomarla en serio y que Felipe no es ningún tonto....

—Claro que no. Pero teoriza.

—Déjate de frases. Y dime: ¿tú, acaso, ves consolidada la UCD?

—Son los que mandan.

—Pero carecen de base popular. Hoy, querido Fabián, sin base popular no puede gobernarse...

Las señoras dijeron eso que dicen siempre las señoras en estos casos:

—¿Es que no sabéis hablar más que de política?

—Perdonad, perdonad —pidió Fabián—. Pero es inevitable...

—Nosotras estábamos repasando la cartelera de espectáculos. Un asco —opinó la señora de Alcubilla.

—Con deciros que hay una función donde anuncian el *cunnilingus* —dijo entonces Mari Nieves, como si tal cosa. Los maridos se miraron con cierto asombro. Y Fabián comentó tan sólo:

—¡Qué barbaridad!

—¡Si mi padre, que era tan cristiano, levantara la cabeza! —se condolió Feliciano.

—Yo no sé adónde vamos a llegar...

—Como siempre, pasamos de un extremo a otro. De la represión a la degradación total.

—Así están nuestros hijos, los pobres.

—En realidad, ya les tiene sin cuidado el sexo. Les aburre.

Mari Nieves insistió, para ver si le explicaban la cosa. Y dejó caer, sin saber bien lo que decía:

—Bueno, pero después de todo, el *cunnilingus*...

Fabián le miró de una manera terrible.

—¡Por favor, nena! ¡No bromees sobre semejante gorrinada...!

Hablaron entonces de que era una pena que se separara Julio Iglesias de su mujer y las señoras se quedaron tristísimas, porque sus maridos no les habían dado ninguna pista para comprender el alcance de la latina palabra. Y ellas, que todavía alcanzaron, en el colegio de monjas, la época de las Hijas de María, no se atrevían a preguntárselo de cara.

A eso de las dos comenzaron a llegar los jóvenes a los bares de la playa. Fabiancito pasó por delante de sus padres y les saludó, diciéndoles con toda ordinariez:

—¡Hola, viejos...!

Un poco más adelante le esperaban dos chavalas monísimas, a las que besó de una manera maquinal. Una era pelirroja y la otra, morena muy oscura. La pelirroja preguntó:

—¿Aquél es tu padre?

—Sí, el que está medio calvo.

—Déjate; todavía enrolla.

—Que te crees tú eso. Vive en la catacumba.
—No me digas que es carroza...
—Pues sí...
Echaron a andar, junto a la orilla, fumando sin parar. La morena muy oscura dijo:
—Esta noche ponen en la tele un festival rock.
—Paso de eso. La tele está *out* para mí —opinó Fabiancito.
—Tampoco ocurre nada con probar —insistió la chica.
—Yo es que he quedado con unos chupis italianos, que tienen descapotable y nos van a llevar de tascas por ahí —aclaró la otra.
—Vete dispuesta, que a los italianos les va la marcha.
—Te advierto que molan mucho.
—Pues el festival rock puede estar demasié —remarcó la morena muy oscura.
—A mí es que la tele me jode.
—Antes, por lo menos, se veía al Lalo Azcona.
—Me repito cantidad; pero a mí me enrolla el rock.
—¡Jo, tía! Allá tú. Olvídame.
Entraron en un chiringuito. Parecía talmente una cabaña, con un techo rudimentario de pajas mal colocadas y una barra de madera sin pulir y unos fetiches colgando de las vigas. Pidieron cerveza.
—¿Cuándo os largáis? —preguntó Fabiancito.
—*Tomorrow*. La verdad es que paso de esta horterada.
—Y que lo digas. El personal está fuera de onda.
—Los extranjeros se pasan el día mamados y sólo piensan en fliparse. Y anda, que las discotecas, este año no se pueden aguantar.
—Pues los cines, no te cuento. Porno a la española y punto.
—Desde luego, esto de la Semana Santa no hay quien lo aguante —resumió la pelirroja.
—Menos mal que dicen que el año próximo la quitan —consoló Fabián.

A esa misma hora, en la ciudad, la anciana doña Amparo salía de la catedral, apoyándose en su bastón. Andaba con cierta ligereza, en lo posible, y estaba contenta, porque la función religiosa había resultado muy tradicional. Como le fallaba la vista, no se enteró de unas pintadas que, en la mismísima fachada del colegio de las Teresianas y sin el menor respeto hacia tan santo lugar, pedían el aborto libre. Compró media docena de yemas en la Confitería Mora y al llegar a casa le dio dos duros de propina al portero, el viejo y fiel Matías, cuando le abrió la cancela del ascensor, también viejo, pero todavía eficaz.

—Tómese unas copas en el gran día de la Resurrección... —le dijo, con manifiesto despiste en cuanto a la capacidad adquisitiva de la peseta.

Ya en el piso se quitó la mantilla, que aún traía puesta; enchufó la radio por si transmitían algún sermón (estaban dando unas declaraciones de Santiago Carrillo) y se sentó en el butacón, frente al mirador que daba a la avenida. Sentía una cristiana felicidad por la celebración de tan hermosa fecha litúrgica; recordó a su hijo, a su buena nuera, a sus nietos. Y pensó que al siguiente día, no en vano les había educado en la verdad de Cristo, cumplirían el precepto de la Santa Madre Iglesia y comulgarían en la Pascua Florida.

II

LOS PLACERES — 1978

Mercedes Santoro tenía cinco hijos, fruto de su matrimonio con el profesor Echevarren Díaz, siquiatra de muy merecido prestigio. Habían formado, durante veinte años, una de las parejas más celebradas en la ciudad, ya que en ellos se complementaban la belleza, dulzura y discreta inteligencia de Mercedes con el talento profesional y la inmensa capacidad de trabajo de Aníbal, que así se llamaba su marido. De pronto, sin embargo, la feliz unión comenzó a resquebrajarse. Decía ella que la fervorosa entrega de su esposo a los deberes profesionales la tenía sumida en un abandono físico, especialmente rechazable a su edad. Daba a entender también que el doctor se había identificado tanto con su especialidad, que bien podía decirse de él que era un neurótico, un inestable o, más a la pata la llana, un perfecto chiflado.

Verdaderamente, el doctor Echevarren tenía ciertas aficiones, tan raras, que muy lícitamente podían clasificarse como manías. En una comunicación presentada a cierto Congreso Internacional de Siquiatría había desarrollado una curiosa teoría acerca de la influencia del sexo en los desequilibrios mentales, partiendo de presupuestos freudianos, pero aportando datos y consideraciones absolutamente personales. Aquella comunicación fue muy celebrada por sus colegas norteamericanos, que la difundieron en su país. Pronto llegó una invitación de la

Universidad de Yale y Aníbal se pasó tres semanas en los Estados Unidos, dando conferencias, asistiendo a simposios y dictando artículos.

A su regreso comenzaron a manifestarse más acusadamente sus extrañas manías. Sucedió que, estando en Nueva York, tuvo ocasión de visitar por primera vez un *sex-shop*, se entiende por motivaciones puramente profesionales. Pero el conocimiento directo de aquel mercado apasionante de objetos para el placer le sugirió la idea de instalar en su propia casa algo así como un Museo del Sexo (privado, naturalmente), como eficaz complemento para sus investigaciones. A Mercedes no le hizo ninguna gracia que su marido pagase casi cuatrocientos dólares de exceso de equipaje, no para llenar sus maletas con los últimos modelos de las *boutiques* neoyorquinas (destinados a ella, claro está), sino para traerse de los Estados Unidos varias docenas de ligueros variados, distintos modelos de látigos y disciplinas, falos de goma-espuma, de inauditos tamaños y con fantasías insospechadas y una colección de cinturones de castidad completísima.

O sea que, cuando el doctor le llamó con mucha alegría para enseñarle sus compras y Mercedes se encontró con todos aquellos aparatos, cuidadosamente ordenados en las estanterías de la biblioteca de la clínica y escuchó las entusiásticas explicaciones de Aníbal y conoció su proyecto de incrementar en lo sucesivo el almacén de objetos eróticos, con miras a la consecución de un catálogo que facilitara el estudio clínico de las aberraciones sexuales, como síndrome siquiátrico, echó abajo la euforia de su cónyuge, diciendo tan sólo, a guisa de comentario:

—Eso son cochinadas. ¡Si tu madre levantara la cabeza!

Se fue, dando un tremendo portazo (porque ya es sabido que las esposas martirizan las puertas de las habitaciones, como sustitución subconsciente de su primer deseo de agredir a su esposo) y fue en aquel justo momento cuando el matrimonio comenzó a naufragar. Porque Aníbal se irritó muchísimo por la que consideró estúpida reacción de su mujer, y, como sucede en estos casos, se planteó en serio, por vez primera, el problema de la incomprensión. Sí; al cabo de más de veinte años, se daba cuenta de que Mercedes no sentía por él la admiración que él merecía. Y lo que resultaba peor: no sólo le faltaba su ayuda, su colaboración moral y material en el trabajo, sino que incluso pretendía perjudicarlo. No conectaban, en una palabra.

Empezó, pues, el distanciamiento. Aníbal, obsesionado con su luminosa idea, se dedicó a buscar afanosamente las piezas eróticas más singulares. Mercedes, en una reacción muy femenina, decidió triplicar sus gastos de vestuario y ornato personal. Aníbal fue distanciándose cada vez más de Mercedes, y Mercedes, por su parte, intensificó sus viajes al chalé de Benalmádena, acompañada siempre por alguna amiga separada. Como los chicos (todos varones) estaban creciditos e incluso los dos mayores estudiaban en la Universidad, no tenía que preocuparse de ellos, que bastantes años de su vida les había dedicado ya.

Se trataba, sencillamente, de la conocida y frecuente crisis matrimonial del climaterio, que suele agravarse por la aparición de terceras personas como elemento perturbador. En este caso, el elemento perturbador de Aníbal se llamaba María Elena, era doctora en Medicina, rubia, colaboradora en la clínica, admiradora enloquecida de su genio como siquiatra y además —esto fue lo decisivo— tenía sólo veintiséis años. Su adoración por el maestro y sus indudables conocimientos en siquiatría, le hicieron compenetrarse en seguida con aquella gran idea del Museo del Sexo, del que fue nombrada conservadora. Se tomó con tanto empeño el cargo, que en pocas semanas hizo unas fichas completísimas de todo el material, gracias a las cuales pudo Aníbal escribir una monografía sobre el tema, que nuevamente le valió un gran éxito profesional en Norteamérica.

Durante algún tiempo, sin embargo, las relaciones entre María Elena y el profesor fueron meramente profesionales; aunque, eso sí, llenas de efusividad, cariño y compenetración. Hasta que, exactamente un 21 de marzo, coincidiendo con el comienzo oficial de la primavera (desmentido por la realidad, ya que hacía un frío tremendo y llovía a jarros), se produjo la definitiva ruptura matrimonial. Eran las tres y pico de la tarde;

Mercedes estaba sola en casa, viendo la televisión entre bostezos. Llamaron a la puerta. Acababa de marcharse la asistenta y abrió ella misma. Dos empleados de Transportes Pérez dejaron en el *hall* un paquete gigantesco, algo así como un baúl de aquellos que usaban los abuelos, que venía facturado desde Copenhague a nombre del doctor Aníbal Echevarren Díaz.

No fue curiosidad, sino mero azar. A Mercedes se le cayó un botón de la blusa; y fue rodando hasta chocar con la parte inferior del enorme bulto. Ella se agachó para recogerlo y entonces, sólo entonces, reparó en una etiqueta que venía en la parte inferior y que decía, en inglés: MANTÉNGASE SIEMPRE VERTICAL. Y un poco más abajo: NO AGITEN DEMASIADO A LA MUJER PERFECTA. Y en la siguiente línea: ¡SUSTITUYA SU VIEJA MUJER POR ESTA NUEVA!

Lo cual no pudo menos que mosquear a Mercedes, cosa perfectamente comprensible. Como también resultó lógico que comenzase abriendo tímidamente una de las puntas del envoltorio, para seguir rasgándolo con unas tijeras y terminar desempaquetándolo del todo. Quedó a la vista una especie de sarcófago de madera, cuya cerradura traía la llave colgando. Pero lo que más preocupó a la señora de Echevarren fue un corazón muy colorado que decoraba la tapa, debajo del cual, en letras blancas, se leía: ME LLAMO INGRID.

Naturalmente, abrió la tapa. Y dio un grito. Y hasta se separó unos pasos. Recobrada la serenidad, volvió a acercarse, para observar con detalle el contenido del sarcófago: era una mujer. Una mujer bellísima, de largo pelo rubio y ojos rasgados, totalmente desnuda. Tímidamente, Mercedes le tocó un brazo. La sensación, el tacto, eran talmente los de la carne. Una carne suave, aterciopelada. Los fabricantes daneses han conseguido una suma perfección en estas mujeres de goma, fidelísima réplica de las auténticas, de las vivas. Ingrid tenía, incluso, una peca muy graciosa en el muslo izquierdo y, ni qué decir tiene, todas las apariencias externas de una hembra de verdad. En sus siguientes comprobaciones, Mercedes pudo atestiguar que también las partes más íntimas parecían ciertas e, indudablemente, permitían su utilización, a todos los efectos.

La indignación de la señora de Echevarren no tuvo límites.

Frenó su primer impulso, que había sido destrozar la muñeca mecánica con las tijeras, pero no pudo evitar darle una sonora bofetada. Con el golpe, la muelle sustancia que componía la cara de Ingrid se contrajo y su rostro perfecto se endulzó con una sonrisa. Especialmente irritada, quizá Mercedes hubiese consumado su primitiva intención devastadora, de no haberse escuchado en aquel momento el ruido de la llave en la cerradura, de no haber llegado Aníbal. Que, sorprendido por la visión de la muñeca —estaba justo delante de él, hermosísima, excitante, sonriente—, no hizo el menor caso de su atribulada esposa y sólo dijo, extasiado:

—¡Qué maravilla!...

Y se acercó y la acarició con ternura y hasta tuvo la desfachatez de comentarle a su mujer —¡a su legítima mujer, señores!— con toda tranquilidad:

—Es perfecta. ¿No te parece?

A Mercedes le dio un ataque de histeria, se abalanzó sobre Aníbal hecha un basilisco e incluso intentó golpearle. Hubo unos segundos de forcejeo y finalmente él la tranquilizó con un discreto puñetazo, que trocó en llantos los gritos de la señora. Cayó derrumbada sobre el sofá y dijo, a media voz y entre sollozos:

—¡Esto se ha terminado, Aníbal! ¡Para siempre!

Dos horas más tarde, el matrimonio, recobrada la serenidad, mantuvo una civilizada conversación, iniciada con el reconocimiento recíproco de sus culpas. Coincidieron ambos en la imposibilidad de mantener la convivencia habitual, aunque también estuvieron conformes en que, en atención a los hijos, al anciano padre de Mercedes y, especialmente, a los elevados costos de los Tribunales Eclesiásticos, no era aconsejable meterse en pleito de separación canónica. Lo suyo sería una de tantas rupturas amistosas: Mercedes pasaría la mayor parte del año en Benalmádena, Aníbal se trasladaría a un apartamento y los chicos, que ya tenían edad para comprender estas cosas, seguirían en el piso conyugal. Su padre estaría al tanto de sus estudios y con cierta periodicidad, aunque sin concretar obligación de fechas, ellos dos se reunirían en casa como dos buenos amigos y alternarían con los hijos.

Fue una solución llena de sentido común. A los chicos les pareció de perlas y, ante el asombro de sus padres, no parecieron extrañarse nada. Incluso César, el segundo, comentó:

—Ya era hora, machos.

Y Eugenio, el mayor, apostilló:

—Que se veía venir, viejo; que tú pasas de madre...

Mercedes, sin embargo, sintió la mínima obligación de justificarse y comenzó a dar explicaciones:

—Espero que comprendáis nuestra decisión... Esto no quiere decir que yo no sienta afecto por vuestro padre; lo mismo que él me aprecia a mí. Pero después de tantos años de vivir en común, inevitablemente sucede que...

Fidel, el cuarto (que era un poco bizco), le cortó:

—No nos comas el coco...

—Eso —confirmó el más pequeño, Fidel—. No seas *pasá*.

Solamente Ricardo, el tercero, permaneció callado y hasta tenía los ojos enrojecidos, como si fuese a llorar.

Mercedes se fue a Benalmádena a los pocos días, con su amiga del alma, Beatriz Medina, ex de Sánchez-Corbán. Aníbal pudo dedicarse de lleno a sus estudios sobre la influencia del sexo en los desequilibrios mentales, con la ayuda impagable de María Elena. Cuya colaboración era tan estrecha, tan eficaz, que no tenía horarios ni límites. Una noche, después de haber tomado unos bocadillos como toda cena, a punto ya de volver al trabajo, el profesor tuvo una ocurrencia feliz. Habían estado clasificando unos botines y varios modelos de medias negras, de fantasía, y unos antifaces y de pronto le dijo a la doctora:

—¿Por qué no se los prueba?

—Encantada. Pero necesito prepararme bien. Un momento, profesor...

Se fue de la habitación Aníbal y quedó esperando en la contigua, no sin cierto nerviosismo. Al cabo de diez minutos se abrió la puerta y apareció María Elena. Traía puesto un antifaz que recordaba a un murciélago; las mallas negras torneaban sus muslos y unos botines con espuelas plateadas sonaban fuerte al pisar el parquet. El disfraz se completaba con un liguero fruncido, unas manoplas también negras cubriendo los brazos hasta el codo y nada más.

—¿Le agrada el conjunto, profesor?... —preguntó, abriendo una sonrisa satánica (con perdón).

Fue el comienzo de una nueva colaboración, una colaboración práctica, que se incrementaría a partir de entonces como complemento de la teórica. Aníbal tuvo ocasión de experimentar en sí mismo la evidente influencia del sexo en ciertos desequilibrados mentales, como él, y desde aquella noche fue un hombre distinto. Más jovial, más extrovertido, más sereno, Se sentía joven, eufórico, vital. Feliz.

También desde aquella noche, ocioso será aclararlo, el profesor y su colaboradora dejaron de llamarse de usted.

El chalé de Benalmádena tenía todas las comodidades; hasta moqueta en los suelos, lo cual no dejaba de resultar una cursilería en semejante clima. La Costa del Sol había vuelto a llenarse de turistas, como en los buenos tiempos, y aunque las Centrales Sindicales hacían lo posible por echarles, organizando de continuo huelgas de hostelería y similares, los rubios visitantes encajaban deportivamente todas las incomodidades, con tal de seguir poniéndose colorados. El sol pegaba fuerte; era uno de los agostos más tórridos que se recordaban, con el natural regocijo de los nórdicos.

A Mercedes Santoro de Echevarren le traía sin cuidado la temperatura, porque tenía un aire acondicionado estupendo en el chalé. Aunque su amiga Beatriz (Bequi, para los íntimos) siempre estaba quejándose de lo peligroso que resultaba para la salud aquel frío húmedo y artificial. Desde varios días antes, estaba con ellas César, aunque apenas le veían, porque sus horarios eran contrapuestos. El muchacho exprimía por las noches sus dieciocho años en las discotecas de la Costa y en los chiringuitos y en los apartamentos gentilmente cedidos, con inquilina incluida, y nunca se levantaba antes de las cuatro de la tarde. También estaba pasando el verano con su hija don Fulgencio Santoro. (Todavía llamado «Ful» por los pocos amigos que le quedaban vivos.)

Eran aproximadamente las doce de la mañana y estaba Mercedes leyendo *Diez minutos*, que le distraía mucho porque así se enteraba de toda clase de cotilleos, incluso regios, cuando apareció en el salón la criada, muy nerviosa.

—¡Señora, señora...! —balbuceó—. Que hay ahí un guardia...

—¿Un guardia?

—Bueno, un policía...

—Ahora voy.

Se arregló el pelo, con ese gesto maquinal, tan femenino. Al levantarse para salir, no pudo evitar una mirada de satisfacción al jardín, que se dejaba ver desde el amplio ventanal. Era uno de sus orgullos; lo cuidaba amorosamente y decían los vecinos que era el jardín más hermoso de todo el contorno. Había plantado unos magnolios espléndidos, buganvillas, caléndulas, glicinias, claveles, tenía rosaleda, unos pinos agudos y esbeltos, varios tamarindos y hasta ciertas flores de colores vivísimos, cuyas semillas le trajeron de Amsterdam y que nunca recordaba cómo se llamaban.

El policía comenzó enseñando la chapa, para identificarse, y Mercedes le hizo pasar al salón. Se sentaron. Rehusó el policía una copa que, gentilmente, le ofrecía la señora de la casa. Y dijo ésta:

—Bien. ¿A qué se debe su visita?

—Pertenezco a la sección antidroga... —explicó el policía.

—Me parece muy bien. Es un vicio a mi parecer idiota, pero cada vez más extendido. ¿Y qué tengo yo que ver con eso?

—Ya nos suponemos que está usted ajena a la cuestión. Que será la primera sorprendida cuando conozca lo que voy a decirle.

—Y ¿qué va a decirme?

El policía se levantó. Fue hacia el ventanal y miró el jardín.

—Tiene un bonito jardín, señora...

Mercedes también se levantó, para comentar, muy ufana:

—El mejor de esta zona.

—¿Qué flores son aquéllas...?

—¿Querrá creerme si le digo que nunca me acuerdo cómo se llaman? Me trajeron las semillas especialmente de Holanda.

—Una maravilla. ¿Y sabe cómo se llaman esas yerbas que están plantadas al lado?

—Tampoco —reconoció Mercedes.

—Son marihuana —aclaró entonces el policía.

—¿Pero qué dice usted, hombre de Dios?

—Lo que oye. En su jardín hay plantada marihuana. —Mercedes fue a decir algo; el policía le interrumpió—. No se extrañe. Hemos tenido varios casos en otros chalés. En todos ellos se ha abusado del desconocimiento de sus dueños y les han plantado la yerba sin que se enteraran. En colaboración con el jardinero, eso sí. ¿Tiene usted jardinero?

—Viene por aquí uno del pueblo... Un hombre ya mayor... Aunque, en realidad, del jardín me ocupo yo mayormente.

—Entonces, lo suyo debe ser distinto. Porque en los otros agarramos a dos jardineros que estaban conchabados con unos grupos de jóvenes... Ya sabe, esto de la droga es siempre cosa de muchachos... ¿Tiene usted hijos?

—Están todos en Madrid —mintió Mercedes.

—Bien, señora. No la molesto más. Dentro de un rato vendrán unos funcionarios y arrancarán las yerbas. No se preocupe; procurarán dañar lo menos posible el jardín.

Apenas se fue el policía, Mercedes subió al piso y entró, hecha una fiera, en el dormitorio de César. El chico dormía como un lirón, enteramente desnudo. La habitación era un puro desorden, de manera que tropezó con una guitarra que estaba en el suelo y estuvo después a punto de caerse, al resbalar con unas mondas de fruta. César despertó sobresaltado, refunfuñando protestas.

—Has sido tú, ¿verdad? Sólo puedes haber sido tú... —le gritó su madre.

—He sido ¿qué?

—El de la marihuana.

—¡Bueno! —contestó entre bostezos el muchacho—. ¿Para eso tanto follón? Sí; plantamos los chelis y yo un poco de yerba. ¡Jo, es un ahorro...!

Mercedes dio el portazo reglamentario y César se volvió a dormir de manera instantánea. En la escalera coincidió ella con su viejo padre, que iniciaba lleno de entusiasmo su jornada. Don Fulgencio Santoro había abandonado los negocios en 1973, cuando cumplió los setenta años. Meses antes había fallecido su mujer y como no tenían hijos y Sederías Iberia, al cabo de casi medio siglo de actividad, le había proporcionado unas pingües rentas, el activo industrial optó por retirarse a gozar de ellas. Bien merecido se lo tenía, después de una vida entregada al trabajo de manera total. Aunque en el fondo seguía notando que ese gusanillo inmortal que siempre hostiga a los comerciantes no dejaba de picarle. Pero se hizo el ánimo y echó el cierre.

Aquella mañana don Fulgencio estaba de buen humor, sin duda porque recordaba con regocijo su aventura de la noche anterior. Había salido a dar una vuelta por las cercanías de la playa y se había tomado antes una copita de Remy Martin (ya que, a Dios gracias, su salud era espléndida). Paseaba canturreando un cuplé de La Chelito, que le retornaba a sus pícaros años mozos, cuando se le acercó, insinuante y sonriente, una de las fulanas que solían hacer la carrera, a partir de las diez, por aquel sitio. Era una espléndida mujer. De largos cabellos oscuros, muslos bien hechos, esbelto talle y, sobre todo, abundante pecho. A «Ful», muy clásico en el tema, le encantaban las mujeres de tetas gordas (y ustedes dispensen la manera de señalar).

La chica, dentro de la más pura ortodoxia en el comercio carnal peripatético, le pidió fuego. Y así comenzaron a charlar y se metieron en harina y ella le agarró del brazo y le hizo unas carantoñas a la luz de la luna, porque el lugar estaba casi a oscuras. Don Fulgencio, con estupor infinito y, al mismo tiempo, con desbordante alegría, notó ciertos escozores, verdaderamente olvidados desde hacía mucho tiempo. Y fue animándose paulatinamente, aunque, en un último y nada esforzado intento por resistirse, le comentó a Olga (se llamaba Olga, según dijo), a guisa de pretexto defensivo:

—¡Pero mujer, a mi edad!

—¡A tu edad! ¡Presumido, más que presumido! ¡Si tú no tines más de sesenta años, y ésa es la cifra ideal para hacer el amor con serenidad!

En realidad, el señor Santoro estaba muy bien conservado;

pero la drástica rebaja que la putita le hacía, le exigió aclarar:

—¡Ojalá, querida! ¡Que ya son setenta y uno! (se quitó cuatro).

—¡No me digas! Pues mira; lo mismo que no los aparentas por fuera, seguro que tampoco se te notan en la cama. Vamos a mi apartamento, que está ahí mismo...

«Ful» seguía con sus sorprendentes síntomas de (relativa) excitación y pensó que, al cabo de tantos años sin catarlas, tampoco debía extrañarle aquella súbita pasión sexual. En vista de ello, no discutió siquiera las tres mil pesetas que le pidió Olga, muy finamente, por cierto. Para robustecer su moral, se acordó de Henry Miller y de Pablo Picasso, entre otros ejemplos de ancianos llenos de vitalidad sexual, y echó a andar. La chica le preguntó:

—¿Puedo cogerte del brazo?

—¡Pues claro, nena...! —celebró él.

Había más mujeres por las cercanías y algunas estaban ya ligando con paseantes, que claramente habían ido en su busca, de manera premeditada. No como el bueno de «Ful», que escogió aquella zona para su nocturno paseíto, ignorante de los placeres que allí le acechaban.

—Es aquella casa... —le aclaró Olga, señalando un edificio de apartamentos que había al terminar la calle.

Pero entonces se escucharon unos gritos y otras varias mujeres se acercaron vociferando frases soeces y se precipitaron sobre Olga, separándola de don Fulgencio e incluso la emprendieron a golpes con ella, que correspondía a sus insultos con otros más duros todavía y que, finalmente, echó a correr con el pelo revuelto y la blusa rasgada. Santoro no entendía absolutamente nada, hasta que una de las agresoras se lo explicó:

—Menuda se le venía encima, caballero. Es un tío.

—¿Cómo? —se asombró él.

—Sí, un maricón de esos que se visten de mujeres. Un travestí. Oiga, que ya tenemos bastante competencia ahora con las mujeres decentes, para que vengan estos *gays* de las narices a quitarnos clientes tan majos como usted...

A don Fulgencio le entró una risa blanda, que después devino en tos. La fulana le dio unos golpes en la espalda, como si eso sirviera de algo (aunque es lo que suele hacerse), y cuando se tranquilizó, le propuso:

—¿Qué? ¿No le gusto yo más? Porque yo soy una real hembra, oiga. Toque, toque aquí...

Rehusó el señor Santoro la peritación manual de la femineidad de la moza y regresó al chalé de su hija, entre divertido y humillado. Imaginar que aquella hermosa mujer que, insólitamente, había sido capaz de despertar tibiamente sus dormidos apetitos, era en realidad un hombre disfrazado, le causaba cierta lógica desazón. Aunque fue desechando sus escrúpulos por el camino y al llegar a casa estaba nada más que divertido (ya no humillado) y mientras subía hacia su cuarto, se dijo para sus adentros:

—Menos mal que no se me ocurrió pagarle por adelantado...

Y se puso a leer el *Lib*, como mejor manera de consolarse. Aunque el día anterior había tenido un disgusto por culpa de la erótica revista. Iba con ella en la mano cuando se cruzó en el pasillo con su nieto César y púdicamente la plegó y quiso ocultarla y entonces el chaval le gritó a su madre, que estaba en la cocina:

—¡Mira el golfo de tu padre, leyendo revistas verdes a escondidas...!

Lo cual sentó fatal a don Fulgencio, porque podía deteriorar todavía más su autoridad sobre Mercedes, ya muy disminuida últimamente, hasta el punto de que, intentando recuperar prestigio por vía histórica, le había recordado, pocos días antes, en una grata conversación retrospectiva, aquella gestión suya con don Arcadio, el párroco de San Ruperto, cuando el famoso *affaire* de las medias de su hija. Pero su hija sólo comentó:

—Verdaderamente, qué tiempos tan idiotas fueron aquéllos...

Y es que Mercedes se había vuelto muy escéptica, muy despectiva respecto a su vida anterior, desde que se separara amistosamente (aunque fastidiada) de Aníbal. Parecía querer recuperar el tiempo perdido y estaba en todos los festejos sociales que se celebraban en la Costa, hasta el punto de haberse convertido en una de las mujeres más solicitadas por los *playboys* de turno. Sus aventuras, sin embargo, casi nunca terminaban de manera total, porque llegado el momento solían entrarle extraños escrúpulos morales y se echaba atrás. Aunque, para no quedar mal, siguiendo los consejos de Bequi, que era muy lista para estas cosas, montaba el número de la borrachera. Es decir que, cuando el seductor creía que aquella cuarentona de tan buen ver estaba lo que se dice a punto, a ella le entraban vómitos, mareos y demás síntomas de embriaguez y había que llevarla a casa. Mediante tan original sistema, repetido varias veces por semana, Mercedes salvó con bastante frecuencia su virtud; pero se ganó una fama de borracha tremebunda.

Hicieron buena amistad Bequi y Mercedes con una americana estrafalaria, Dorothy se llamaba, que era una de esas mujeres de edad indefinida (declaraba cuarenta y siete), divorciada de tres maridos, todos los cuales le abonaban la correspondiente renta. Con lo cual, ella se pasaba tan ricamente medio año en Marbella, en estado permanente de intoxicación etílica. Desayunaba un vaso de ginebra y seguía con la Tankeray en el aperitivo, para trabajar el whisky a partir de la sobremesa, ya hasta la hora de irse a la cama. Lo que solía hacer acompañada por algún nativo.

Pero como, desde que se acabó la feroz dictadura, ya España se parecía a otros países europeos igualmente libres y, por tanto, existía evidente riesgo de violación para las mujeres que paseaban solas por la noche, Dorothy se hizo enviar desde los Estados Unidos una docena de *sprays*, algunos de los cuales repartió entre sus amigas. Porque Dorothy era una entusiasta del amor; aunque del amor libremente elegido, no del impuesto por la violencia. Aquellos *sprays* exhalaban una composición química basada en el cloroformo; o sea que, rociando con ella las narices del agresor, éste se quedaba dulcemente dormido. Y sucedió una noche, que volvía Dorothy a su apartamento, dando tumbos y se le apareció un individuo, cuyo rostro no pudo distinguir demasiado bien, a causa de la poca luz y, sobre todo, de sus mermadas luces.

No obstante, en un acto reflejo sacó del bolsillo el *spray* salvador y fue a espolvorear al asaltante; pero entonces le pudo ver mejor la cara. Era guapísimo, el tío, y además debía medir cerca de dos metros. Por si algo faltara, no pasaría demasiado de los veinte años. Dudó unos segundos Dorothy, ante los evidentes atractivos del violador callejero; a punto estuvo, incluso, de dar facilidades. Pero recordó sus principios, que le vetaban colaborar con semejantes delincuentes. Entonces lo que hizo fue volver sobre sí el *spray* y rociarse generosamente la nariz. Despertó, con la ayuda del chico del supermercado, que fue el primero en tropezársela caída en la acera, cuando iba a hacer el reparto matutino. Naturalmente, no recordaba nada; pero se sentía dominada por una dulce sensación de placer.

Cuando se lo contó a Mercedes y a Bequi, se rieron mucho y les pareció genial, genial, genial y hasta Mercedes pensó que quizá fuese aquélla una solución más digna que la de simular borracheras, para terminar con las situaciones peligrosas. Estaban almorzando juntamente con don Fulgencio, que no se enteraba de nada porque no hablaba inglés. Aunque se enteró, claro está (y le molestó sensiblemente, hasta el punto de hacer gestos indignados), de que Dorothy comía las judías con oreja y chorizo, acompañándolas de coca-cola.

Estaban tomando el café (y la americana, su primer whisky del día) cuando apareció César. Venía contento y no era para menos; después de tantas jornadas de tedio, siempre iguales —la discoteca, el porro, los chiringuitos, el amor de la madrugada—, aquella noche lo habían pasado francamente bien. Fue idea de Luis Carlos, un chaval de diecisiete años, hijo de un ex procurador en Cortes. Luis Carlos tenía siempre dinero de sobra, porque había conectado con un médico danés, director de cierta clínica de su país, donde se efectuaba la inseminación artificial. Tres mil pesetas le pagaba al chico por cada frasquito de semen que le proporcionaba y a la edad de Luis Carlos no podrá extrañar que ello le produjera una buena renta mensual.

La idea consistió en robar un burro, lo cual fue fácil. Lo mataron entre todos, de manera absolutamente cruel, y después lo trocearon con la motosierra de uno de los de la panda. Milagrosamente, una de las chicas del grupo tenía conocimientos culinarios (era de Hernani, Guipúzcoa) y guisó una caldereta con la carne del pobre animal. La sirvieron a veinte duros ración, en el chiringuito de Daniel, otro de los cofrades. Tuvo gran éxito entre los despistados clientes, mayormente extranjeros, que se deshicieron en elogios sobre la calidad de aquel «plato del día». Y un millonario árabe de los que tanto abundaban en la Costa, Akkram-Behoh, les encargó cien calderetas iguales para una fiesta que pensaba dar en el Marbella Club.

—¡Tronchante, tronchante!... —reía César mientras mordisqueaba una manzana.

Pero don Fulgencio se indignó muchísimo y abandonó airado el comedor. Aunque, en realidad, lo que andaba buscando don Fulgencio era una excusa para marcharse a dormir la siesta, ya que su buena (y antigua) educación no le permitía hacerlo, habiendo como había una señora invitada en la casa.

Aunque la invitada, o sea Dorothy, llevase ya un buen rato dando cabezadas en el sillón.

III

LOS NEGOCIOS — 1978

Don Agustín Aymerich soltó un estornudo tremendo, que hizo retumbar la sala de Consejos de CACOLERSA. Muy finamente, el asesor jurídico de la Empresa, don Eutropio Silva, que estaba a su lado, dijo:

—¡Jesús...!

—Déjese de protocolos —farfulló el señor presidente—. Y vuelva a explicarme eso de la suspensión de pagos.

—Está claro, don Agustín. La Sociedad adeuda en estos momentos unos cuarenta millones de pesetas...

—Cuarenta y siete —precisó Aymerich.

—Las perspectivas comerciales son malas. No hay previsión de pedidos superior a los once millones en lo que resta de año...

—No llega a once.

—Sin embargo, tenemos un activo importante. El almacén del Arrabal se ha quedado en zona de ensanche; aquello vale ahora, por lo menos, diez o doce millones de pesetas, vendido como solar. La red de establecimientos, varios de los cuales son de su propiedad, puede sumar otros quince...

—Pero no querrá usted que lo venda todo...

—No, por Dios; se trata de conseguir la valoración de un activo, más o menos real, pero que sea muy superior al pasivo. De ahí que CACOLERSA esté en suspensión de pagos; porque, de lo contrario, hablaríamos de una quiebra.

—¿Y qué?

—La suspensión de pagos es un juicio universal precioso.

—¡Hombre, don Eutropio!

—Bien, usted ya me entiende. Ahora lo primero que tenemos que hacer, es inventarnos un crédito muy gordo, con alguien de entera confianza. Se acepta una letra de varios millones, con vencimiento próximo; se protesta en su día... Y ese supuesto acreedor será quien promueva después la suspensión. Naturalmente, se le nombrará interventor... y a vivir.

—A vivir muy mal, digo yo... —se mosqueó don Agustín.

—¡Nada de eso! Los acreedores... digamos reales, tendrán que aceptar el convenio que se les ofrezca. Una rebaja en sus créditos y largos plazos para pagar el resto. Mientras tanto, usted sigue en su puesto, dirigiendo la Sociedad aunque, eso sí, bajo el control absoluto de la Intervención...

Fue a hablar Aymerich; el letrado le interrumpió:

—Una Intervención benigna y de toda confianza, como puede suponerse.

—¿Y el personal? Piense que son más de doscientos...

—En nuestro bufete tenemos unos laboralistas excepcionales. Sacarán adelante el expediente de regulación de empleo y así podrá prescindir de buena parte de sus empleados.

—¿Gratis?

—¡Pero qué dice, don Agustín! La Delegación de Trabajo o la Magistratura fijarán las indemnizaciones. Dos meses por año de antigüedad, más o menos...

—¿Se da cuenta de lo que eso supone?

—Tranquilo, tranquilo... De momento, los pagará el Fondo de Garantía; el Instituto Nacional de Previsión. Que se pondrá en la cola de los acreedores preferentes.

Don Agustín Aymerich, presidente y director general de CACOLERSA, se puso en pie y se rascó el estómago, que era una reacción muy suya en las ocasiones importantes. Miró hacia la fotografía de su padre, el fundador de la Sociedad, el que fuera gran capitán de empresas, que aparecía esbozando una sonrisa cínica, como si desde la eternidad le estuviera animando a decidirse. CACOLERSA, que empezó en los tiempos difíciles de la posguerra, como modesto negocio de alimentación, se había convertido en una Sociedad poderosa, que regentaba una cadena de supermercados en la provincia. Pero las cosas comenzaron a torcerse en los dos últimos años; bajaron las ventas, aumentaron los costos, con aquello de los convenios colectivos y las subidas lineales, y ahora el negocio era francamente deficitario.

Don Agustín encendió un Coronas; dio un paseo nervioso por la sala; volvió a rascarse el estómago:

—De acuerdo —concedió solemnemente—. Prepare lo que haga falta.

Evidentemente gozoso, don Eutropio también se levantó.

—Antes de tres meses estará admitida la suspensión de pagos. Recuerde que es preciso tener bien preparada la contabilidad. La oficial, quiero decir...

—Eso no es problema. Lo que me preocupa es la reacción del Comité de Empresa...

Cuando, a los dos meses y cinco días exactamente de haberse decidido ir a la suspensión, ésta se hizo pública, el Comité de Empresa convocó una reunión de urgencia con el presidente y director general (P.D.G., en los papeles), previa a la Asamblea de Trabajadores, prevista para tres horas más tarde. El P.D.G. fue asistido por un joven abogado, del bufete de don Eutropio, ya que éste no era partidario de acudir personalmente a semejantes cónclaves, tan proclives a la bronca. Hubo, en efecto, bronca por todo lo alto, con insultos y amenazas al señor Aymerich, tan violentos, que en cierto momento notó que le flaqueaba la voluntad y una especie de miedo inconfesable comenzaba a apoderarse de él. El joven abogado, lívido como un cadáver, no le servía, ciertamente, de demasiado apoyo.

—Pero vamos a ver, señores ...—intentaba argumentar el P.D.G., mientras los miembros del Comité gritaban a pleno pulmón los más diversos y molestos calificativos para su persona—. Ustedes saben perfectamente que el negocio va mal... muy mal. Que cada vez vendemos menos. ¿Es verdad o no?

—La culpa la tiene la Empresa, por no haber racionalizado debidamente la producción, siguiendo una tecnología moderna —le contestó uno de los representantes de UGT.

—Pero es que, además —gemía Aymerich—, las devoluciones de papel por parte de los clientes son masivas. Ya les he demostrado que nos deben casi siete millones de pesetas, prácticamente incobrables, porque los deudores están en suspensión de pagos, cuando no en quiebra...

—También por culpa de la Empresa —precisó el representante del SU— que no ha seguido un método racional en la selección de clientes.

—¡Si lo que pasa es que nadie tiene un duro! —argüía el P.D.G., rascándose el estómago sin parar—. ¡Que el país está arruinado! ¡Que las exportaciones se han parado! ¡Que los Bancos no descuentan, ni siquiera a intereses usurarios!

—Eso es herencia del franquismo... —aseguró uno de los representantes de Comisiones Obreras.

—¡Exacto...! —asintieron los demás.

—Yo no sé de quién será herencia, yo sólo sé que así no podemos continuar.

Se armó un revuelo enorme. Un muchacho calvo, que compensaba su alopecia con el muchísimo pelo revuelto y sucio que componía su larga barba, dijo, excitadísimo:

—¡Esto es una clara maniobra capitalista para dejarnos en la calle! ¡Si a la Empresa le diera la gana, podría perfectamente salir adelante! ¡Y hasta ganar dinero otra vez! ¡Nos consta a todos...!

El resto de miembros del Comité abundaron en la afirmación de su compañero, coincidiendo en que todo aquello estaba preparado para defraudar al personal, porque CACOLERSA debía seguir siendo un estupendo negocio. En este momento, el P.D.G. tuvo una lúcida idea, pidió silencio moviendo mucho los brazos y cuando el ambiente se aquietó un poco, propuso:

—Entonces, señores, he aquí la solución que les ofrezco: les entrego totalmente la dirección de la Sociedad y su administración. Les haré cesión del setenta por ciento de las acciones, en escritura pública. Ustedes mismos fijarán el alquiler de los locales, que les alquilaré en el precio que quieran pagarme, ya que son de mi propiedad particular. Nombren ustedes un nuevo Consejo de Administración, háganse cargo de todo. Naturalmente, ese setenta por ciento de acciones se lo regalo; su valor nominal es de quince millones de pesetas. Y que tengan suerte...

Hubo unos segundos de asombrado silencio; pero en seguida el representante de la UGT tomó la palabra:

—De eso nada, oiga. Usted es el empresario y nosotros los trabajadores; usted se inventa lo que le dé la gana, pero sigue adelante en el negocio. ¡Vamos, bueno! ¡Hasta ahí podíamos llegar...! Nosotros, a cobrar los fines de mes y allá películas.

Los demás asintieron calurosamente. Aymerich se estaba rascando el estómago ferozmente; hasta el punto que hizo saltar un botón de la camisa.

—Otra solución —ofreció—. Constitúyanse en cooperativa; también les cedo la Empresa. Y la totalidad de las acciones; serán ustedes dueños absolutos de ella. Valoren a su juicio el importe de los locales y en la parte que corresponda inclúyanme como cooperativista.

Esta vez no hubo espera en la respuesta:

—¡Trampa capitalista! —clamó el de CC. OO.— Con eso de la Cooperativa, si no hay beneficios, no cobraremos nada...

—¿Pero no dicen que tiene que haber beneficios?

—Bueno; por si acaso...

En la tumultuaria asamblea de trabajadores de CACOLERSA, que se celebró al poco rato, se tomó el acuerdo (sin necesidad de votar; simplemente por aclamación, como hacían las Cortes franquistas) de ir a la huelga. Al día siguiente, todas las empresas del sector (Alimentación) hicieron también huelga de solidaridad con sus compañeros. Frente a las oficinas principales de la Sociedad se agolparon varios cientos de obreros, con pegatinas en las chaquetas y en los jerseys, que decían: NO AL CIERRE PATRONAL. NO AL ABUSO CAPITALISTA. También llevaban pancartas, donde letras blancas sobre tela roja dejaban leer frases poco amables para el señor Aymerich y su familia. Se rompieron los cristales del edificio, debidamente apedreados por los manifestantes y la Policía Armada (sección antidisturbios) tuvo que lanzar los habituales botes de humo, para disolver la masa.

Como llegaran varios anónimos a su domicilio particular, con expresas amenazas de muerte, don Agustín decidió irse a vivir a casa de su hermana Nuria (que estaba casada con un empleado de la Diputación y no tenía hijos), hasta tanto pudiera ausentarse de la ciudad una temporada. Porque ya le había advertido don Eutropio que, en las primeras semanas de la suspensión de pagos, su presencia resultaría indispensable. Nuria acogió de mil amores a Agustín y a su mujer, Inmaculada, con la que se llevaba muy bien, así como a Nuria, fruto único del matrimonio. Gerardo, el marido, no parecía tan conforme; pero estaba habituado a someterse siempre a los designios de su bella esposa.

Porque Nuria Aymerich seguía bella; no tanto, claro está, como en sus años juveniles, cuando su madre (que descansaba en paz hacía tiempo) le organizaba los famosos guateques, para que picase un buen partido. El fracaso del sistema fue notorio; Gerardo era un oscuro funcionario, con once mil duros escasos de sueldo al mes. Pero Nuria había conseguido acoplarse y hasta le quería.

Pasada la borrasca inicial, los ánimos de los trabajadores de CACOLERSA comenzaron a calmarse, especialmente cuando, aprobado el expediente de regulación de empleo (más conocido por crisis), cobraron sus indemnizaciones y pudieron acogerse al subsidio de paro. Descubrieron entonces que aquella situación era, en realidad, muy recomendable, ya que les permitía pasarlo en grande sin dar golpe. Y los entusiastas, incluso podían hacer chapuzas de manera extraoficial, con lo que todavía ganaban más dinero que antes, cuando tenían que trabajar siete horas y fichar a la entrada. De ahí que comentasen entre ellos, que estaban *colocados en el desempleo.*

Volvieron los Aymerich a su domicilio, si bien Agustín, que era consejero de una inmobiliaria catalana, tuvo que marcharse una semanita a Barcelona, ciudad que le agradaba sobremanera. Aunque esta vez, su estancia iba a resultar algo accidentada. Ya se lo advirtieron en el hotel (de donde era cliente asiduo y muy antiguo, de forma que gozaba de las generales simpatías entre el personal), apenas llegó:

—Lo lamentamos mucho, señor Aymerich, pero mañana comenzamos la huelga de hostelería.

—Vaya, por Dios...

—Le aconsejamos que se haga llevar a la habitación un surtido de bebidas, porque el paro será total.

Efectivamente; cuando don Agustín se despertó, a la mañana siguiente, se agarró al teléfono, según su costumbre, para encargar el desayuno. Una voz destemplada le recordó:

—Estamos en huelga.

Y sin mayor explicación, colgó. Tampoco pudo desayunar en ninguna cafetería, ya que todos los establecimientos del gremio estaban cerrados a cal y canto. Se llevaba el paro con tanto rigor, que cuando bajó al *hall* del hotel y entregó, como siempre, la llave al conserje (que estaba vestido de paisano), éste, con una seráfica sonrisa, le dijo:

—Lo siento. Cuélguela usted mismo.

Aymerich, que tenía mucha confianza con él al cabo de tantos años, se enfadó un poco:

—¡Pero hombre, Martínez, esto es una estupidez!...

Martínez, con un gesto disimulado, señaló hacia delante. Se volvió don Agustín y pudo ver a un joven melenudo, derrumbado sobre un sillón del *hall*: era el representante del Comité de Huelga, que estaba allí vigilando celosamente el tajante cumplimiento de la misma. Martínez, levantando la voz para que el melenudo se enterase, aclaró:

—Mi presencia es puramente pasiva, para situaciones de emergencia y por razones de seguridad. Hoy no trabaja absolutamente nadie en la hostelería ni se desarrolla ninguna actividad laboral, como puede ser tomar las llaves y colgarlas en su casillero...

Reunido en la oficina de la Inmobiliaria con Oriol Desmeneu, el gerente, Aymerich dio rienda suelta a su irritación. Aquella interpretación salvaje de la huelga era una barbaridad; se estaban cargando la economía del país; muchos derechos y pocos deberes; etcétera, etcétera. Oriol sonreía cucamente y, sin hacer comentario alguno sobre el tema, comenzó a explicar:

—Bueno, pues lo nuestro va bastante bien, don Agustín. Para noviembre tenemos previsto un reparto de beneficios. Hemos vendido ya 74 parcelas en la Zona C de la Urbanización PINOSOLMAR. De aquí a final de año, esperamos tenerla colocada íntegramente...

Creyó oportuno moderar el optimismo, dadas las circunstancias generales de la economía:

—Bien es cierto —precisó— que los bancos cada vez cobran mayores intereses por el descuento de papel. Imagínese que estamos pagando un 32 por ciento...

—¿Y a pesar de eso, el negocio es rentable?

—Lo es, lo es... Menos de lo que debiera; pero algo todavía...

Claro está que Aymerich desconocía el planteamiento de aquella magna empresa comercial. Una pequeña parte de las parcelas se habían vendido a extranjeros, que incluso pagaron, muchos de ellos, al contado. Pero la mayoría se colocaron a una clientela singular: chicas de cabaret, señoritas de alterne en los clubs nocturnos, masajistas (era un decir) de las saunas que habían sustituido ahora a las clásicas casas de prostitución. Un plantel de jóvenes vendedores entablaba relación con estas profesionales del amor, por el sistema más sencillo: contratando sus servicios. Establecida una cierta amistad, las convencían de los atractivos de la Urbanización y conseguían que les aceptaran las ciento veinte letras que servirían para pagar la parcela (aclarando que podían renovarlas), además de una entrada en efectivo verdaderamente módica. En más de una ocasión, las chicas firmaron aquellas letras todavía en traje de faena. O sea, desnudas.

Unos bancos muy raros, recién instalados, acogían las toneladas de efectos y los descontaban, efectivamente cobrando intereses tremendos. Pero Desmeneu y sus cómplices del Consejo tenían perfectamente planeada la operación: cuando comenzasen los vencimientos masivos (y los subsiguientes protestos), estarían ya en Venezuela o en Brasil, previo paso por Ginebra, para retirar de la cuenta bancaria los millones que habían ido evadiendo. Esto lo ignoraba don Agustín, que con dos docenas más de inocentes, había aportado algún dinero para la fundación de la Inmobiliaria. De momento, don Oriol le parecía una persona agradabilísima y de manera especial, aquel día, ya que gracias a él (que le invitó a almorzar en su casa) pudo comer caliente. No como los centenares de personas que, sentados en las sillas de las Ramblas, suplían el cierre de los hoteles y de los restaurantes, devorando pan y fiambres, comprados en cualquier colmado.

A las ocho de la noche, cuando regresó al hotel, el edificio parecía talmente una de esas casonas abandonadas y lúgubres que salen en las películas de miedo. El *hall* y el bar estaban a oscuras; no había un alma en los pisos; en la habitación, la cama sin hacer y el cuarto, sin limpiar, ofrecían un aspecto lamentable. Se bebió una coca-cola de las que, previsoramente, había encargado la víspera y quiso llamar por teléfono; pero no pudo. Naturalmente, no funcionaba. Ni para enviar ni para recibir llamadas. Tampoco en Conserjería tomaban recados ni repartían la correspondencia. Entonces, se dio cuenta —con el natural pavor— de que se hallaba enteramente incomunicado.

Tras el mostrador de Recepción, el director del hotel estaba cobrando la cuenta a unos extranjeros —belgas, exactamente—, que, demostrando escaso fervor democrático, echaban pestes de la huelga. Seguía tumbado en el sillón el vigilante, bostezando sin parar. Martínez le sonrió con cierto sarcasmo. Aymerich le preguntó:

—¿Puede hablar?

—Eso, sí, don Agustín.

—Por lo que veo, usted no interviene para nada que tenga que ver con el funcionamiento normal del hotel, ¿es eso?

—Ya sabe: estamos en huelga.

—No pasan recados, no anuncian visitas... ¿Qué sucederá si alguien viene a verme?

—Si conoce su número de habitación, subirá. De lo contrario, tampoco podré facilitárselo.

—¿Sea quien sea?

—Claro.

Tuvo una idea feliz. ¡Por fin iba a conseguir algo que nunca le habían permitido en el hotel, a pesar de sus muchos años de cliente, a pesar de la confianza que en él tenían, a pesar de sus reiterados intentos de soborno! Salió a la calle; desde una cabina pública, llamó por teléfono a Reme. Reme era una puta conocida suya, que solía satisfacer sus caprichos eróticos durante sus visitas a Barcelona. Pero jamás había logrado que le dejasen recibirla en su habitación, con lo que encarecía el placer, al tener que acudir a cualquier *meublé*. ¡Había llegado el momento de su venganza!

—Vente a las nueve. Sí, al hotel: habitación 207.

Ella se extrañó.

—Sí, sí —repitió Aymerich—. He dicho al hotel, habitación 207. Subes en el ascensor, sin preocuparte de nada. ¿No ves que están en huelga?

Y fue Reme, y lo pasaron de primera, haciendo el amor sobre la revuelta cama, sin miedo alguno a que les molestase el teléfono o apareciera la camarera o el botones trajese algún mensaje. Para mayor satisfacción, bajaron juntos y don Agustín colgó por sí mismo la llave en el casillero, al tiempo que se despedía de Martínez con un irónico:

—¡Hasta luego...!

El celoso vigilante se había quedado dormido en el sillón.

A pesar de las facilidades que para el erotismo ofrecía la huelga general de Hostelería y similares, Aymerich anticipó su regreso a casa, porque al tercer día de *vaga* (así se llama en catalán, con evidente propiedad), su cama estaba incómoda, la habitación era una porquería y el baño daba asco. Además, comer suponía un continuo problema, y la incomunicación en que vivía le resultaba ya molesta. Pasó por las oficinas de PINOSOLMAR a despedirse y, de paso, a cobrar un pico que tenía pendiente de su última liquidación; no estaba don Oriol y fue Gutiérrez, el otro gerente, quien le atendió.

—Bien, pues hasta la próxima —dijo, muy fino, don Agustín— y esperemos que no me coja una huelga de éstas...

—Las huelgas son el tributo inevitable a la democracia —pontificó el gerente—. Un legítimo derecho de los trabajadores, un arma de defensa reconocida en toda Europa...

—Menos Rusia y países satélites —precisó Aymerich.

—Claro, claro. Pero, por fortuna, nosotros ya no estamos bajo la opresión de una dictadura. Y las libertades tienen su precio.

—Bastante caro, por cierto...

—Es natural; vivimos todavía bajo la presión síquica del cercano pasado... Permanecen muchas secuelas del franquismo... Ya ve; incluso aquí, en Catalunya, hay gentes que se empeñan en torpedear a la Generalitat. ¡Es inconcebible!

—¿Confía usted en la autonomía?

—¡Por Dios, señor Aymerich! Es imprescindible, inevitable. Catalunya debe sentir la tranquilidad de que sus recursos económicos naturales no se perjudican por culpa de un centralismo absorbente. Nuestra riqueza cultural exige un tratamiento diferenciado. La lengua es patrimonio intocable. Tenemos peculiaridades propias, signos diferenciadores muy acusados, que nos distinguen de los demás países del Estado español. Los países catalanes...

—Por cierto —pidió don Agustín—, explíqueme eso. He visto el otro día un mapa muy curioso; Cataluña comenzaba en el Rosellón y terminaba a la altura de Elche, poco más o menos. ¿Es así?

—Bueno, quizá resulte prematuro anticipar hegemonías territoriales... El problema es más de sentimientos, de identidades, de analogías espirituales y lingüísticas, que de fronteras.

—Ya. Pues nada, le deseo que el *Barça* sea campeón de todo. Porque usted será del *Barça*.

—Evidente. Ya sabe, el *Barça* es más que un club. Durante muchos años, hemos refugiado en los colores azulgranas nuestra forzada represión de fervor catalanista. En aquellos tiempos que más vale olvidar, ya me entiende.

—Ya le entiendo. Por cierto; ¿de qué parte de Cataluña es usted, Gutiérrez? No tiene ningún acento.

—Es que nací en Venta de Baños. Pero, bueno; cuando la «mili» me vine a Barcelona y aquí me quedé...

El avión salió con dos horas y media de retraso. Aymerich se leyó toda la prensa diaria, varias revistas del corazón e incluso una pornográfica realmente curiosa, que le divirtió mucho, porque traía una sección («Correo del Sexo») que venía a ser como una versión moderna del oficio de la Celestina.

El semanario ponía en comunicación a los ardorosos, a los insatisfechos, a quienes buscaban placeres extraños, intercambiando sus cartas y propiciando su conocimiento personal. Aparecían singulares peticiones: «Caballero cincuenta años, muy educado, desea establecer relaciones con homosexuales menores de veinte, asegurando placer máximo.» «Matrimonio 30-24 quiere intercambiarse con otros matrimonios o parejas, parecida edad, fines sexuales, en común o por separado.» «Joven 23 años, gran presencia, 1'78, inagotable, satisfaría señoras, no importa edad, módicas condiciones.» «Señora casada, 40 años, sin gran experiencia, aceptaría amistad íntima con lesbiana, para aprender.» Y cosas así.

La espera en el aeropuerto resultó especialmente fatigosa, a pesar de las lecturas, porque tampoco funcionaba la cafetería, afectada (naturalmente) por la huelga del sector. Se consoló Aymerich mascando chicle y contemplando el espectáculo, variado y colorista, de los viajeros. Además, en los aeropuertos se encuentran siempre hermosas mujeres que sonríen y parecen fáciles, aunque también siempre resulta que vuelan en distinto avión que uno, con lo que las esperanzas de aventura se desvanecen. Sin embargo, en esta ocasión tuvo suerte; cuando por fin avisaron los altavoces que había que embarcar y el autobús depositó al sufrido pasaje al pie de la escalerilla del Boeing y consiguió verse sentado en una de las butacas de la parte trasera, comprobó con el natural júbilo que le había tocado como vecina una señorita monísima.

Era rubia, de unos treinta años (quizá cerca de cuarenta; pero bien conservados) y leía *Newsweek*. Esto le fastidió, ya que permitía suponer que era extranjera. De todos modos, apenas se apagó el indicador del *No smoking*, le ofreció un cigarro, con la mejor de sus sonrisas. Y ella, muy dulcemente, le dijo, con bastante acento, pero en un castellano potable:

—Muchas gracias. No fumo negro. ¿Quiere usted un Winston?

Fue el comienzo de un diálogo intenso, interrumpido tan sólo por la amable invitación a whisky que le hizo don Agustín y que ella aceptó muy complacida. A la media hora, sabía ya que se llamaba Erika, que era danesa, que pasaba largas temporadas en Lloret de Mar, que le encantaba la butifarra de Vich (aunque engordaba) y que era viuda, sin hijos. Esta circunstancia personal le produjo evidente satisfacción. Animado con un segundo cuba libre (ella rehusó repetir bebida), se decidió a entrar a fondo, dentro de su técnica de la conquista, bastante desfasada (aunque él lo ignoraba).

—¿Y hace mucho que perdió a su esposo? —preguntó, para ambientar con la cosa sentimental.

—Oh, no, poco, muy poco —dijo ella, evidentemente emocionada—. Era una gran persona, Günther...

—¡Ah, se llamaba Günther! —celebró Aymerich, como si le importase algo el patronímico del difunto.

—Günther Faas, sí, señor. Y se dedicaba a los negocios; viajaba con frecuencia a muchos países y yo me quedaba sola en la Costa Brava.

—Eso podía resultar peligroso —sonrió el seductor en ejercicio.

—El pobre Günther era muy normal... Nada celoso, como son ustedes, los españoles. Nosotros tenemos otra mentalidad... Disculpamos muchas cosas.

Esto animó a don Agustín, que interpretó la respuesta como una insinuación.

—¿Y qué? ¿Le gustan los españoles?

—Muy amables. Muy divertidos. Muy fanfarrones —sonrió Erika.

—¿Y sexualmente?

—Bueno, no tengo demasiada experiencia. Pero, lo siento, no acaban de llenarme. Piensan demasiado en ellos mismos. Van a lo suyo, ¿me comprende?

—Me parece que ha tenido usted mala suerte con sus experiencias... —apuntó, muy insinuante, Aymerich.

—Quizá...

Bien; estaba claro que el problema consistía, simplemente, en plantear de cara la cuestión. Pero don Agustín, como todos los de su tiempo (su tiempo eran, a la sazón, 53 años), se sentía dominado siempre por un cierto rubor al llegar a semejantes trances. Era como un prejuicio, heredado quizá de sus años de colegial en los Marianistas; como una vergüenza que le impedía efectuar la proposición de una manera descarada. Apeló a los rodeos:

—¿Se quedará muchos días en Madrid?

—No, no. Enlazo con el vuelo a Copenhague esta misma tarde.

—Yo también enlazo hacia mi ciudad, a las tres. Pero bien pensado... ¿conoces Madrid?

La había tuteado a conciencia, pero en su táctica de conquistador a la antigua figuraba como norma el fingir error:

—¡Perdón, Erika! La he llamado de tú...

—Me parece muy bien, Agustín. Así es mejor, ¿no te parece más normal?

—Gracias. Te decía que si conoces Madrid...

—Apenas. Estuve día y medio, el año pasado. Sólo tuve tiempo de ir al Prado y a un tablao flamenco...

—Entonces, no se hable más. Demoramos nuestros enlaces y pasamos dos días en Madrid. Es una ciudad muy hermosa.

—Lo sé, lo sé. Pero no puedo. Llevo el dinero justo...

—¡Por favor, Erika! —solemnizó Aymerich—: Ni qué decir tiene que serás mi invitada.

—No se trata del hotel... Sino de Günther.

—¿De tu marido? ¿Pero no me has dicho que eres viuda?

—Desde hace dos días. Ahí abajo, en la bodega del avión, viaja el pobre Günther, embalsamado y dentro de una caja de cinc. ¿Tú sabes lo que cobran en los aeropuertos por tener en depósito un cadáver...?

A don Agustín Aymerich le dio un golpe de tos y se puso perdidos los pantalones, porque en aquel momento tenía la boca llena de coca-cola con ron.

IV

ECOS DE SOCIEDAD — 1978

Como solía repetir don Juan Alaña, el casino de Cazadores era uno de los pocos edificios de la ciudad que habían resistido la avalancha reformista y devastadora del desarrollo, del funesto y anárquico desarrollo, que tantas joyas arquitectónicas se llevó por delante. La supervivencia de aquel viejo caserón se debía, en realidad, a las complicadas cláusulas del testamento de su fundador, que lo legó con la condición expresa de que nunca pudiera dedicarse a fines distintos de los que figuraban en los Estatutos Sociales, bajo pena de pasar a la propiedad de una comunidad religiosa por la que el difunto sentía gran afecto.

Por eso, el casino seguía donde siempre y como siempre, aunque abrumado ahora por la vecindad de los enormes rascacielos de cristal que le habían construido alrededor. Parecía un pegote en el ensanche de la calle (había escrito cierto comentarista de la actualidad local, debidamente estimulado por una inmobiliaria) y el Ayuntamiento lo que tenía que hacer era expropiarlo. Semejante causa administrativa, según informó el letrado municipal, don Enrique Barrón, al quedar fuera de la voluntariedad de los legatarios y ser impuesta coactivamente, eludiría la penalidad prevista en el testamento. Pero en el otro periódico de la ciudad, el cronista oficial, don Eufemiano Galdós, muy respetado por todos (era biznieto segundo del famoso novelista don Benito, o al menos eso había mantenido siempre, aunque sin probarlo), inició una durísima campaña en defensa de «esta muestra del modernísimo finales del XIX, esta reliquia única, que unos desaprensivos pretenden inmolar en aras de la especulación del suelo».

Tomó cartas en la polémica la Academia Correspondiente de Bellas Artes y muchos vecinos escribieron a la prensa cartas de airada protesta. Como las elecciones municipales se acercaban, el alcalde no quiso perjudicar su imagen ni arriesgarse a perder votos entre sus partidarios, que eran mayormente gente conservadora y muy tradicional. O sea que se denegó la licencia de derribo, solicitada por la Junta del casino de Cazadores, después de una tumultuosa asamblea general, que pudo costarle la vida al anciano don Juan Alaña (81 años), presidente perpetuo de la sociedad. Cuya emocionada defensa del noble edificio, cargado de historia, símbolo de la ciudad, archivo glorioso de sus tradiciones, ejemplo de nobleza, templo de cinco generaciones, no impresionó en absoluto a los socios jóvenes (entendiendo por jóvenes a los de cincuenta años, que ninguno había de menor edad).

Pasó don Juan unos días muy malos, abatido por la desgracia que se le venía encima. Viudo desde hacía años, vivía en compañía de su siempre amado sobrino Mariano, a quien seguía queriendo como un hijo y que le dispensaba una sumisión y un afecto compartidos por Aurelia, su mujer. Aunque Aurelia aguantaba al tío Juan, mayormente por la expectativa hereditaria que suponía, y que lógicamente no se haría de esperar. Si bien el viejo estaba todavía hecho una rosa y gracias a su fuerte corazón, se sobrepuso al disgusto de la pretendida demolición de «su» casino de Cazadores. Al que, por primera vez en cuarenta y cinco años, dejó de acudir todas las tardes.

Hasta que le comunicaron la feliz nueva unos compañeros de la junta directiva. Don Juan Alaña se puso su traje preferido (azul marino con finas rayas blancas y, naturalmente, chaleco), colgó del bolsillo de éste la leontina, agarró su bastón de malaca, con puño de auténtico marfil, y a las tres y diez en punto de la tarde entró nuevamente en el casino, abriendo de una manera solemne la puerta de cristal esmerilado, que tenía dibujada en una de las hojas la inicial C y en la otra, la otra C. Había en aquel momento solamente tres socios, hundidos en los butacones de cuero del gran salón, frente al clásico «escaparate». Eran los supervivientes, con don Juan, de los buenos tiempos: don Armando Coello, don Melquíades Herrera y don Germán Lahoz. Octogenarios todos, naturalmente. Y bastante pachuchos, aunque sacaron fuerzas de flaqueza para levantarse, ir hacia su presidente y abrazarle con euforia, prodigándole al tiempo frases de felicitación.

—Gracias, gracias... —dijo Alaña, sin poder disimular su emoción—. Me consta que ustedes lo han celebrado tanto como yo.

(Llevaban casi medio siglo viéndose todas las tardes, pero a pesar de ello, seguían llamándose de usted.)

—¡Menuda lección para esos jovencitos descastados! —dijo, regodeándose, don Germán.

—Y para los buitres de la inmobiliaria —remachó don Melquíades.

Don Armando dio la nota pesimista, como en él era norma:

—Bueno, señores. Pero ¿han pensado cómo vamos ahora a pagar las deudas?

Hubo un silencio denso. Don Juan sonreía mefistofélicamente (o sea, de una manera rara). El camarero le había servido la tisana con la que, tristemente, había tenido que sustituir su antes inevitable coñac Carlos I. Se colocó los quevedos y encendió el Romeo y Julieta con aquel ritual tan suyo. Después, remarcando mucho las palabras, comunicó:

—Todo está arreglado, caballeros. —Sacó un papel del bolsillo—. ¿Ven esto? Es la autorización del señor gobernador civil para instalar un bingo en el Casino.

Don Armando y don Germán celebraron con entusiasmo la noticia. Don Melquíades, en cambio, preguntó:

—¿Y qué es eso?

Don Melquíades, el pobre, estaba completamente fuera de la circulación. Andaba fatal de la cabeza y tan mal de la vista, que había tenido que contratar a una persona de su confianza, viejo guarda de su finca, para que le acompañase en los paseos. Mucho se comentó en la tertulia su plancha, el mes anterior, cuando al cruzarse con una figura vestida de negro, esbelta y con andares marchosos, le piropeó (porque lo que no había perdido era su sempiterna coquetería):

—¡Vaya viuda...!

La viuda resultó ser el único sacerdote de la ciudad que todavía vestía rigurosamente el traje talar; un sacerdote del Opus, joven y muy piadoso. Y tan respetuoso con las tradiciones formales de la Iglesia, que no sólo llevaba sotana, sino también tonsura.

El bingo, ni qué decir tiene, fue un éxito colosal. Al mes de instalarse, había producido más de un millón de pesetas de beneficios. Se pagaron las deudas e incluso se acometieron varias reformas indispensables: pintura de los salones, tapizado del mobiliario, adecentamiento de los servicios, que estaban hechos una lástima. El veterano casino de Cazadores comenzó así a vivir, gracias al juego, una nueva y próspera etapa. Aunque don Melquíades había expresado, desde un principio, su repulsa más enérgica por la vergonzosa sumisión de la ilustre sociedad al nefando vicio, no le hicieron ningún caso.

En el bingo del casino se reunían todas las noches gentes de muy diversa condición. Predominaban los jóvenes despechugados, con la natural irritación de los socios antiguos (fue desestimada, por razones pragmáticas, una petición avalada con siete firmas, en la que se solicitaba la exigencia de chaqueta y corbata para entrar en la sala de juego). Pero también iban gentes de la burguesía y hasta algún que otro título. Fabián de Luna y su viejo compañero y amigo Enrique Barrón se hicieron asiduos; gracias a eso, pudieron verse nuevamente con frecuencia, porque en los últimos tiempos andaban distanciados. Claro; como Enrique seguía soltero y hasta decían que llevaba una vida licenciosa...

—No lo creas, Fabián; lo que pasa es que aquí quedan todavía muchos meapilas... —se justificó Enrique, la primera noche, cuando su colega en el Foro le sacó a colación el tema.

—Pero tu lío con Isabel, la separada del doctor Reguenzo, no me lo vas a negar.

—Eso terminó hace tiempo.

Sí; y de qué manera. Enrique había vivido, durante tres

años largos, un apasionado concubinato con Isabel, que estaba locamente enamorada del maduro (y todavía sugestivo) solterón. El enredo comenzó medio en broma, sin mayor trascendencia, porque era notorio que la casquivana ex señora de Reguenzo compartía su lecho con otros varios caballeros de la ciudad. Hasta que un día, en pleno frenesí erótico, le confesó a Enrique que había descubierto en sí misma (después de ver en el Capitol *Historia de O*) fuertes inclinaciones masoquistas. Pidió Enrique que le precisara si era tan sólo el propio dolor lo que le apetecía, sin extender la afición al sadismo, o sea, a devolver golpe por golpe, y cuando tuvo la seguridad de que no existía riesgo físico para él, compró un hermoso látigo de carrero antiguo y le propinó tal paliza, que Isabel se sintió presa desde entonces de una tremenda pasión hacia semejante macho.

Ninguno de sus otros amantes se había atrevido nunca a pasar de unos modestos cachetes o, en el mejor de los casos, de algunos golpes con objetos contundentes; o sea que Isabel les despreció de una manera absoluta, desilusionada por tan escasa virilidad, para entregarse obsesivamente a Enrique, cuyos latigazos le producían un suculento placer, aunque en verano no le permitiesen bañarse en bikini, por mor de las huellas delatoras. Así transcurrieron muchos meses, hasta que Enrique comenzó a cansarse de tanto ejercicio físico y de las crecientes chaladuras de su amante, cuyo empalago se hacía ya verdaderamente insoportable. Coincidió el hastío con su inesperado enamoramiento; porque había conocido en una discoteca a Coca y se sintió dominado por sus encantos como un colegial. Coca tenía nada más que veinticinco años; pero ¿qué importaba eso?

Rompió, pues, con Isabel. No fue fácil; la ex señora del doctor Reguenzo le montó un número dramático espantoso y durante varios días estuvo persiguiéndole a todas horas; incluso se le presentó en su despacho de la Asesoría Jurídica del Ayuntamiento, con el natural escándalo. Al cabo de quince días angustiosos, recibió una carta en la que le pedía, «por caridad y en recuerdo de nuestra pasada dicha», que le permitiese, al menos, despedirse de él para siempre, haciendo el amor por última vez. Le juraba que nunca más volvería a molestarle y por eso se lo decía por escrito. Finalmente, rogaba que, de aceptarse su propuesta («no me lo puedes negar», remachaba dramáticamente), el escenario de aquel postrer coito fuese el motel que acababa de inaugurarse en la carretera de Madrid y precisamente en la habitación electrónica, tan celebrada por quienes ya la conocían.

Aceptó Enrique la oferta. A las siete de la tarde recogió a Isabel, que estaba (cada cosa lo que sea) muy bella. Apenas hablaron hasta llegar al motel, cuya mágica habitación había sido previamente reservada, ya que estaba solicitadísima. La decoración recordaba, en cierta manera, el interior de la nave espacial Apolo. Aunque los clientes comunistas decían que era igual que la Soyuz. Las luces, de varios colores, se apagaban y encendían simplemente haciendo palmas, merced a unas células fotoeléctricas, muy sensibles al ruido. Pulsando unos botones, la cama vibraba de una manera ondulante; introduciéndose en una especie de cabina, podía conseguirse la sensación de ingravidez y la pareja se creía talmente flotando en el aire. Lo cual, obviamente, creaba difíciles problemas para la consumación del acto.

Isabel entró en el baño; mientras tanto, Enrique se aligeró de ropa y se entretuvo curioseando todos aquellos artefactos Pensaba, con cierta guasa, en lo mucho que ahora se complica un trance que, en sus años mozos, muchas veces había despachado, tan fogosa como satisfactoriamente, en un desvencijado catre e incluso en algún pajar con olor a heno. Hasta que se escucharon unos golpes muy suaves en la puerta del baño y a Isabel preguntar con voz tierna:

—¿Estás listo?

—Sí, claro.

Apareció en el dintel. Estaba desnuda, aunque llevaba puestos sus zapatos, de fino tacón. Y sobre el vello castaño de su pubis se había prendido un lazo negro.

—Hoy es un día de luto para mí, querido... —justificó.

Estos detalles de su ruptura con la ex señora del doctor Reguenzo no se los contó Enrique a Fabián. Tampoco se extendió demasiado en explicarle su fracaso sentimental con

Coca. La cosa había resultado tan simple como inevitable. Salieron varias veces; a la chica le caía bien aquel señor tan agradable, que le invitaba a comer en restaurantes caros y a quien todos conocían. Y que incluso se defendía discretamente bailando el rock. Lo que ella no esperaba era una declaración en regla, como la que le endilgó una noche el letrado municipal, mientras esperaban, en una sala de fiestas (la mejor de la ciudad), que comenzase el *show*. Sin andarse por las ramas y previo recordatorio (evidentemente, innecesario) de la diferencia de edades, puesto que él tenía ya **51** años, le propuso, con la mayor naturalidad, que se casaran. A Coca le dio la risa, aunque hizo esfuerzos por aguantársela. Sólo le contestó:

—¡Estás loco!

—Sí; loco por ti... —reconoció él, muy cursi.

—¡No digas tonterías!

—Y tengo resuelto el porvenir y unos ahorros muy importantes y un chalé en Marbella.

—Pero a mí me van los jóvenes... Como a todas las chicas de mi edad.

—Entonces... ¿es verdad que coqueteas con ese cretino de Juanón, el hijo del ingeniero Molina?

—Verdad, verdad... Bueno; me cae bien y salimos mucho.

—Ese crío es un inútil que no sirve para nada.

—Hombre, te diré...

—Pero ¿cómo puede gustarte semejante niñato?

—Es un sol de chico.

Fabián escuchó divertido (aunque sin demostrarlo) la historia del descalabro sentimental de su amigo. Intentó consolarle:

—Debes comprender, Enrique. Podías ser su padre...

—¿Y qué? Oye, cuando éramos jóvenes, a las chavalas de nuestra edad les gustaban maduros. ¿O es que no te acuerdas?

—Sí, tienes razón en eso...

—A mí me dejó plantado Magdalena por un cuarentón... Mira qué casualidad: por el padre del Juanón de las narices.

—Vaya coincidencia, tú...

—¿Y por qué coño las chicas, ahora, han de preferir a los mequetrefes de su edad?

—Será porque tienen más sentido común que las de antes...

Enrique se bebió de un golpe medio vaso de *gin-tonic*.

—Ya es mala pata esto mío... —refunfuñó.

—Bueno, no te pongas así. Después de todo, piensa que casarse no compensa demasiado.

—¿Es que tú tampoco te llevas bien con tu mujer?

—No; no lo digo por eso. ¡Pero si vieras las complicaciones que traen los hijos...! ¡Ahí tienes al mío, sin ir más lejos! Veinte años tiene; va para veintiuno. Comenzó Derecho y lo dejó; comenzó Periodismo y se cansó también.

—¿Y qué hace?

—Depende. Anda con una pandilla de amigotes, hijos de papá y tan raros como él. Porque ahora los jóvenes son muy raros. Formaron un conjunto de música moderna y hasta actuaron en varios sitios. Y ganaban buenas perras, no vayas a creer. Pero también se aburrieron en seguida. Cuando vinieron aquellos del cine a rodar los exteriores de una película en el barrio antiguo, trabajaron como extras. Ahora mismo, si te digo la verdad, no sé qué demonios hace. Apenas hablo con él; en realidad, apenas le veo. Tampoco me pide dinero; aunque yo procuro que no le falte. Pero estos hijos tienen menos necesidades que nosotros. No les importa ir mal vestidos; no les gusta el fútbol ni los toros ni nada; las mujeres les salen gratis; beben coca-cola...

—Y fuman hachís...

—Eso es lo malo...

Se quedaron callados.

—De verdad, no les entiendo... —resumió Fabián, que se había puesto de mal humor.

A Fabiancito, en cambio, esta falta de comunicación con su padre no puede decirse que le afectara demasiado. Había organizado su vida con aquel grupo (chicos y chicas, obviamente) y, de una manera o de otra, iban encontrando la forma de tener siempre las pesetas que les hacían falta para atender sus cortas apetencias. En un momento, pensaron fundar una comuna y vivir por libre, dentro de la normativa ácrata; pero sopesaron la cuestión y comprendieron que no convenía llegar a semejantes extremos. Dos de las muchachas estaban incardinadas en el sistema capitalista, ya que trabajaban como traductoras para una Sociedad de Asesoramientos; un trabajo que no era continuo y les permitía compartir casi siempre, con los demás del grupo, su independiente, anárquica y hermosa existencia. Que les fascinaba, precisamente por su falta de rigor, por su absoluto desorden, por su constante incógnita.

Ahora mismo andaban explotando un insólito negocio, que les vino a las manos de manera insospechada. Se habían echado al monte (en el buen sentido) un fin de semana. Mediante la económica fórmula del *auto-stop* (Fabiancito, para no desentonar, renunciaba en estos casos al 127) llegaron a un pueblo cercano a la montaña. Allí se reunieron todos, en la plaza de la Libertad (antes, del Generalísimo), donde era la cita. Anduvieron media hora, con las bolsas en la espalda, las botas recias, los remendados pantalones tejanos y los jerseys llenos de mugre y las cazadoras, que constituían su vestuario constante. Ellas llevaban el pelo corto y ellos, en cambio, melenas y barbas, descuidadas y sucias. Comenzaban a cansarse, cuando avistaron un edificio —algo así como un hospital, un sanatorio o una residencia— sin el menor síntoma de estar habitado. Se acercaron; efectivamente, parecía abandonado. No le fue difícil a uno de los muchachos penetrar en el interior por una ventana y, desde dentro, abrir la puerta. Con gran oportunidad, porque justamente entonces comenzó a llover.

Se sentaron en lo que debía ser *hall*, sacaron unas latas, una botella de vino y unas cantimploras con agua y se dispusieron a reponer fuerzas. Después, Leopoldo (llamado el «rico» por sus compañeros) sacó unos pitillos.

—Paso de hierba ahora —rehusó Fabiancito.

—¿Qué dices? —se extrañó el otro.

—Prefiero marcarme un vino.

—Yo quiero, cheli —dijo una de las chicas.

—Ahí va el porro.

—Me chifla fliparme... —reconoció la chica—. *Merci*.

—A volar, troncos...

Al cabo de un rato, un hedor muy característico inundaba la desolada estancia. Los del grupo dormitaban, caídos los unos sobre los otros, arrebujándose con sus cuerpos para defenderse del frío. Fabiancito había encendido un fuego y se frotaba las manos al calor de las llamas. Entonces fue cuando se abrió la puerta principal y apareció un hombre menudo, vestido de negro, con una gorra calada hasta las orejas y una garrota, y comenzó a dar gritos.

Leopoldo se incorporó con ciertas dificultades:

—¿Qué pasa, carroza...? —preguntó.

—¡El fuego, rediez! ¡Que aquí no se puede! ¡Que está prohibido!

—¿Por quién?

—Por servidor, que soy el guarda.

—¡No me comas el coco, viejo...!

El hombrecillo llegó junto a la hoguera y pateó en los leños. Con las voces, los demás se habían despertado y se frotaban los ojos y mascullaban palabras confusas. Fabiancito dio un empujón al guarda, que ni corto ni perezoso le sacudió un garrotazo, advirtiendo:

—¡Cuidado, pollo! Nada de bromas con servidor, que reparto candela sin pensar. ¡Leñe, con la juventud...!

—Bueno, tranquilidad —pidió Leopoldo. Y le dijo a Fabiancito—. Tiene razón el matri; apaga eso, que es peligroso...

Visiblemente satisfecho, el guarda colaboró en la extinción del fuego. Las brasas chisporrotearon con fuerza. Para dejar definitivamente liquidada la tensión, Leopoldo le ofreció un cigarro.

—¿Hace un porro?

—¿Es negro?

—Es yerba.

—Coño, ¿y eso qué es?

Hubo risas. Y el guarda, sacando una petaca de piel, arrugada y mustia, comentó:

—Prefiero la picadura.

Se sentó con el grupo. Fabiancito le preguntó:

—¿Qué edificio es éste?

—Un sanatorio tuberculoso. Ya saben; mismamente *pa'* los tísicos. Pero como ahora ya no hay de ésos, pues aquí lo tienen, sin acabar. A mí me viene de primera, porque guardo el *ganao*; además de vigilar la casa, se entiende. Y para la gente del pueblo, no vean; les ha *solucionao* la cosa del follar bajo techo.

—¡Ah! —soltó, como todo comentario, Leopoldo. Aunque, muy interesado, en seguida dijo—: Oiga, abuelo, ¿y lo hacen gratis?

—Mire; gratis, gratis, no puede decirse; que siempre tienen un detalle con servidor.

De vuelta a la ciudad, mientras en la plaza de la Libertad (antes del Generalísimo) esperaban a los voluntarios que quisieran acarrearles, Leopoldo comentó con los demás:

—¿Os dais cuenta que en la ciudad hay un seminario, también abandonado por falta de clientes, pero ya concluido?

—¿Y qué?

—¡Jo, Fabián, navegas en la galaxia! Que vamos a comercializar el sitio.

—¿Nos dejarán?

—Estás agilipollao, macho. ¡Si allí no va ni Dios!...

—¿A pesar de que se hizo para los curas?

Durante algunas semanas y hasta que una denuncia estúpida puso en antecedentes a la policía municipal, el inédito Seminario Diocesano estuvo convertido en casa de citas. El edificio (del más puro estilo herreriano y terminado de construir en 1973) no había llegado a entrar en funcionamiento; pero estaba perfectamente acondicionado y los cuartos de baño, tan esenciales para estos menesteres, resultaban magníficos. Se encontraba en las afueras de la ciudad, en un paraje apenas habitado, lo que facilitó su explotación comercial por el grupo. Que, a eso de las seis de la tarde, destacaba a tres de sus componentes para atender a la clientela, sin restricción alguna en cuanto a edades. Les cobraban quinientas pesetas por pareja, con un plus de veinte duros si eran del mismo sexo y otro de cuarenta, si de trío se trataba. La publicidad se había hecho *in voce*, por vía personal y directa, en las discotecas y *pubs* frecuentados por los troncos del grupo. (Lo que quiere decir, para que los lectores carrozas se enteren, por los amigos.)

Lo que no sabía Fabiancito era que algunos de aquellos

tabiques podía haberlos reivindicado muy legítimamente su anciana abuela, doña Amparo, viuda de don Narciso de Luna y Gutiérrez, que tanto había cooperado con sus óbolos a la construcción del Seminario. Y, que cada año, el día en que se celebraba la colecta diocesana en favor de las obras, recorría las casas de sus amistades recogiendo limosnas que entregaba después en el mismísimo Obispado. Bien es verdad que tampoco la señora llegó a imaginar (a Dios gracias) el destino que su nieto y sus amigos acabarían dando a lo que (según explicaba ella, como eficaz propaganda en las colectas) estaba destinado a ser «el yunque donde se forjaran las jóvenes generaciones de ministros del Señor, de los que tan necesitado está el orbe cristiano».

Ignorante, pues, de la herejía consumada por Fabiancito, doña Amparo le besó tiernamente en las mejillas el domingo 3 de septiembre, día en que la señora cumplía ochenta y un años. Habían preparado sus hijos un menú especial, con sopa cubierta (que tanto le gustaba) y no faltó, a los postres, la tarta con ocho grandes velas y otra, más chiquita, que doña Amparo apagó de un solo soplo, entre los aplausos de la familia. Su hijo le regaló, en nombre de todos, una preciosa cruz con brillantitos, que la noble dama se colocó en seguida sobre el pecho. Y no pudo reprimir unas lágrimas, en recuerdo del difunto don Narciso y rezó un credo, como afirmación colectiva de la fe familiar, si bien advirtiendo antes:

—Yo no me sé este credo de ahora, que no me ha dado la gana de aprenderme, como tampoco me sé la misa que se inventaron los del Concilio. O sea que vamos a decir el credo del catecismo del padre Ripalda, que es el único bueno y con indulgencias.

Sin motivar en absoluto sus prisas, Fabiancito se marchó a la calle en seguida de terminar la oración y apenas dio las gracias a su abuela, que para celebrar la efemérides natalicia y con su vetusta idea de los precios del momento, le había regalado doscientas pesetas. Fabián, padre, salió detrás del muchacho y le alcanzó ya en el recibimiento.

—¿Tantas cosas tienes que hacer esta tarde que no puedes estar un rato más con la abuela?

—Pues mira, sí.
—¿Y si yo te ordenara que te quedases?
—Bueno; a lo mejor, me chinchaba y hacía visita. Pero sería una prueba de autoritarismo por tu parte, viejo. Y eso ya no enrolla.
Hubo unos segundos de vacilación; Fabiancito se alisó los pelos, abrió la puerta y dijo, como si tal cosa:
—Chao, jefe...
Y se fue.
Fabián, con gesto contrariado, volvió al salón. Su madre estaba sentada junto a Amparito; acariciaba con ternura los rubios cabellos de la nieta y —naturalmente— estaba sermoneándole.
—Te noto muy fría con las cosas de Dios, niña... No te das cuenta de que hemos de tener siempre presentes nuestras postrimerías... Y practicar las devociones; sobre todo, la devoción a la Santísima Virgen. ¿Rezas el santo rosario de cuando en cuando...?
—Pues no —confesó Amparito, que por lo menos era sincera.
—Haces mal. Ahora más que nunca debías rezarlo, porque ese mundo en el que tú vives, hija, está llena de peligros.
—Regular, nada más, abuela.
—Tú eres buena, yo lo sé; porque tus padres te educaron como Dios manda. Pero te encuentro poco piadosa. Y a los hombres, aunque no lo creas, les gustan las chicas piadosas.
Amparito tuvo la delicadeza de callarse la respuesta que se le había ocurrido. Doña Amparo seguía enrollada:
—A los hombres como deben ser, claro; a los que se te acerquen con buenas intenciones. Que alguno habrá, ¿eh?... —insinuó, muy casamentera.
—Vaya... —eludió la chica.
Y aquí intervino Mari Nieves:
—No parece que, por ahora, tenga ningún proyecto serio, mamá...
—Pues ya está en edad de pensar en el matrimonio —precisó doña Amparo. Y dirigiéndose a su nieta—: ¿De verdad, de verdad, no hay ningún muchacho que te haga tilín...?

—¡Ya lo creo! ¡Muchísimos...! —contestó, otra vez sincera, Amparito.

Fabián creyó oportuno cortar la conversación, que se estaba poniendo peligrosa.

—Vamos a ver qué dan en la televisión... —decidió, con evidente sadismo.

Lo cual fue aprovechado por Amparito para despedirse, con un pretexto banal. Lo que quería la chica era llegar cuanto antes a su apartamento, quitarse los zapatos y poner el tocadiscos. Para escuchar rock tumbada en la cama, fumando sin parar cigarros negros. Que tales constituían, mayormente, sus placeres cotidianos. Y es que la niña de los De Luna no era, en cambio, apasionada del sexo, como tantas otras amigas suyas; por ejemplo, su compañera de apartamento, Mariló. Ella había tenido sus experiencias (ni qué decir tiene), para llegar a la conclusión de que la cosa no le importaba demasiado. Probablemente, los genes familiares influían poderosamente en su frigidez.

Doña Amparo hizo que Fabián apagase la televisión en cuanto comenzaron a aparecer banderas rojas con la hoz y el martillo. Aquello le ponía muy nerviosa, según confesó a sus hijos. Y de las lamentaciones por la creciente pujanza del marxismo (que la anciana señora, poco versada en las teorías eurocomunistas, emparejaba siempre con el ateísmo y el desorden público) pasó a las quejas doloridas ante el raquitismo espiritual de sus nietos, que eran unos descreídos, unos agnósticos.

—Y la culpa es vuestra —fulminó al matrimonio De Luna—. Porque no les atáis corto y les permitís que lleven esa vida licenciosa...

—¡Otra vez, mamá! —se dolió Fabián—. Te hemos repetido hasta el cansancio que ahora las cosas no son como antes... Que los padres hemos perdido nuestra autoridad...

—¡Pamplinas! Lo que pasa es que sois unos comodones, que sólo pensáis en vuestro trabajo y en ganar dinero. Cuando lo único que debíais tener presente es la necesidad de ganar el cielo.

—Pero date cuenta de que no se trata de un problema

nuestro solamente. Que lo mismo ocurre en todas las familias.

—Las demás familias me importan un bledo —aclaró doña Amparo—. La mía es la que me preocupa. Vamos a ver, Fabián; ¿tú obligas a tus hijos a ir a misa todos los domingos?

—Si fuesen obligados, no tendría mérito.

—¿Ves? Comienzas renunciando a tus derechos de padre cristiano. Tampoco a ti te gustaba acudir a los Vía Crucis y bien que ibas, porque tu padre, que en paz descanse, y yo, te lo exigíamos.

—Bueno, mamá; pero teníamos otra mentalidad.

—¡Teníais el sentido de la obediencia, que es distinto! Pero estos niños... De pequeños no eran así. Aún recuerdo cuando compraste la primera televisión, hace diez o doce años. Estábamos aquí mismo, y apareció el llorado Papa Pío XII, en una película antigua. Yo dije: ¡De rodillas todos! Y los niños se hincaron los primeros y Amparito hasta lloró de emoción...

—Pero entonces tenía nueve años, mamá...

—Tú, hijo, a los veinte seguías obedeciendo a tu padre. Hasta el punto de no fumar en su presencia, porque le molestaba que lo hicieses...

Venturosamente para el matrimonio, sonó el teléfono, que en estos casos resulta siempre una causa de distensión. Era la señora de Aymerich y, mientras Mari Nieves le sustituía en el auricular, don Fabián aprovechó para explicarle a su cristiana madre:

—Esa familia sí que tiene un problema gordo...

Y que cada día engordaría más. Porque la joven Nuria había comunicado a sus padres que estaba embarazada. El activo industrial don Agustín, que, una vez superados sus problemas laborales, se encontraba muy tranquilo (en la medida de lo posible, en estos tiempos), sufrió un agudo ataque de nervios; con mayor serenidad acogió la noticia su esposa, Inmaculada, sin duda porque algo se barruntaba. La intuición materna es grande en estos casos. Aplacado el marido con una taza de tila, regada con agua del Carmen, comenzó el natural interrogatorio.

—¿Y quién es el padre?

—Supongo que Edmundo Roig.

—¿Qué quiere decir que supones? —tronó Aymerich.

—¡Ay, padre, no te cabrees! —serenó la chica—. Digo yo, haciendo memoria, que debe ser él. Sí; casi seguro.

La señora de Aymerich no tuvo más remedio que llorar un poco, mientras su esposo daba grandes zancadas. Muy tranquilamente, Nuria les esbozó sus planes.

—No os preocupéis, que el aborto no me mola. Paso de esas cosas. Además, me da pavor. O sea que tendréis nieto sin problemas.

—¿Cómo sin problemas? —se exasperó don Agustín—. ¡Esta criatura nos ha salido cínica...!

—Cálmate, cariño —pidió Inmaculada—. La chica, después de todo, está dispuesta a afrontar las consecuencias de lo que ha hecho...

—¿Y cómo se lo explicaremos a nuestras amistades? —inquirió el desolado padre.

—Ya estamos con lo de siempre —comentó Nuria—. Con los tabúes de la sociedad burguesa. Pues dices que vas a ser abuelo soltero y punto.

Tardó varios días en recuperarse del golpe moral el matrimonio Aymerich. Andaban ya más consolados, cuando un festejo social vino a perturbarles de nuevo. Se casaba la hija tercera de los Montalvo y estaban invitados a la ceremonia. Inmaculada comentó que no le apetecía nada aquella boda, pero como el padre y padrino de la novia había sido uno de los mayores proveedores de COCALERSA y ahora figuraba segundo en la lista de acreedores de la suspensión de pagos, don Agustín le convenció de la inevitable necesidad de acudir. Además, le habían hecho un regalo de precio, y, al menos, debían amortizarlo parcialmente en el banquete. El problema se centró entonces en Nuria, que también estaba invitada, porque era muy amiga de la novia.

—¿Y si le da un mareo en la iglesia? —se preocupó su atribulada madre, aún obsesionada por el escándalo.

—Te inventas cualquier cosa. Además, está empezando todavía, mujer. No se le nota nada...

Efectivamente, no se le notaba nada, aunque andaba por el tercer mes de embarazo.

La ceremonia resultó muy bella. La parroquia de San Ruperto refulgía de luz y el altar mayor había sido engalanado con flores, todas blancas. También blanco y de Pertegaz era el traje nupcial de Iciar Montalvo Aguirrezubiarreta, que estaba verdaderamente guapa. El novio, sin embargo, iba vestido con traje de pana marrón y no llevaba corbata.

—Es que es muy suyo —aclaró por lo bajo una señora invitada a Inmaculada Aymerich—. Un muchacho moderno, sin prejuicios. Puso como condición para casarse la de no tener que aceptar los decadentes prejuicios burgueses.

—¡Ah...!

—Pero vale mucho, no crea usted. Es jefe de relaciones públicas de una cadena de *pubs*, en Guipúzcoa. Gana un dineral.

La invitada bajó aún más la voz, para descubrir:

—Fíjese si ganará, que es uno de los mayores contribuyentes en el impuesto revolucionario de la ETA.

El sacerdote era joven y vasco; su homilía fue breve. Vino a decir que aquel era un momento bastante solemne y que el matrimonio exigía de los contrayentes mutuo respeto y consideración, dentro de las normas de convivencia que deben regir toda sociedad democrática. Que los conocidos consejos de san Pablo, en su antes tan celebrada epístola, quedaban evidentemente desfasados para la Iglesia postconciliar y lo que mayormente debía importar ahora a los esposos era establecer un consenso que regulase su relación conyugal e incluso contemplara, desde un principio, la adecuada regulación de la prole. Luego dijo una frase en euskera (que, naturalmente, nadie entendió; ni siquiera los vascos presentes) y terminó felicitando a los recién casados.

Don Agustín, que hacía mucho tiempo que no asistía a bodas, le comentó a su mujer, camino del banquete:

—No han dicho aquello, que tanto nos asustaba antes, de que si alguno de los presentes sabe de algún impedimento...

—Ya no se usa en la liturgia actual...

—Desde luego, estos chicos de ahora lo tienen todo mucho más fácil. Hasta casarse.

El banquete fue espléndido y los Aymerich, que gozaban de un envidiable apetito, se hartaron a modo. Amparito iba y venía de una mesa a otra, saludando a sus amigas y a sus amigos, besándose maquinalmente con unas y con otros. En la presidencia, junto a los padrinos, se sentaba el sacerdote que había oficiado la misa y que iba vestido ahora con un fino jersey azul celeste, de cuello alto. A los postres, la orquesta tocó un vals para abrir el baile y todos los invitados, con la euforia del champán, pidieron a gritos:

—¡Los novios, los novios...!

Con gesto de hastío, los novios salieron a la pista, entre aplausos y vivas; dieron unos pasos, marcando pésimamente el compás del tres por cuatro y se acercaron en seguida a los músicos para que cambiaran el ritmo cadencioso de Strauss por el frenesí de *Grease*. Esto animó a los jóvenes presentes, que irrumpieron en la pista. Fueron sucediéndose los rocks, hasta que, en atención a las personas mayores, la orquesta volvió a la suavidad, en la vertiente siempre celebrada de los boleros. Los señores de Aymerich salieron entonces a bailar, como los demás matrimonios en general y de pronto, en una de las vueltas, Inmaculada le susurró a su marido:

—¡Mira, mira!

Lo que le sorprendía era que el señor cura estaba también bailando (muy bien, por cierto) con una jovencita monísima, de generoso escote, a la que debía estar contando algo gracioso, porque ella se reía sin parar.

—Mi madre debía ver estas cosas —filosofó Aymerich.

La fiesta fue decayendo. Los invitados abandonaron el local, previa salutación a padres y novios y muchos de ellos les pedían (¿para qué?) un autógrafo en el menú. También se marchó el señor cura, después de besar a la novia en la mejilla y besar asimismo a otras cuantas señoritas y señoras, sin duda de su feligresía. El recién casado, que hasta poco antes anduvo con el ceño fruncido y demasiado serio para la ocasión, aparecía ahora alegre y dicharachero, fumando en largas bocanadas un cigarro. Amparito comentó a sus padres, ya saliendo:

—El Txente es incorregible. ¿Le habéis visto?

—Sí. Parece muy contento.

—Siempre se pone así con el porro.

—¿Con qué porro? —preguntó Inmaculada.

—¡Ay, madre, qué carroza eres! Con la droga. ¡Ni en el banquete de bodas ha podido prescindir! ¿O es que no te has dado cuenta de que está volando...?

Ni la señora de Aymerich ni su digno esposo se habían enterado, claro está. Y comentó su hija, a guisa de resumen:

—Casarse es un coñazo.

V

LA POLÍTICA Y TODO ESO — 1978

Bequi se puso en pie y alzó la copa de champán (Moët-Chandon, se entiende).

—¡Brindemos! —pidió.

Mercedes y Dorothy también se levantaron; estaban en los postres y claramente se advertía que el espumoso no era, ni de mucho, el primer alcohol que tomaban.

—¡Brindemos!

—¡Por mi marido...! —ofrendó Bequi.

—¿Y por qué precisamente por ese gilipollas? —se extrañó Mercedes.

—Porque, justo a esta hora, se está casando.

—Entonces... ¡por tu marido!

Chocaron las copas, con tanto fervor, que Dorothy se cargó la suya. Esto motivó grandes risas de sus amigas y Bequi, para compensarle, le echó por la cara una rociada de su champán. Estaba Bequi más colocada todavía que las otras dos y era natural, porque una hora antes le había llamado su prima Gema para darle la noticia del casorio de Juan. El muy desconsiderado no había dejado pasar ni quince días (doce, exactamente) desde que les comunicaron a los dos la sentencia de anulación.

—Será porque ella debe estar embarazada... —justificó Gema.

—¿De ése? —le entró risa a Bequi—. ¡No le conoces, querida! A mi ex sólo le tira el golf; que lo que es del tracatá, nada de nada.

—¡Mujer, quizá con esta chica de ahora...!

—¡Ordinaria! —se indignó, con razón, la ex señora de Sánchez-Corbán—. ¿Qué tiene esa mema que no tenga yo? ¡Pero si además es enana!

Colgó el teléfono enfurecida. A pesar de todo, le fastidiaba que Juan, Juanito en los buenos tiempos, le hiciera «aquello». ¿Para qué diantres tenía que casarse con la enana, si llevaban acostándose juntos desde mucho antes de separarse? Y como represalia por la cerdada, se tomó un whisky bien cargado y después otro, mientras esperaba que Mercedes y Dorothy volviesen de la playa. Lo hicieron al poco rato; traían puestas aquellas camisetas, tan de moda, con frases escritas en el lugar adecuado (o sea, encima mismo de los pechos), que decían «Quiero comunicar» (la de Mercedes) y «Frutas tropicales» (la de Dorothy). Por cierto que esta última dejaba en bastante mal lugar la bien merecida fama de las frutas tropicales, que en el caso de la norteamericana, resultaban, cuando menos, demasiado maduras.

—¿A que no sabes lo que nos ha dicho la mujer de Tarazona? —preguntó Mercedes, nada más llegar.

—¿Quién es ésa?

—¡Pero Bequi, por Dios! La del marido que tiene negocios con los rusos... Los que viven en un yate anclado en Puerto Banús...

—¡Ah, sí! La vieja que se pasea con tacones por la playa.

—Justo. ¿Qué edad debe tener?

—*Sixty* —terció Dorothy, mientras se servía una copa.

—Pues agárrate. Iba muy vestida y cuando le he preguntado por qué no se bañaba, me ha contestado la mar de seria, que estaba con sus cosas...

Se rieron las tres escandalosamente. En realidad, Manuela Tarazona no tenía más que 54 años; pero, también evidentemente, había dejado atrás, desde hacía tiempo, su servidumbre femenina. Sucedía que era una coqueta de gran honestidad; es decir, una coqueta teórica, que jamás le había faltado a su marido, el avispado hombre de negocios. Ya que Clodoaldo (así se llamaba y no por su culpa) era un auténtico fabricante de dinero. Hizo sus primeros millones vendiendo wolframio a los alemanes durante la segunda guerra mundial. Fue después proveedor para el ejército norteamericano destacado en África del Norte. Y en su constante evolución ideológico-mercantil, supo descubrir a tiempo las posibilidades inmensas del comercio con Moscú, convirtiéndose (todavía en vida de Franco) en uno de los primeros impulsores del intercambio de mercancías con la Unión Soviética.

De ahí que no pudiera enojarse (o, al menos, manifestarlo) cuando una hija suya se casó con un jefazo del PC (i). Se casó por la Iglesia, aunque en la clandestinidad y sin avisar previamente a sus padres. Superado el trauma inicial, Clodoaldo bromeaba con los amigos:

—Pues vosotros diréis lo que queráis, pero gracias a mi yerno me evitaré más de una huelga en la oficina...

No fue así, sino todo lo contrario. Porque su yerno era un puro y opinaba que debía dar ejemplo de preocupación social y de protesta contra las corrupciones capitalistas, precisamente agitando las conciencias de los empleados de su suegro, y despertando en ellos el afán reivindicativo. Durante los seis meses transcurridos desde la boda, las oficinas de Clodoaldo Tarazona habían sufrido dos huelgas totales, una de ellas por solidaridad con otra empresa del sector; siete paros de una hora durante cinco días consecutivos e innumerables paros intermitentes.

—A los míos, en cambio, les da por las asambleas —dijo Marín, el de las conservas, a modo de consuelo de tontos—. Cada dos por tres, acuerdan reunirse; naturalmente, siempre a las horas de trabajo.

—¿Y qué me contáis de las manifestaciones? —preguntó Aurelio Campos, el constructor—. Porque en mi sector, no hay semana sin manifestación.

—Yo no sé adónde vamos a parar... —comentó sombríamente Clodoaldo.

—Te lo explicaré en seguida: a la quiebra. Como Sanz y Compañía, como Tejutersa, como Alcoholatos del Sureste. Y conste que me refiero sólo a las quiebras de la semana pasada.

—Y lo que te rondaré, morena... —remachó Marín.

—¡Si hasta los conductores del PMM han estado parados dos días!

—Eso me parece muy bien; a ver si los ministros se enteran de una vez de la coña que es esto de las huelgas.

—Lo saben de sobra. Pero están acojonados con las Centrales Sindicales.

—Ya puedes decirlo, ya. El Camacho se les ha subido a las barbas.

—A mí me parece todavía peor Redondo.

—Tal para cual. Pero la culpa de todo la tiene Suárez.

—Desde luego. El chuletón de Ávila, como le llaman. Ése se lía con quien haga falta, con tal de seguir en la poltrona.

—Tiene la enfermedad del pacto —opinó Campos.

—Lo que yo me digo —ironizó entonces Clodoaldo, que se las daba de chistoso—: hemos pasado del «atado y bien atado» al «pactado y mal pactado».

Los otros celebraron mucho la agudeza. Marín abrió *El Imparcial*. Dio un respingo.

—¿Qué te pasa?

—¡Ostras, qué espectáculo! ¡Fijaos, fijaos...!

Clodoaldo y Campos se acercaron a mirar el periódico. Traía unas fotos de la playa de Maspalomas, donde todo el mundo tomaba el sol y se bañaba y paseaba por la arena, en pelota viva.

—Pues ya hace falta valor en algunas... Porque mirad esta gorda... O aquella vieja...

—A mí, que me den las mujeres a medio vestir. Es mucho más excitante... —precisó Campos.

—A ver la página laboral, tú...

Marín fue leyendo titulares:

—Conflicto colectivo en el sector de la piel... Se denuncia el convenio de la banca privada... Huelga de transportes en Galicia... Huelga de hostelería en Palma de Mallorca... Huelga de taxis en Valencia... Huelga en la factoría FASA, de Valladolid... Sigue la huelga de ASTANO, en Vigo... Huelga de funcionarios de la AISS en toda España... Huelga de los «penenes»... Huelga de personal sanitario de la Seguridad Social... Los futbolistas amenazan de nuevo con ir a la huelga...

(Ustedes perdonen las molestias ocasionadas, pero pienso que también yo tengo derecho a hacer huelga. *N. del a.*)

Sobre una repisa podían verse dos fotos, enmarcadas en plata. Una era la de José Antonio Primo de Rivera; la clásica foto en camisa azul, remangado, con los brazos cruzados y la viva mirada, al frente. En la otra, Franco, maduro, con el poco pelo todavía negro, vestido de uniforme de gala de capitán general, la Laureada sobre el pecho. Ésta tenía escrita una dedicatoria de puño y letra del Caudillo: «Para Manolo Sánchez, Jefe de Centuria de nuestro Frente de Juventudes. 8 de agosto de 1949. Francisco Franco.»

Don Manuel Sánchez había ingresado en BANESTO en 1953, como ordenanza y mediante concurso-oposición. En 1961 ya era apoderado. Cinco años más tarde, pasaba a desempeñar la dirección de una agencia recién inaugurada, en la provincia de Santander. Luego dirigió la agencia urbana número 17, en Málaga. Ahora pertenecía al *staff* directivo de la Central, como inspector de zona, con categoría de gerente. Y era, además, accionista (modesto) de su propio banco.

Se había casado, inmediatamente después de su primer ascenso, con Luisa, compañera de trabajo, que siguió en su puesto durante mucho tiempo; en realidad, hasta que Manolo alcanzó niveles directivos de importancia. Tenían dos hijos, Manuel y Alejandro; los dos estudiaban Derecho. El mayor era miembro de Fuerza Nueva; el pequeño pertenecía, como militante, al Partido Comunista. Aquél se sabía de memoria los discursos de José Antonio; íntegramente, el fundacional. Éste usaba, como libro de cabecera, el *Eurocomunismo y Estado* de Santiago Carrillo. A pesar de ello, las relaciones entre los hermanos eran muy cordiales y cuando discutían de política, lo hacían con ejemplar moderación.

En cambio, Manolo, padre, eludía siempre la conversación política con Alejandro porque, las pocas veces que se planteó el tema en serio, terminaron de mala manera, con el natural disgusto de Luisa. Y por nada del mundo quería Manolo disgustar a su mujer, que era débil y quebradiza de salud. Pero para él, fiel a los principios aprendidos en el Frente de Juventudes, fervoroso en el recuerdo de Franco, la desviación marxista de su hijo constituía una especie de maldición. Y eso que el chico siempre le decía:

—Que no, padre; que estás equivocada. Que el PCE no tiene nada que ver con la imagen antigua de los comunistas de Stalin que tú tienes. Si te decidieras alguna vez a leer a Santiago...

—¡Calla! —se exasperaba el viejo jefe de centuria—. ¡Ése es un tipo asqueroso! ¡Un asesino que traicionó a su propio padre...!

A veces, se mezclaba Manolito en la discusión, para agriarla todavía más.

—No digas eso, papá —ironizaba—. Que yo me lo he encontrado varias veces comulgando en la parroquia. Y me consta que desfiló descalzo, como penitente, en las procesiones de Semana Santa.

—Ahí lo tienes. ¡Además, es un hipócrita redomado! —gritaba el padre, carente por entero de sentido del humor.

—Y no te digo doña Dolores —cargaba la mano el afiliado a FN—. Una dama en toda la extensión de la palabra; una virtuosa dama cristiana, que aún no se ha recuperado del dolor que le causó la muerte de su anciano esposo.

Manolo Sánchez, sin enterarse del pitorreo, agarraba un libro de la biblioteca (tenía todo lo que se había publicado sobre la guerra civil, naturalmente por autores franquistas) y leía algunos párrafos de la biografía de *la Pasionaria.*

—Escuchad esto. Estuvo amancebada con el comisario Antón, que era mucho más joven que ella. Lo cuenta Jesús Hernández, que perteneció también al Comité Central del Partido Comunista. —Y, dirigiéndose a Alejandro, le decía—: ¿Qué? ¿A que no os explican estas cosas en vuestras reuniones? ¡Pues son historia, entérate! Como es historia, desgraciadamente cierta, lo de Paracuellos...

Luisa intervenía cuando la disputa comenzaba a ponerse peligrosa, y bastaba una palabra suya y, a veces, una simple mirada, para que Manolo Sánchez dejara a sus hijos y se encerrase en su habitación. De donde volvía a los pocos minutos, con otra cara y comentando, para cambiar de conversación, que el Barcelona le había fastidiado la quiniela. O que Johnny Travolta le parecía un hortera; porque le tenía una especial manía al ídolo de la juventud, quizá como reacción o venganza generacional.

—Vamos, que tú prefieres a Antonio Machín, que en paz descanse... —le bromeaba Manolito.

—Naturalmente. Y tu madre, lo mismo.

Luisa decía que sí, que a ella le gustaba mucho más el ritmo suave de los boleros que estos estrépitos de ahora; pero, en seguida, aclaraba que también la música de hoy tenía su mérito y algunos conjuntos de rock lo hacían muy requetebién. Porque Luisa era una maravilla de mujer, llena de dulzura y sensatez y por eso su marido la quería cada día más y sus hijos le adoraban y le respetaban y le mimaban a todas horas.

Recibió Manolo una carta de la Agrupación de Antiguos Miembros del Frente de Juventudes, convocándole a una cena y ni qué decir tiene que fue de los primeros en llegar, luciendo en el ojal de la chaqueta el yugo y las flechas, que conservaba desde sus tiempos del campamento Santa Marta, de Cullera. En el restorán coincidió con viejos camaradas y se alborozó de manera especial al encontrarse con Fabián de Luna.

Se dieron un abrazo muy fuerte, muy largo.

—¡Pero qué alegría, oye! No esperaba verte aquí... —confesó Manolo.

—Pues aquí estoy. Te diré, honradamente, que cuando recibí la convocatoria, no le hice mucho caso. Pero, chico, después comencé a pensarlo... No sé; a lo mejor ha sido la propaganda del referéndum lo que me ha animado a venir. Me parece una vergüenza, un abuso intolerable. ¡Y a esto le llaman democracia!

—Tienes razón. Yo no recuerdo un caso igual de descaro; ni en los tiempos de Arias Salgado. Padre, quiero decir...

—Ya ves los hijos, cómo le han salido.

—¿Qué tal los tuyos?

—Un desastre también. La chica vive su vida y Fabiancito es un imbécil. ¿Y los tuyos?

—Mitad y mitad. El mayor, colosal. Más franquista que yo. Pero el otro... El otro se me ha hecho del PC.

—¡No me digas! ¡Estos chicos...!

Hicieron una pausa triste.

—¿Te acuerdas cuando estábamos tan seguros de que lo comprenderían todo? ¿Nuestro sacrificio, nuestras ilusiones, lo que hicimos por España...?

—Por este país, Manolo; que ahora ya no se dice España...

Se sentaron juntos en la mesa; pasaron la cena entre nostalgias y reproches.

—¿Sabes algo de Cerezo?

—Que es diputado del PSOE por Alicante.

—Vaya, hombre. Otro chaquetero. Como Leopoldo, convertido nada menos que en asesor jurídico de Comisiones Obreras.

—A Enrique Barrón le veo mucho últimamente. Es letrado municipal; sigue soltero y bastante golfo. Pero sano, ¿sabes? No en plan activo, aunque respetando siempre lo que hay que respetar.

—Menos mal.

—No está claro esto, Manolo. Todo son componendas, trapicheos, bajadas de pantalones...

—¿Y el cachondeo del «golpe militar»? Lo de la «operación Galaxia»...

—Pues eso justamente: un cachondeo...

—Mi hijo, el comunista, está empeñado en que es cierta la versión oficial. En que se trataba de una operación desestabilizadora, como ahora dicen. ¡Será imbécil!

—Es que estos hijos...

—Hijos de papá... ¿No tendremos alguna culpa nosotros? Hemos procurado darles siempre de todo...

—Sí. Quién sabe... Quién sabe si no serían de otra forma, de haber pasado lo que nosotros pasamos...

—¡Hijos de papá...! —repitió Manolo—. ¡Pero si el mío ha llegado a llamarme capitalista! ¡A mí, Fabián, que tú conoces bien mis orígenes...!

Iban a ponerse tristes otra vez; pero alguien de los que estaban en la presidencia comenzó a cantar *Prietas las filas*.

Y todos se unieron al coro y al llegar lo de... «...ya las banderas cantan victoria», se pusieron en pie y hasta levantaron los brazos y se les llenaron los ojos de lágrimas y, al acabar, gritaron «¡Arriba España!» con todas sus fuerzas y Manolo y Fabián se dieron otro abrazo y en aquel momento se sentían en el Hogar Juvenil del I Distrito, vestidos de uniforme, jóvenes, ilusionados, dispuestos a conquistar Gibraltar, recios, marciales, al paso alegre de la paz. Y se veían también en el fuego del campamento y coqueteando entre risas con las camaradas de la Sección Femenina y plantando árboles por esos campos de España y pregonando la revolución nacional-sindicalista y aclamando al Caudillo en cualquier manifestación. Tan extasiados estaban, tan gozosos, que incluso llegaron a olvidarse —y ya era difícil— de don Rodolfo Martín Villa.

Los camareros, atónitos ante el espectáculo de aquellos cincuentones enfebrecidos, no se atrevían a cambiar los platos. Y un pinche le dijo a otro:

—¿Qué son éstos?

—Ya lo ves. Fachas. Inmovilistas. Ultras.

En el mientras tanto, los supuestos ultras, metidos en el túnel del tiempo, coreaban las estrofas de amor y de esperanza del *Cara al sol.*

Era una manifestación «no autorizada», convocada por partidos políticos de extrema izquierda, sin representación parlamentaria e incluso por algunos grupos fuera de la legalidad. Alrededor de trescientos jóvenes, con destacada participación femenina (si bien no era fácil distinguir, a primera vista, las mujeres de los hombres) avanzaban dando gritos por la calzada de la (todavía) calle de José Antonio. Los de cabeza portaban unas pancartas en cuyos textos se denunciaban ciertos atentados en materia ecológica, aprovechando la ocasión para meterse con el gobierno Suárez. Otros aireaban banderas republicanas y rojas con hoz, martillo y estrella.

En mangas de camisa (de seda natural) y con un pañuelo colorado, también de seda, al cuello, el yerno de Clodoaldo —de nombre, Lucas— figuraba entre los dirigentes del festejo, en su calidad de miembro del Comité Central del PC (i). Los cabecillas ocupaban la primera fila y marcaban el ritmo, agarrados todos del brazo. Junto a Lucas iba un muchacho muy bajo, casi enano, que compensaba su escasez de talla con el volumen gigantesco de la cabeza, aumentado más todavía por una cabellera ensortijada a lo papú. Los camaradas le apodaban Breitner, porque recordaba bastante al alemán que fue jugador de fútbol del Real Madrid.

Breitner gritaba muchísimo, con una voz de tenorino hiriente y molesta y de pronto comenzó a repetir, absolutamente frenético, con visible y patética convicción en lo que decía:

—¡Libertad para Chile! ¡Abajo Pinochet! ¡Muera la dictadura! ¡Viva Chile democrático...!

Enronqueció de tanto repetir las frases y, en pura fiebre emocional, entregado fervorosamente a la defensa de aquellos ideales tan sentidos, tardó en apercibirse de que Lucas le estaba dando codazos y diciéndole algo:

—¿Qué pasa...? —preguntó, por fin, en una pausa de su exaltación.

—Estás agilipollado, macho. La manifestación de hoy no tiene nada que ver con Chile. Lo que hacemos es protestar por la pretendida urbanización de Gredos.

—Bueno; como tampoco he estado allí, me da igual.

Y entonces volvió a sacar su mejor registro, para gritar a voz en cuello:

—¡Libertad para Gredos! ¡Muera la urbanización! ¡Gredos sin contaminaciones! ¡Viva la naturaleza democrática...!

La poca gente que a aquella hora —siete de la tarde— caminaba por las aceras, no hacía demasiado caso de los manifestantes, porque ya estaba de vuelta de actos similares, tan repetidos en los últimos tiempos. Pero cuando los apasionados defensores de los valores ecológicos de la serranía llegaron a la calle de San Romualdo, se encontraron con dos *jeeps* de la Policía Armada y una compañía de fuerzas antidisturbios, que les estaban esperando. La refriega se organizó en seguida y hubo saltos, carreras, golpes, botes de humo y hasta algún disparo con balas de goma. Breitner tropezó con el bordillo cuando galopaba hacia el portal más cercano y sin duda porque su cabezón le hacía proclive a la inestabilidad, cayó de bruces y comenzó a sangrar por la frente.

Patéticamente, Lucas (sin dejar por eso de correr) gritó:

—¡Han matado a un camarada! ¡Policía asesina...!

Sin embargo, Breitner sólo tenía una brecha de escasa profundidad, como se comprobó al ser auxiliado. La calle se había quedado solitaria en minutos y mientras una pareja de guardias metía al fervoroso idealista en un *jeep*, camino de la Casa de Socorro, el resto de las fuerzas del orden recogían las pancartas que los manifestantes habían dejado sobre el asfalto.

En seguida se restableció la normalidad y volvieron a circular los autobuses y los coches, como si nada hubiese pasado.

Pero doña Leonor tardó en serenarse. El enfrentamiento se había desarrollado justamente debajo de sus balcones, los balcones de la señora viuda de Riata, otrora tan solicitados por la burguesía de la ciudad en días de procesión, desfiles militares o cabalgatas primaverales. Aquella tarde, además, la señora celebraba una fiesta íntima, para conmemorar, con las amigas de su época, su 76 aniversario. Habían acudido doña Amparo, viuda De Luna, y doña Raimunda Perales, cuñada de don Juan Alaña, viuda de caído (como se recordará), y la marquesa, también viuda, de Tierramar y la viuda de Jordán, el farmacéutico. Todas generosamente, obsequiaron a la homenajeada con algún detallito (lo importante no era su valor material, sino el cariño con que se lo entregaban, precisaron unánimemente) y estaban tan dichosas tomando el chocolate (menos la dueña de la casa, que lo tenía rigurosamente prohibido y bebía una infusión de poleo) y comentaban que la pastelería de ahora ya no es como la de antes, que aquélla sí que estaba dulce, cuando les sobresaltaron el escándalo callejero, los gritos, el ruido de cristales rotos y, especialmente, los disparos.

Hasta media hora después de renacer la calma, no se atrevieron las damas a regresar al comedor, del que habían escapado para refugiarse en las habitaciones interiores, aquellas donde, en tiempos, tuvo instalada su clínica de niños el doctor

Riata. Doña Leonor las había respetado íntegramente, sin mover un solo mueble de su sitio, sin tocar ninguno de los cuadros ni de los diplomas, ni el instrumental médico que usó su difunto esposo y que continuaba alineado cuidadosamente en los armarios de cristal, como si alguien tuviera que utilizarlo de inmediato. Guardaba la señora un recuerdo entrañable de aquel incansable mujeriego que fue el puericultor; pues ya se sabe que estas señoras antiguas, tan cristianas y tan castas, siempre admiran en el fondo la golfería de sus maridos y, cuando enviudan, les echan muy de menos, quizá porque se encuentran faltas del pretexto para la oración por sus pecados y, sobre todo, del legítimo orgullo de saber que, pese a tanta infidelidad, ellas supieron estar siempre en su sitio, muy dignas, ofrendando todos sus sacrificios a la Inmaculada Concepción.

Doña Leonor se acercó al balcón, con las precauciones propias del caso y asomó tímidamente la cabeza, hasta que, ya confiada, miró sin remilgos a través de los cristales.

—Todo tranquilo —comunicó a sus viejas amigas—. Se ha restablecido el orden.

Volvieron a sentarse frente a las tazas y a la repostería y a los *croissants*, de los que dieron cuenta en un periquete, sin afectarles para nada que el chocolate se hubiese quedado frío, e incluso repitieron, a solicitud de la dueña de la casa. Después pasaron a la salita de estar.

—¿Queréis la televisión? —preguntó doña Leonor.

—¡Quita, quita! —dijo doña Amparo, erigiéndose (según su costumbre de toda la vida) en portavoz de las opiniones ajenas—. ¡Menuda lata nos están dando con la propaganda del referéndum...!

—Tienes razón. ¡Menuda lata! —coincidieron las otras.

—¿Y qué os parece la Constitución, por cierto? —preguntó la marquesa viuda de Tierramar.

Hubo una pausa; parecía evidente que ninguna se la había leído.

Doña Amparo rompió el silencio.

—Es atea. No habla de Dios, ni de la religión católica, ni de los valores espirituales de nuestra Patria. Autoriza el divorcio y el aborto. ¿Qué más queréis que os diga, para explicaros que yo pienso votar en contra?

—Pues el cardenal Tarancón parece partidario... —apuntó doña Raimunda.

—Claro; como que es un rojo —fulminó doña Amparo, sin pensárselo un segundo.

—Pero Fraga, que es bien de derechas, también aconseja el sí... —recordó la viuda de Jordán.

—Yo hago mucho más caso de la opinión del Primado, porque don Marcelo es un obispo de los de antes. Supongo que habréis leído su carta pastoral... No deja lugar a dudas: no, no y no.

Entonces, la viuda de Riata planteó un grave y muy cierto problema:

—Os digo la verdad: no entiendo nada. Unos obispos dicen que votemos sí y otros, que votemos no. Blas Piñar pide también el no, pero resulta que al hacerlo, coincide con la ETA. López Rodó, que es medio cura, recomienda el sí y también Carrillo, que todos sabemos cómo piensa, porque a nosotras no nos va a engañar, a estas alturas. En *El Alcázar* ponen de vuelta y media a la Constitución y en el *Ya*, que yo lo leo desde hace treinta años, porque me lo recomendó mi confesor de entonces, aseguran que está muy bien. Vamos: un verdadero lío.

—Tienes toda la razón, Leonor. Un lío... —confirmó doña Raimunda.

Se quedaron otra vez calladas. De nuevo tomó la palabra doña Amparo.

—A mí todas estas cosas de ahora no me gustan nada. Hemos pasado cuarenta años sin votar y bien tranquilos que estábamos. Claro que, entonces, el Sagrado Corazón reinaba en España...

—Y Franco gobernaba; tampoco lo olvides —recordó doña Raimunda.

—Lo que decía mi pobre esposo: con el Caudillo se nos fue la tranquilidad. ¡Como que yo estoy convencida de que mi Paco se murió de franquitis!

—Qué pena que no pueda resucitar —se dolió doña Leonor—, como hace en ese libro tan bonito, que supongo que ya habéis leído todas (1).

—De todos modos, hay que comprender que el mundo evoluciona... ¿Cuándo podíamos imaginar que un Papa esquiara o fuese en bicicleta? Y ahí tenéis a Juan Pablo II, que no se puede negar que es bien católico y no como Pablo VI, que Dios tenga en su gloria.

—No creo que lo tenga allí —opinó doña Amparo.

—¡Jesús, María y José, qué cosas dices! —se escandalizó la marquesa.

—Claro que no lo creo. Ese pontífice fue nefasto y a mí no me quita nadie de la cabeza que lo eligieron haciendo trampa. El Espíritu Santo no podía equivocarse de semejante forma...

—¡No cambiarás nunca, Amparo...! —sonrió doña Leonor.

—Desde luego. Soy cristiana vieja y no entiendo a la Iglesia de ahora. A mí, dadme la fe del carbonero y basta. Y a mi santa Jerova particular, aunque ese párroco jovencito que ahora tenemos diga que eso es fanatismo.

Doña Raimunda se puso a toser estrepitosamente. Rechazó las ayudas de sus amigas y, cuando le terminó el espasmo, se tomó una píldora:

—Son achaques de la edad, hijas. ¡Qué menos...!

—Y que lo digas...

Antes de marcharse, rezaron todas juntas muy piadosamente el santo rosario, que aplicaron por la salvación de tantos pecadores como hay ahora en la juventud (incluso en sus propias familias, según precisó doña Amparo). Y se fueron las cuatro en un mismo taxi, que encargaron por teléfono. Porque, aunque la marquesa vivía cerca y pretendió volver sola a casa, doña Leonor le recordó los peligros de la calle.

—Que ya no es como antes. Ahora hay que tener mucho cuidado, en cuanto oscurece, porque todos los días roban a las señoras.

—Y ojo, que también las violan —recordó la viuda de Jordán, con indudable optimismo.

(1) Muchas gracias, señora. *(N. del a.)*

VI

OTOÑO — 1978

Inmaculada Aymerich llegaba de la calle hecha un basilisco. Se lo notó en seguida su hija Nuria, que estaba tumbada en el sofá; porque ahora se pasaba así las horas, en cumplimiento de las órdenes del ginecólogo. Y se lo notó también su marido, que esperaba el almuerzo leyendo el periódico.

—¿Pasa algo? —preguntó don Agustín, ante la manera airada como su mujer se quitó el chaquetón y lo lanzó sobre una silla.

—¡Casi nada! ¿A que no os imagináis quién se separa?

—Vete a saber... —contestó, sin pizca de curiosidad, su esposo.

—Y tú, niña... ¿A que tampoco te lo imaginas...?

—A mí esas cosas me la manfinflan.

Inmaculada se dejó caer en el butacón.

—Pues ahí va: Iciar Montalvo.

Aymerich se quitó las gafas y puso cara de asombro.

—¡No es posible...! Pero si sólo hace tres o cuatro meses que se casó...

—Tres meses y veintiséis días, exactamente.

—Será una cosa pasajera... Un enfado sin importancia...

—De eso nada, querido. Ya están presentados los papeles en el Tribunal eclesiástico.

—Desde luego, los chicos de hoy están chiflados —criticó don Agustín.

—Sin faltar, viejo —protestó desde su horizontal Nuria, que estaba rodeada de revistas del corazón por todas partes. A su padre le salió la tacañería.

—¡Lástima de regalo que le hicimos! Porque costó un buen dinero... —pareció aumentar su interés por el tema—. ¿Y qué les ha pasado?

—Ésa es la otra —volvió a indignarse Inmaculada—. Resulta que el tal Txente le ha salido rana. Vamos; muy poco hombre. O si lo prefieres; como ahora dicen, *gay*.

—¿Es posible? ¿Marica, con esa pinta de fuertote?

—Sí, señor. Marica perdido... —confirmó su mujer.

Volvió a intervenir Nuria:

—¡No exageres, mami!

—Me lo ha dicho su propia madre, que puedes imaginarte cómo está, la pobre...

Nuria se incorporó, para quedar sentada en el sofá.

—El Txente es *bi* desde siempre y eso lo sabíamos todos, empezando por Iciar.

—Perdón, hija. ¿Qué quiere decir *bi*? —investigó don Agustín.

—¡Jo, padre, será posible...! Pues que le pega a todo, que hace a pelo y a pluma o si lo quieres más fino, que es polisexual...

—¡Qué barbaridad...! —se escandalizó Inmaculada.

—Bueno, eso se lleva ahora cantidad. ¿Es que tú no lees, madre? No hace mucho, Miguelito Bosé explicaba en un tebeo de éstos sus teorías al respective...

—Es increíble. Absolutamente indignante —lamentó Aymerich—. Una degradación total...

—¡Ahí va, el estrecho!... —se guaseó la embarazadita.

Su padre se puso en pie. Inmaculada se había ido a la cocina, para comprobar (como todos los días) que el yantar estaba atrasadísimo (como todos los días). Aprovechando su ausencia, don Agustín le confesó a su hija:

—Mira, nena; yo no he sido precisamente un santo en materia del sexto mandamiento...

—No me detalles, que me privas...

—Pero hay vicios y vicios, ¿comprendes? Y esto supone una degeneración intolerable...

—Estás *out*. Vete a ver la película de Ana Belén, que dan en el Rialto... La señora de la casa hace el amor con un perro... Y no es de las peores, oye...

—Parece que hayamos perdido todos el sentido común... —se lamentó don Agustín.

—Pues volviendo al Txente, nunca disimuló sus aficiones. Estuvo liado con un sueco majísimo, que por cierto le caía muy bien a Iciar...

Claro que entonces, Iciar todavía no estaba casada. Las mujeres (incluso las de ahora) suelen cambiar bastante respecto del novio, a partir del momento en que les colocan el anillo, con una fecha por dentro. Podríamos decir que se vuelven más clásicas, más exigentes. Eso, justamente, le había sucedido a Iciar: había modificado en cierta parte sus criterios de soltera. No así Txente, para quien el matrimonio consistía tan sólo en tener piso propio, compañera estable y libro de familia. Por lo demás, llevaba la vida de siempre, reuniéndose con los amigos de siempre, en los sitios de siempre, drogándose como siempre y metiéndose en juergas, por equívocas que fueran, igual que siempre.

Tuvieron la primera bronca matrimonial la misma noche de bodas, a la que llegó Txente bastante tocado, por culpa de los porros. A Iciar le hacía cierta ilusión dedicar la velada a la actividad tradicional en estos trances. Estaban en un parador de turismo cercano a la ciudad, uno de esos viejos palacios restaurados bajo el mandato ministerial de Fraga Iribarne, convertido ahora en suntuoso alojamiento. Y les habían reservado la cámara nupcial, que tenía cama con dosel y muebles de época. (Mil duros diarios iba a costarle el lujo al padre de la desposada.) La tan reciente señora de Garizueta pasó al suntuosísimo baño, se desnudó, se dio una ducha, se echó por todo el cuerpo medio frasco de Guerlain y se puso un picardías precioso, color salmón.

Verdaderamente sugestiva, volvió a la habitación. El Txente estaba tumbado en la cama, con la camisa y los pantalones puestos (e incluso los zapatos) y roncaba intermitentemente.

Cuando Iciar pasó su mano por los cabellos del joven esposo, muy cariñosamente, él dio media vuelta y farfulló un taco en vascuence. Insistió la chica e incluso logró que se incorporara, con los ojos a medio abrir, nublados y lejanos.

—¿Qué te pasa...? —refunfuñó.

—¿Te gusto?

—Ya lo sabes...

Intentó besarle y hasta lo hizo; pero fue un beso insípido y fugaz, porque Txente la separó bruscamente de su lado.

—Cariño, es nuestra noche de bodas... —recordó ella, muy mimosa.

—Bueno ¿y qué?

—Hombre... —insinuó Iciar, mordisqueando con picardía el faldón de la minúscula prenda de dormir, para dejar así al aire sus más tentadoras intimidades.

—Ni hablar. Tengo sueño. —Y se volvió a tumbar en la cama.

Ella se inclinó sobre aquel fardo insensible, pretendiendo acariciarle.

—¡Que no seas cursi, coño! —increpó Txente—. ¡Como si no estuviéramos hartos de joder! ¡Mañana será otro día...!

Las experiencias prematrimoniales tienen este inconveniente: despojan de todo encanto a la noche de bodas.

Los días, las semanas, los meses sucesivos fueron una extraña mezcla de sensaciones contradictorias. Hubo momentos de felicidad, junto a otros desesperantes. Jornadas de dicha, seguidas por enfrentamientos borrascosos. Pero Iciar conllevaba tan irregular convivencia con bastante buen humor. Incluso se había convencido a sí misma de que los ratos buenos le compensaban de los malos. La explicación era sencilla: aunque quizá no se había dado cabal cuenta, estaba algo enamorada de su marido. Lástima que no pudiera decirse lo mismo de Txente, que si se decidió a dar el paso decisivo, a casarse, lo había hecho en realidad para disimular unas aficiones que, profesionalmente, no le favorecían. Como bien decía Nuria, era bisexual. O, al menos, ejercía como tal. Aunque lo que de verdad le atraía era la recia musculatura de un macho bien formado.

Tan difícil coexistencia se truncó estrepitosamente, como era de esperar, justo el Día Universal del Orgullo Gay, que por primera vez se celebraba en el país, gracias a la naciente democracia. Los homosexuales (llamados infamantemente maricones durante la Dictadura) organizaron una manifestación preciosa y se echaron a la calle, vistiendo sus mejores galas y con los puñitos en alto. Eran unos quinientos; ya que, aunque el censo real resultaba infinitamente mayor en la ciudad, muchos tuvieron miedo a los guardias y otros prefirieron no descubrirse, puesto que integraban el nutridísimo sector de los denominados ocultones.

Se concentraron en la plaza de Santo Tomé, que les pareció el lugar más idóneo para iniciar la marcha. Llevaban pancartas diversas, reivindicando la libertad sexual, exigiendo igualdad de trato jurídico para el «tercer sexo» y protestando por la mantenida vigencia de la Ley de Peligrosidad Social. Algunas estaban escritas con cierto sentido del humor, como aquella que decía: SER GAY ES COSA DE HOMBRES. O la otra: LOS CHICOS CON LOS CHICOS, QUE ES LO NORMAL. Y una, en letra redondilla: QUIEN ESTÉ LIMPIO DE PECADO, ¡QUE ARROJE LA PRIMERA HEMBRA!

El vestuario y maquillaje resultaban muy variados. Había un grupo de travestís, capaces de dar el pego, porque parecían talmente atractivas mozas. Unos/as vestían trajes de volantes, con teja y madroños en el pelo; otros/as iban de *llauraoras* valencianas, con peinado de rodetes y polícromos trajes y peinetas doradas rematando el vestido regional. Hasta un muchacho/a se había atrevido con el complicadísimo traje de lagarterana y se daba aire con un abanico precioso, que falta le hacía, ya que la mañana era tibia y las enaguas y los pololos y las medias blancas de algodón le/a tenían medio asfixiado/a.

Casi todos/as, sin embargo, vestían pantalones vaqueros, blusas de colorines y chalecos de fantasía, aunque, eso sí, con zapatos de tacón alto. Naturalmente, iban maquillados/as de forma exagerada, con muchos polvos en las mejillas, los labios enrojecidos, silueteados los ojos; collares de innumerables vueltas rodeaban sus cuellos y de las orejas les colgaban hermosos pendientes antiguos, aros de metal o, simplemente, discretas perlas. Llevaban el pelo cardado y más de uno/a se lo había teñido de azul o de verde e, incluso, color zanahoria. El conjunto era polícromo, variado, bullanguero, multiforme y divertido.

Pero hubo gentes retrógradas que lo consideraron provocativo y repugnante. O sea que, cuando la manifestación *gay* llevaba andados unos trescientos metros, dando grititos y cantando aires regionales, se produjeron los primeros enfrentamientos. Que comenzaron verbalmente; algunos peatones se pitorreaban de los manifestantes y les llenaban de piropos, que ellos/as agradecían sonrientes, a pesar de la guasa. Pero al cruzar frente al Neguri, salió del interior del bar un señor calvo, con la insignia de alférez provisional en la solapa y comenzó a despotricar protestando de la degeneración de las costumbres, de la inmoralidad creciente, del escándalo público y de otras bobadas similares, todas pasadas de moda. Sin embargo, se le unieron otros cuantos fachas y se organizó un intercambio de insultos entre los chicos/as *gay* y los caducos señores.

A los pocos minutos comenzaron a llegar los guardias y el teniente se dirigió a Eleuterio Vargas (a) «Enriqueta», que iba en cabeza de la manifestación, y le instó, muy amablemente, a que se disolvieran. Enriqueta era muy coqueta/o y muy pasional y, como toda respuesta, le dijo al oficial que estaba muy bien plantado y que vaya ojazos. Reprimió el teniente su primer impulso, pero dio órdenes a sus gentes para que utilizasen argumentos más rotundos. Entonces fue cuando Pepito Toledano (a) «la Loren», que iba con traje largo de raso negro, copiado de un modelo que lució Raffaela Carrà en la «tele» y se cubría sus torneados hombros con una capita de visón (ful), agarró una piedra y la lanzó al aire, con la mala pata de que, al caer, fue a darle a un vendedor de iguales, que no se había enterado de nada. Ello provocó la reacción airada de varios paseantes, que agredieron a los/as manifestantes, los/as cuales tuvieron que defenderse como pudieron, arañando, mordiendo, dando taconazos con sus zapatos, que previamente (claro) se habían quitado, para usarlos como armas contundentes.

Los guardias se dejaron ya de contemplaciones y sacaron

las porras y se armó un tremendo guirigay, entre el regocijo insensato del público, que se reunió en buen número y que, muy groseramente, dedicaba toda clase de soeces palabras a los muchachos/as, en triste demostración de que el machismo ibérico permanece inalterable, a pesar del cambio político. Claro que son cuarenta años de opresión los que tenemos que remontar y tampoco puede pedirse que, en unos pocos meses, los españoles nos habituemos a respetar a estos/as representantes del tercer sexo y reconozcamos su derecho a la igualdad de trato, rango y derechos, dando de lado una lastimosa tradición represiva y medieval.

Total; que en un santiamén, la manifestación se disolvió traumáticamente y rodaron por los suelos peinetas, abalorios, pancartas, zapatos y hasta un sujetador y fue todo muy penoso, ya que en los países civilizados, con larga experiencia democrática, se estaban celebrando a aquella misma hora similares demostraciones del poderío *gay*, en su Día Universal, entre el respeto y la admiración generales. Aquí, en cambio, los febles, inermes, delicados chicos/as se vieron precisados/as a poner pies en polvorosa, refugiándose donde buenamente pudieron, ya que las iras del populacho (indudablemente provocadas por los fascistas y los curas reaccionarios) no cesaban y los inocentes homosexuales eran sañudamente perseguidos por grupos de bárbaros vociferantes.

Antoñito Guerrero (a) «Salomé», a quien dos energúmenos con bastón tenían medio cercado en la esquina de la Alameda, recordó de pronto que allí mismo tenía la oficina su amigo Txente y, sin dudarlo un segundo, se metió en el portal y subió al entresuelo y se precipitó, trémulo y sudoroso, temblando de pánico, en los brazos del marido de Iciar, que se disponía a hacer una llamada telefónica en aquel justo momento. Salomé era artista y artista de categoría, especializado/a en el repertorio clásico de Conchita Piquer. Su amistad con Txente venía de antiguo e incluso podría decirse que habían estado sentimentalmente unidos, tiempo atrás. No pudo Txente negarse a la implorante petición de ayuda del imitador de estrellas y le pasó a su cuarto de baño privado, para que se tranquilizara un poco, mediante una reconfortante ducha.

Nadie podía suponer que iba a llegar Iciar, de manera imprevista, y que iba a encontrar a su marido, en *braslip*, enjabonando a Salomé, que, desnudo todo él/ella, recibía el chorro benéfico y relajante del agua tibia, al tiempo que agradecía las atenciones de Txente con palabras cariñosas, sumamente tiernas. Y que incluso, en el justo momento de asomar la señora por la puerta, le daba un beso en la boca, lleno de gratitud. Un beso muy rápido, pero que irritó sobremanera a Iciar. Quien cerró de un portazo, bajó las escaleras hecha una fiera y marchó directamente al bufete de su abogado (con quien ya había celebrado algunas entrevistas, días antes).

Cuando Txente volvió a casa, se encontró la cerradura de la puerta cambiada y dos maletas en el rellano de la escalera, llenas con sus cosas. No quiso intentar siquiera las explicaciones, que, verdaderamente, sobraban. Se fue a la finca de sus padres, en las afueras, y solamente dijo:

—Bueno, viejos, ya me tenéis aquí otra vez. Que me arreglen mi cuarto de soltero, que quiero echarme un poco...

Se metió en él, se fumó un porro y descabezó un sueñecito. En el fondo, estaba contento, porque acababa de quitarse un peso de encima.

Hacía una noche tranquila, casi cálida, que invitaba a pasear calmosamente, bajo aquel cielo límpido, pespunteado de estrellas. Agarrados del brazo, Fabián y Enrique caminaban por la calle de la Inmaculada Concepción, después de haber perdido unos cientos de pesetas en el bingo del casino. Eran dueños absolutos de la vía pública, que aparecía solitaria, triste, sin un alma.

—Pues no son más que las doce y cuarto... —comentó Enrique, contestando a su amigo, que acababa de referirse, precisamente, a la soledad reinante.

—Hace cuatro o cinco años, acuérdate, a esta hora estaban las calles llenas de gente. Pero ya nadie sale ahora de casa, por las noches.

—Es natural. No hay confianza en el orden público; hemos perdido la seguridad personal. Cada día, un atraco...

—O dos, como ayer...

—¡Qué distinto todo a nuestros tiempos de Universidad, Fabián...!

—Y que lo digas...

En una planta baja lucía un farol azul, alumbrando tenuemente la puerta de madera; las ventanas, a juego con la decoración de la fachada, querían imitar malamente la apariencia de un *pub* británico. Unas letras en metal dorado anunciaban: St. Joseph. Los dos amigos se detuvieron.

—Ahí estaba el Viena. ¡Buenas trompas hemos agarrado en su barra...!

—Dejándolas a deber casi siempre, por cierto...

—Pero quedando como caballeros, en cuanto *bwana* o el «gran jefe» nos sacudían la subvención...

—A ti te gustaba mucho la cajera..., aquella morenita menuda, tan coqueta... ¿Llegaste a conseguir algo alguna vez?

—Lo que entonces conseguíamos cuando había éxito. Llevarla a la prolongación de la Alameda, darle unos achuchones, besarla apasionadamente, o sea, a lo burro... Quizá acariciarle los pechos... En fin; lo que entonces llamábamos una orgía lujuriosa...

—Así volvíamos a casa, después... Buscando la ducha como desesperados...

—O quizá, otra cosa...

Sonrieron; siguieron andando. Algo más adelante había una discoteca, de la que llegaban, discretamente atenuados por la distancia, estruendos sin fin. Salieron varios muchachos, agarrados a las chicas, intercambiándose los cigarrillos, manoseándose sin interés.

—Ya ves ahora. Ahí los tienes: aburridos de hacer lo que les da la gana...

—No me dan ninguna envidia. Carecen totalmente de ilusiones...

El grupo se distribuyó en varias motos de gran potencia, que salieron disparadas, armando un colosal estrépito.

—¡Y pensar que yo fardaba de qué manera con la bicicleta...! —recordó Fabián.

—¡Es que menuda bicicleta tenías! ¡Una Orbea de lujo!

A mí me tocaba ir a clase en tranvía... Muchos días, en el estribo. Claro que, así, no pagaba.

—¡Aquellos tranviarios...! Sucios, con el uniforme de rayadillo hecho una pena, mojando saliva en el dedo para arrancar el billete de diez céntimos...

—Y el conductor comiendo siempre un bocadillo de pan negro con sardinas...

—Mi madre compraba pan blanco, de estraperlo, y me ponía todos los días media barra con tocino, que según ella estaba cargadísimo de vitaminas... A mí no me gustaba nada el tocino y se lo cambiaba en la Universidad a Leopoldo por su queso, que a él le reventaba... Mamá nunca lo supo; y aún ahora sigue asegurando que me crié fuerte, gracias a sus diarias raciones de tocino...

—Por cierto, ¿cómo está tu madre?

—Estupenda, a Dios gracias. Con 81 años, pero colosal. Y eso que, como puedes imaginarte, los nietos le hacen sufrir lo suyo... Ya sabes cómo es ella; monseñor Lefebvre le parece modernista...

Rieron. Y dijo Fabián:

—Bien, ya estamos en tu casa.

—Te acompaño hasta la tuya. No tengo ningún sueño...

—Ni yo tampoco. Se ve que esto de la nostalgia nos espabila...

—Pues ahora no se lleva nada. A los nostálgicos nos llaman de todo: involucionistas, golpistas, fachas, desestabilizadores, catastrofistas...

—Qué palabras tan difíciles, ¿te das cuenta? De un tiempo a esta parte, están definiendo las cosas más simples, de una manera complicadísima.

—¡Qué me vas a decir! El otro día, en Magistratura, un muchacho barbudo de estos que quieren enseñarnos Derecho a los letrados viejos habló de la «regresividad caduca de la funesta legislación fascista, anclada en fórmulas medievales de oligarquía». Naturalmente, le gané el pleito...

Pasó, haciendo sonar la sirena, un coche-patrulla de la policía.

—Esto también es regresivo —comentó Enrique—. Hacía

muchos años que no veíamos semejante despliegue de vigilancia...

—Para lo que sirve.

Habían llegado a la plaza de la Catedral. El antiguo Café Colonial (en su actual versión de cafetería americana) estaba cerrando.

—¡Vaya! —lamentó Fabián—. Me apetecía tomar algo fresco...

—A esta hora será difícil. Como no quieras que vayamos a una *boîte*...

De pronto, tuvo una idea fenomenal:

—¡Ya está! Vamos al Marruecos...

—¡Tienes razón! Hace lo menos quince años que no he vuelto por allí...

—Pues está como siempre. Casi te diría que con las mismas chicas que cuando estudiábamos...

—¿Qué se ha hecho de Mercedes Aldana?

—Vive en Madrid. Acabó casándose con aquel chulo que tenía, mucho más joven que ella.

—¿Te acuerdas una noche que estuvimos tú y yo?

—Claro que me acuerdo. Veinte duros nos soplaron en la barra por una copa. Veinte duros de aquéllos...

Efectivamente, el Marruecos seguía igual. Con su decoración árabe; con el portero de librea; con la señora que vendía muñecos, flores y bombones; con los palquitos discretos, propicios al coqueteo con las *vedettes*. Podía decirse (pensó Fabián) que se trataba de una verdadera secuela del fenecido régimen. Aunque ahora, en la vitrina de la puerta, en lugar de fotografías de señoritas gordas enseñando nada más que el ombligo, había otras de espléndidas mujeres, desnudas del todo, y un letrero en rojo que anunciaba *strip-tease* integral.

Se acodaron en la barra y pidieron dos whiskies. En el escenario, una negra preciosa se estaba quitando en aquel preciso momento el sostén, a los sones quejumbrosos de un fox lento. Había poca gente; gente más bien palurda. Y, desde luego, ni un solo joven.

—Lo que tú no sabes —confesó Fabián a su amigo— es

que mi padre fue, durante muchos años, asesor fiscal de este establecimiento...

—¡No me digas...!

—Lo llevaba en el mayor de los secretos. ¡Era tan rígido, el pobre, para estas cosas que él consideraba pecado gordo! Yo me enteré estudiando la carrera; pero, oficialmente, no llegó a decírmelo nunca...

—¡Qué padres aquéllos...!

—Quizá debimos aprender mejor sus ideas sobre la familia. Claro; tú no tienes chicos y no puedes comprenderlo. No has aguantado, como yo, las reuniones en el colegio de los niños, cuando eran pequeños. Allí, unas pedagogas antipatiquísimas nos convencieron de que no se debía reñir a los hijos con dureza, ni menos castigarles y no se diga, darles un cachete, porque eso podría traumatizarles...

Sonrió con sarcasmo:

—Y así nos han salido, claro... Porque a mí me dieron, de niño, alguna que otra bofetada, siempre con toda la razón y ojalá mis hijos me recordaran, el día de mañana, con el cariño y la gratitud con que yo recuerdo a mi padre... A pesar de los tortazos... o quizá por ellos...

Enrique comprendió que Fabián se había emocionado y quiso suavizar el momento.

—Tus hijos te quieren mucho, hombre de Dios... No lo dudes...

—Seguramente. ¡Pero hay que ver cómo lo disimulan!...

Se terminó de un sorbo el whisky y en seguida pidió otro.

—Oye, has de contarme lo de la reunión de antiguos miembros del Frente de Juventudes —se le ocurrió decir a Enrique, para alejar a Fabián de su idea obsesiva.

—Lo pasamos estupendamente. Pero, al final, creo que todos estábamos muy tristes. Aquello sí que era puro inmovilismo, chico... Tan hermoso como inútil...

—Me arrepentí por no haber ido...

—Manolo Sánchez me dio muchos recuerdos para ti. Sigue siendo un tío estupendo. Y está bien colocado, en Banesto. Claro que también tiene problemas con los hijos; uno le ha salido comunista. Y agárrate: opina que su padre es un oligarca...

—¡Qué barbaridad! ¡Pero si Manolo se lo ha hecho todo a pulso...! Acuérdate cuando nos vendía tabaco procedente de colillas...

—Pues nada; el niño le considera un burgués; casi un capitalista. ¡Es que estos hijos, Enrique, acabarán con nosotros...!

Fue a pedir otro whisky.

—Fabián, no te pases... —le reprochó Enrique—. Que vas por el tercero.

—Deja. Un día es un día...

—Vamos antes a tu casa, que está más cerca... —propuso Enrique cuando a las dos salieron del Marruecos.

—Sí. Además, no sé, de pronto me ha dado un dolor aquí...

Se señalaba el pecho, hacia el lado izquierdo.

—¿Quieres que pasemos por una farmacia de guardia?

—No, deja; no será nada. Tenías razón; no debí beber tanto whisky. Ya no lo hago casi nunca y he perdido la costumbre...

—¿De verdad, no te encuentras mal...?

—De verdad, hombre...

Sin embargo, llevaba la mano sobre el pecho, agarrándoselo. Y estaba pálido.

—Este airecillo te sentará bien... —animó Enrique.

Anduvieron algunos minutos en silencio. Por decir algo, Enrique comentó:

—Parece mentira, en pleno otoño y el tiempo que hace...

—Sí...

—¿Qué tal va eso...?

—No estoy bien... Me noto raro...

Se vio, a lo lejos, la luz verde de un taxi que se acercaba. Enrique le hizo señas con el brazo.

—Vamos a la Casa de Socorro. Así te quedarás tranquilo.

—Será mejor, sí...

Le diagnosticaron amago de infarto. De momento, nada irreparable. Pero era un aviso serio.

La discoteca acababa de inaugurarse. Se llamaba Satyricón-3, porque era la tercera de una cadena que, meses antes, había comenzado a funcionar en la ciudad, con notorio éxito. Todas estaban decoradas de la misma forma, aunque esta última era la más grande. Tenía una larga barra, iluminada por lámparas como aquellas que había en las antiguas salas de billar, de cristal verde, pendiendo del techo. Verdes eran también las butaquitas y los sofás, adosados a las paredes, y el tapizado de éstas. En el centro mismo de la pista de baile había una gran urna de cristal y en su interior, el complicado mecanismo estereofónico, al cuidado del *disc-jockey*.

De once a tres de la madrugada Fabiancito de Luna ejercía de *disc-jockey*. Había conseguido el puesto gracias a Mariló, la compañera de apartamento de su hermana Amparo, que era muy amiga (demasiado) de uno de los dueños de la cadena Satyricón. Estaba contento y era lógico: cuarenta mil pesetas al mes, por trabajar en algo que le encantaba, no podía menos de satisfacerle. Lo hacía muy bien, y, en los pocos días que llevaba desempeñando el puesto, se había ganado la estimación de la clientela.

La clientela era casi toda menor de edad, aunque dejaría de serlo en cuanto se aprobase la Constitución. Muchachos espigados, vestidos con cazadoras de cuero, camisas chillonas, vaqueros, botas como las de jugar al baloncesto, con colgajos y amuletos alrededor del cuello y más de uno, con aro en la oreja izquierda. Las chicas solían llevar camisetas con inscripciones varias, en inglés mayormente, y dibujos estampados, acordes con la leyenda. Curiosamente, muchas de estas leyendas hacían referencia a universidades y colegios extranjeros, que ni qué decir tiene que las interesadas desconocían por completo. Algunas iban con largas faldas, abiertas por el costado hasta la cadera; pero la mayoría llevaba pantalones. Los peinados eran múltiples, desde el simple despeinado, con los cabellos lacios y pringosos, hasta los complicados rizos caracoleados del afro.

De tarde en tarde, aparecía por el local alguna pareja mayor despistada, casi nunca en plan matrimonial, sino más bien de ligue. Se les notaba llenos de azoramiento al enfrentarse con el ambiente juvenil, pero una vez dentro, aguantaban el tipo y se sentaban en algún rincón mal iluminado y hasta se atrevían a salir a la pista, cuando los ritmos no eran demasiado violentos. Aunque si Fabiancito los veía, cambiaba en seguida el disco y metía un Presley enfurecido, para que sufriesen los *carrozas*. Los *carrozas* solían aguantar unos minutos y por fin se retiraban, desencajados, y era curioso el contraste de las chaquetas y las corbatas de aquellos viejos (viejos de cuarenta y tantos años) y de los modelitos de alta costura de sus acompañantes, con el desenfadado vestuario de su contorno.

Había, al final de la barra, como un entrante del local, que formaba una especie de mini-cine, en cuya pantalla se proyectaban, de hora en hora, películas cortas del gordo y el flaco y de Charlot, alternadas con cine *porno*. A pesar de ello, no era mucha la concurrencia, porque los jóvenes preferían bailar. Los que siempre estaban allí medio dormidos, sentados al desgaire y con cara de atroz aburrimiento, eran los músicos, unos tipos mayores, con bisoñé algunos, a quienes la empresa tenía que contratar, por narices, para reducir así el paro que en el sector había desencadenado la moda de la música mecánica. Los músicos cobraban como si actuasen y la empresa era tan canalla que les obligaba a presentarse cada tarde y cada noche, a su hora, aunque, notoriamente, no tenían nada que hacer. Pero se trataba de fastidiarles, en una venganza típicamente capitalista, sin el menor respeto al glorioso historial de aquellos profesores, que más de uno había sido solista en la Orquesta Nacional, con Ataúlfo Argenta, y cuyos *smokings*, hoy andrajosos, estaban, como quien dice, llenos de corcheas y semifusas saltadas de las partituras de los más egregios compositores del inmarcesible género chico.

La señora del tabaco (ahora, cuando a los ministros y autoridades se les suprime hasta el don, estas dignas empleadas, así como las de los servicios, siguen recibiendo el respetuoso y tradicional tratamiento de señoras) era una cuarentona muy aparente, que durante doce años estuvo de superiora en un colegio de monjas, hasta que descubrió los encantos de la vida mundana por mediación del profesor de matemáticas y optó por colgar los hábitos y marcharse a vivir con él. Se daba muy buena maña vendiendo Ducados, Winston, Fetén y demás marcas, así nacionales como extranjeras, y había solicitado de la dirección el adecuado permiso para ampliar la mercancía, expendiendo también alguna yerba de las inofensivas; o séase, el vulgar porro a base de hachís. Pero la dirección, por el momento, estimó más prudente no invadir esferas todavía prohibidas por la ley, esperando a ver cómo se pronunciaba sobre el tema la Constitución.

César Echevarren Santoro era uno de los asiduos a Satyricón-3 desde que se inauguró, como antes lo había sido de su gemelo-2; pero el nuevo local le pillaba más lejos de su casa y eso siempre es preferible. Aunque realmente César no tenía problema alguno en casa, ya que se había hecho muy amigo de María Elena, la amante de su padre, y se llevaba con ella a partir un piñón. No como sus hermanos, que le tenían manía; sobre todo Ricardo, el tercero. Claro que Ricardo era un muchacho tan extraño, que incluso iba a misa los domingos.

En aquel ambiente de la discoteca, Fabiancito de Luna se encontraba totalmente feliz y por eso le demostró a Mariló el mucho agradecimiento que le guardaba, haciendo el amor con ella una tarde, a pesar de que la chica no le gustaba demasiado. Amparito les encontró en la cama cuando regresó al apartamento, y los tres se marcaron juntos unos vinos, para celebrar el empleo de su hermano. Que le dio un palmetazo en el culo (con perdón) a Mariló, mientras decía, lleno de júbilo:

—¡Que me he realizado, macha...!

Y en vista de ello, se pusieron a volar. (Para ustedes, fumaron droga.)

VII

REFERÉNDUM CONSTITUCIONAL — 1978

Don Juan Alaña protestó, con su cascada, aunque todavía enérgica voz:

—¡Esto no se puede aguantar! ¿Me permiten ustedes que cierre el televisor?

Los socios presentes en el salón del casino de Cazadores dijeron que sí al unísono y don Juan oprimió el botón del aparato, justamente cuando una rubia locutora estaba desglosándoles a los españoles, con la mejor de sus sonrisas, el artículo 78 de la Constitución. Momentos antes, una cantante folklórica, un actor dramático, una bailarina clásica y un popular galán de cine, habían comparecido ante la «pequeña pantalla», para confesar abiertamente a los telespectadores que jamás vacilaron un solo segundo en su decisión de votar «sí» en el referéndum. En el primer telediario, un ministro muy triste se pasó diez minutos explicando, en un lenguaje absolutamente críptico, las innumerables razones que obligaban a todo ciudadano consciente a respaldar afirmativamente dicho referéndum. Aquello, al menos, tuvo cierto interés, no por lo que decía el ministro, sino porque los socios del casino jugaron a adivinar quién era. Ya se sabe que ahora no se conoce a ningún ministro, con excepción del señor Martín Villa, y aun eso, para mal.

Don Armando Coello confesó:

—Están muy pesados con lo de la Constitución...

—El año 31 no nos dieron tanto la lata —recordó don Germán Lahoz.

—Es que entonces no había «tele»... —argumentó don Melquíades Herrera, que era tres años más joven (76).

—Pero había periódicos. ¿Usted ha visto ahora los periódicos? ¿Y la radio? Porque radio ya había, ¿eh? —insistió don Germán.

—Pero poca...

Don Juan Alaña estaba frotando los quevedos con su pañuelo de seda. Una vez colocados debidamente, bebió un sorbo de tisana y comentó:

—Bien, señores; dejémonos de política y tratemos temas más gratos. ¿Qué opinan de Bibí Andersen?

Los demás socios pusieron caritas de inocentes, como viniendo a decir que no sabían quién era la señorita en cuestión. Don Juan, con la lucecita pícara en sus ojos, habitual en él en estos casos, les reprochó:

—¡No sean hipócritas! ¿O es que solamente ponen la «tele» para escuchar las tabarras del referéndum?

Don Germán reconoció:

—Pues sí, creo que yo la he visto. ¿Es aquella que salió en el programa de Íñigo, verdad?

—La misma.

Entonces los demás hicieron memoria y admitieron que también sabían de quién se trataba y don Armando Coello destacó:

—Espléndida mujer, oigan. A mí, no sé por qué, me recordó bastante a *Gilda*. ¿Se acuerdan de Rita Hayworth, supongo?

—Vaya que sí —dijo don Germán Lahoz—. Y ahora que lo dice, tiene razón. Se da un aire con ella esta Bibí.

—De todos modos, Rita tenía más clase... —opinó don Armando.

Don Juan Alaña, poniendo una sonrisa burlona, les dejaba hablar. Incluso animó la discusión:

—Reconozcan, de todos modos, que Bibí Andersen tiene un sexy tremendo. Como hubiera dicho el conde de Valleselva, que en paz descanse, es una *pin-up girl*.

—Y está muy bien de pecho —confesó don Armando, siempre clásico.

—A mí me gustaron mucho las caderas. Torneadas, poderosas... como deben ser —se entusiasmó don Germán.

—Pues yo me quedo con los labios. Sensuales, provocativos... —explicó don Melquíades.

—O sea que, definitivamente, les gusta Bibí Andersen, ¿es eso? —preguntó don Juan Alaña.

Los otros hicieron gestos admirativos en superlativo grado y don Juan exhaló entonces una bocanada de humo gris de su inevitable Romeo y Julieta, para dejar caer, con muy mala baba:

—Pues sepan, señores, que es un varón. De verdadero nombre, Manolo, por más señas.

Hubo un murmullo general de asombro y de irritación, y don Julián de la Fuente, socio joven que había seguido la conversación desde un sillón alejado, y que sin duda estaba al tanto del secreto, soltó una risotada con manifiesta incorrección.

—Pues sí —remachó don Juan, ufanándose de su cruel burla—. Es un hombre con los atributos del hombre y ustedes ya me entienden...

—Pues lo disimula muy bien... —reconoció don Armando Coello.

—¿Está usted seguro? —dudó, todavía, don Melquíades—. Claro, como yo ando tan mal de la vista, estaba convencido de que se trataba de una mujer espléndida.

—Yo tengo la vista la mar de bien y le aseguro que pensé lo mismo —le tranquilizó don Germán.

—Se trata de un travestí. Esos afeminados que se hacen crecer el pecho mediante hormonas y que, en algunos casos, llegan a operarse sus atributos masculinos, para que la apariencia femenina sea total —detalló don Juan—. Aunque no es ése el caso de Bibí, que tiene sus cosas como cualquiera de nosotros...

—¡Qué gorrinada! A esos tipos había que expulsarlos de España...

—O fusilarles —propuso, muy serio, don Germán Lahoz, que era el más ultra.

—Me parece que usted no se ha leído el texto constitucional... —sonrió don Juan.

—Claro que no. Yo escojo mis lecturas cuidadosamente...

—Pues sepa que, si se aprueba...

Interrumpió don Armando:

—¿Cómo no se va a aprobar? Con la lata que nos están dando.

—Más a mi favor, entonces. Cuando se apruebe, derogarán la Ley de Peligrosidad Social y esto de los homosexuales será parfectamente lícito. Moneda corriente, vamos...

—Cuando yo serví a la Patria, en el Regimiento de Otumba, recuerdo que estando en Melilla y en plena guerra con el moro, expulsaron del Ejército a un teniente, simplemente porque usaba la ropa interior de seda natural —explicó don Germán.

—Eran otros tiempos, señor mío.

—Y que lo diga. Tampoco se casaban los curas ni las adúlteras presumían de serlo. ¿Adónde vamos a parar, caballeros?

—Menos mal que no lo veremos... —reconoció, con justo pesimismo, don Melquíades.

—Afortunadamente...

Cuando la tertulia decaía, don Armando dijo a guisa de corolario:

—Pues aunque sea un hombre, Bibí Andersen está buenísima.

—Buenísimo —le corrigió don Juan.

—¡Lo que sea! —se enfadó el señor Coello.

Profundamente afectados por el descubrimiento del sexo de la artista, los viejos socios del casino de Cazadores se pusieron sus abrigos de entretiempo y fueron saliendo. Quedó el último don Juan, que al pasar junto al señor De la Fuente, le bromeó:

—Usted ya lo sabía, ¿verdad?

—Hace tiempo. Le vi en Barcelona, cuando era todavía una desconocida. O un desconocido, mejor dicho. Allí, al final del espectáculo, salía por la pasarela enseñándolo todo, para que nadie dudase de que era un hombre.

—De todos modos, reconozcamos que da gozo ver a Bibí Andersen...

—Como que yo mismo, con dos copas encima, no le digo a usted que...

Don Juan se despidió entre risas.

Las paredes de todos los edificios de la ciudad estaban literalmente rebozadas de pasquines, de letreros y carteles. Por si algo faltara, cruzaban automóviles con distintivos de los diversos partidos políticos, y desde su interior salían volando centenares de hojas y de panfletos, que inundaban las calles de papel impreso. Había también infinidad de pintadas, cubriendo los muros de las iglesias y de los pocos edificios de interés artístico que habían sido respetados por los fijadores de carteles. La vorágine publicitaria era abrumadora. Esta propaganda plástica ofrecía mayor variedad que la televisiva y la radiofónica, porque en ella se incitaba, con alguna frecuencia, a la negativa constitucional.

Hasta la juvenil clientela de los Satyricón participaba del frenesí propagandístico y muchos chicos y, quizá, más chicas todavía, llevaban pegatinas sobre los jerseys y sobre las camisas, aludiendo al referéndum. La mayoría aconsejaba el «sí», porque con el «sí», todos ellos alcanzarían la mayoría de edad a los dieciocho años, facultando a los hasta entonces menores para votar una Constitución, gracias a la cual precisamente, y por primera vez, dejarían de ser menores. El contrasentido jurídico era tan evidente, que Enrique Barrón elevó un documentado dictamen al señor alcalde, exponiéndole su punto de vista en Derecho, contrario por completo a la legalidad del decreto-ley. Pero el señor alcalde había comenzado su campaña, con miras a la reelección, y no creyó oportuno considerar el informe del letrado municipal.

Mercedes Santoro y su amiga Bequi habían regresado de la Costa, con las primeras lluvias, y salían juntas todas las tardes y, ni qué decir tiene, también hablaban del referéndum.

—Lo que yo no entiendo es si, con esta Constitución, valdrá ya el divorcio.

—Que sí, mujer. ¿No te has enterado de lo enfadadísimo que está Blas Piñar?

—Pero el presidente Suárez ha dicho que no es una Constitución divorcista...

—No irás a hacer caso del presidente Suárez, a estas alturas.

—¿Y lo del aborto?

—Pues monseñor González Martín ha dado a entender que también valdrá.

—Pues monseñor Tarancón da a entender lo contrario.

—¡Ay, hija, esto es un lío! ¿Tú qué piensas hacer el día 6?

—Quedarme en casita, viendo la tele. Porque ese día ya no nos marearán con el referéndum de las narices... —contestó Bequi, con infundado optimismo.

Fabián de Luna, después de pasarse dos semanas internado en un sanatorio, por razones preventivas, había vuelto a casa e incluso, con cierta moderación, atendía de nuevo sus pleitos. Recordaba espantado sus últimos días en la clínica Virgen de Nuria (que la Seguridad Social había comprado a la Fundación de Aymerich, y remozado sensiblemente, bastantes años atrás), porque su única distracción allí eran la televisión y la radio. Y la televisión y la radio solamente hablaban del referéndum, de la Constitución y de los «síes», y hasta Amestoy, que tanto le gustaba en sus programas, había montado uno, literalmente insoportable, en el que gentes de la calle preguntaban a personalidades de la política acerca del texto en discusión.

Las personalidades de la política hacían como que se sorprendían mucho con semejantes preguntas (que conocían de sobra mucho antes de contestarlas) y al responder, barrían para sus respectivos partidos de una forma descarada. Fue un desfile insoportable de líderes, desde el torrencial señor Fraga, a quien se le notaba escéptico en la materia, hasta el lúgubre Alfonso Guerra, que aunque no viniera a cuento, siempre despotricaba del franquismo. En otros espacios, colocaron sus discursos los demás dirigentes y el cardiograma de Fabián se alteró gravemente la noche en que apareció Carrillo, abacial y dulcísimo, entre los sones pasados por almíbar de *La Internacional*. Aquel mismo día, el Consejo de Regencia (los Reyes estaban en América, menos mal) había aprobado un decreto-ley restringiendo hasta límites inauditos el uso de la bandera nacional, y tan contradictorias impresiones recibidas en pocas horas, empeoraron el estado del enfermo. Por sugerencia de Mari Nieves, el médico le prohibió que a partir de entonces viese la televisión.

Sin necesidad de prescripción facultativa, muchos ciudadanos dejaron de presenciar su espectáculo preferido, la llamada pequeña pantalla, y tan sólo abrían el receptor cuando había película o partido de fútbol; pero ni eso era seguro, ya que en los intermedios volvían los bustos parlantes a martillear con la cantinela publicitaria y las bellas locutoras y sus apuestos colegas masculinos, reforzados con rostros nuevos, colocaban sin parar artículos de la Constitución y aconsejaban el voto afirmativo, anticipando las maravillas que la aprobación del texto arrojaría sobre el país.

El hijo de Manolo Sánchez, militante de Fuerza Nueva, le trajo a su padre una banderita española, igual que la que él llevaba en la solapa y aún le regaló otras varias, para que las repartiese entre sus amistades franquistas. El hijo de Manolo Sánchez, militante del Partido Comunista, se había prendido sobre la camisa una pegatina con la hoz y el martillo y un «sí» muy grande y llenó el barrio de pegatinas similares. Los dos hermanos, sin embargo, acordaron no usar ninguno de sus respectivos símbolos, cuando estuvieran en casa, en atención a su madre. Pero Manolo, padre, que había precintado la televisión con un candado, sustituyó sus programas con las músicas de una *cassette*, en la que había recogido todos los himnos patrióticos habidos y por haber, además de unas frases en la propia voz del Caudillo.

Los doce hermanos Alcubilla (tres habían muerto antes de la mayoría de edad de antes) celebraron el consejo de familia que solían convocar, de tarde en tarde, cuando existía alguna causa importante que lo justificara. La reunión tuvo lugar en casa de Adalberto, el mayor, y asistieron todos, acompañados por sus mujeres, y sus maridos respectivos y por los hijos mayores de edad (ahora). El tema único del orden del día era:

«Cambio de impresiones acerca de la decisión a adoptar en cuanto a la votación del referéndum constitucional.» Pronto se vio que había posturas contrarias entre los hombres y las mujeres; éstas eran mayormente partidarias del «no» o de la abstención; aquéllos, en cambio, se inclinaban hacia el «sí». Los chicos parecían ajenos enteramente a la cuestión y apenas abrieron la boca.

Adalberto Alcubilla expuso su criterio, como base de partida para la discusión: España necesitaba una Constitución y ésta, aunque imperfecta, podía valer. Le replicó su cuñada Gertrudis: el Estado español (por seguir el texto constitucional) se desmembraba en nacionalidades, que acabarían siendo independientes y eso le parecía intolerable. Gertrudis llevaba sobre el pecho un lazo con la bandera española, que aquellos días lucían asimismo numerosos ciudadanos y ciudadanas del país. Tere Alcubilla, que siempre fue algo retrasada, indicó:

—Pues como mi marido es gallego y yo estudié en Barcelona muchos años y sé bailar la sardana, y papá, que en paz descanse, había nacido en Motril y mamá era de Castellón de la Plana y nuestro chico mayor está empleado en Altos Hornos de Vizcaya, a lo mejor tengo derecho a varios pasaportes...

No le hicieron ningún caso y siguieron adelante, durante más de una hora, la discusión, que terminó sin consenso, aunque se llegara al democrático acuerdo de que cada cual votara según mejor le pareciese. Por vía de muestreo, Adalberto consultó finalmente con la empleada del hogar (o chacha), que era de Sigüenza, tenía treinta años y sabía leer y escribir a la perfección.

—Usted, ¿qué piensa votar, Conchita?

—Pues lo que ha pedido el señor Suárez, que es tan majo y daba pena verle ayer en el tele, con esas ojeras que le han salido de tanto sufrir por nosotros.

Marín, el de las conservas, también estaba por el «sí» y lo justificaba en la tertulia de los viernes con argumentos irrebatibles:

—La coña esta del referéndum me va a costar más de medio millón de pesetas, importe de las horas de trabajo que se perderán en mis almacenes, con el permiso que hay que dar a los obreros para que vayan a votar. O a darse un paseo, que cualquiera sabe. Si saliera «no», dentro de unos meses tendríamos otro referéndum, naturalmente. Y ya está bien de pagar salarios que no se trabajan, leches...

Clodoaldo Tarazona le refutó:

—Saldrá «sí», porque me consta que los cerebros electrónicos permiten hacer trampa. Aunque yo, a pesar de que no tengo ninguna confianza en el escrutinio, votaré «no» o me abstendré, si hace mal tiempo, ya que la Constitución supone el camino acelerado hacia el marxismo...

—No tanto, no tanto —contemporizó Aurelio Campos—. Los trabajadores de ahora no son los de antes, aquellos de alpargatas y tartera. ¿Cómo queréis que sean marxistas unos señores que tienen coche y veranean en Cullera?

—Eso tiene cierta lógica —reconoció Marín—. El gran mérito del franquismo fue elevar el nivel de vida de los trabajadores españoles, crear una especie de burguesía del proletariado...

—Estás muy equivocado. O no lees la prensa de izquierdas...

La prensa de izquierdas, en efecto, coincidía de manera unánime en repudiar los «mal llamados cuarenta años», la «funesta era», la «aborrecible época», que había que borrar a toda costa. Los de la ORT, por ejemplo, pedían que se destruyera, más o menos, todo lo que recordase a Franco y su período, arrasando su memoria, cubriendo con cenizas cualquier huella de la infamante dictadura.

—Entonces, ¿habrá que volar los pantanos y echar abajo las clínicas y destruir las autopistas y derribar los bloques de viviendas y derogar el Seguro de Enfermedad, que es también secuela del franquismo? —preguntó Marín.

—Eso parece —bromeó Campos.

—¡Están locos!

Lo que estaban los políticos partidarios del «sí» era muy convencidos de su triunfo; y sin el menor reparo lo anticipaban en la «tele» y en los periódicos y en todas partes, adelantando incluso cifras apabullantes de una victoria que daban por descontada. Bien es verdad que se apoyaban en las encuestas que el gobierno había realizado, las cuales justificaban tanto optimismo; habría un 80 por ciento de «síes», alrededor de un 10 por ciento de «noes» y una escasa abstención, más fuerte, por descontado, en el País Vasco. Ante la seguridad con que se publicaban tales previsiones, presentándolas como infalibles, don Agustín Aymerich comentó con Inmaculada:

—Lo que no entiendo es para qué tenemos que gastarnos los españoles más de dos mil millones de pesetas en el referéndum, si con estas encuestas ya se sabe lo que vamos a elegir. Que se pongan de acuerdo, en un consenso más, para dar por buenos los resultados de las encuestas y así nos ahorraremos mucho dinero y la molestia de hacer cola el día seis...

Inmaculada estaba nerviosa y había consultado telefónicamente con todas sus amigas. No salió de dudas. Las señoras echaban muy de menos, en aquel trance, a los confesores de antes, a aquellos padres espirituales que lo mismo les aconsejaban sobre sus relaciones conyugales, que les orientaban en materia política, cuando era menester. La mujer de Montalvo le aseguró que ella se abstendría, porque con el disgusto que le había dado su hija Iciar, no estaba para nada.

—¿Pero no te ha gustado lo que ha dicho Abril, Fernando?

—Me gustaba mucho más Mayo, Alfredo.

En los barrios populares, la campaña se desarrollaba intensamente, con una opinión casi unánime en favor del «sí», porque los militantes eran disciplinados y no osaban poner en discusión siquiera las consignas de sus partidos. Lucas, el yerno de Clodoaldo, intervino en numerosos mítines, a local lleno. Hasta Breitner hizo uso de la palabra en uno de los actos del PC (i). Ellos propugnaban la negativa; pero su grupo carecía de la fuerza (y del dinero) de los grandes partidos de masas, que habían desplegado una frenética y muy bien orquestada actividad persuasiva. Menos fortuna estaba teniendo en sus giras propagandísticas la UCD, que en pocas ocasiones consiguió más de media entrada en las convocatorias. E incluso en Euzkadi, acudieron tan sólo seis o siete personas a uno de los mítines. Entonces, los oradores las invitaron a comer, para agradecer su fidelidad y a los postres, en tono coloquial, les colocaron los discursos que traían preparados.

El tan esperado «día D», o mejor, «día C», porque era el de la Constitución, amaneció lluvioso, lo que hizo comentar a doña Amparo, viuda de Luna:

—Menos mal. San Pedro es todavía de derechas...

Agarró el paraguas, recogió en su casa a doña Leonor y se fueron juntas a votar (naturalmente, «no») en la Escuela Concepción Arenal, que era donde les correspondía. Había muy poca gente y terminaron en seguida. Pudieron así llegar a la misa de doce, que ofrecieron por el bien de España. A la salida, se encontraron con la marquesa viuda de Tierramar.

—¿Se han enterado ya? —les preguntó.

—¿De qué?

—En un colegio electoral de Madrid, uno de los interventores se ha presentado vestido de payaso de circo y así está actuando.

—¡Le digo a usted, marquesa! Como que esto es una carnavalada...

—Y en no sé qué pueblecito de Ciudad Real, una anciana de pocas luces pidió las papeletas, creyendo que eran de la lotería.

—No dejaba de tener razón, la buena señora...

Después de votar, Enrique Barrón fue a interesarse por la salud de Fabián. No estaba en casa.

La criada le indicó:

—Los señores se han ido a lo del referéndum. No tardarán, porque ya hace rato que salieron.

—Entonces, les esperaré.

Fabián volvía con síntomas evidentes de fatiga.

—Es un testarudo —le riñó Mari Nieves—. Se ha empeñado en ir a votar, con el mal tiempo que hace.

—Siempre me ha gustado cumplir con mis obligaciones de ciudadano —le contestó su marido, mientras tomaba asiento y se pasaba la mano por la frente, visiblemente cansado.

—Bueno, ¿qué tal va eso? —le preguntó Enrique.

—Pues regular nada más. He pasado unos días bastante bien, pero desde ayer vuelvo a encontrarme fastidiado.

—Son los nervios —denunció su mujer—. El cardiólogo le

tiene dicho que procure no emocionarse por nada, que sólo se preocupe de su salud. Pero ya le conoces...

—Es muy fácil dar consejos... —sonrió él.

—Haz caso del médico, hombre. Olvídate de los problemas...

Mari Nieves les dejó solos.

—¿A que no sabes de qué me he estado acordando toda la mañana?

—Tú dirás...

—De la manifestación de 1946, cuando la ONU. Todo es ahora muy distinto, claro. Pero hoy, como entonces, el país está en la calle...

Hizo una pausa.

—En mucha menor cantidad, creo yo —sintió la necesidad de aclarar—. Y de una manera que no tiene nada que ver con aquélla. No hay himnos, ni banderas, ni uniformes... Aunque, de todos modos, ésta también ha sido una jornada histórica, ¿no crees?

—Desde luego.

—Con una diferencia. Aquel día de diciembre del 46, nosotros escribimos esa historia. Este día de diciembre del 78, la han escrito nuestros hijos...

—Es natural, Fabián...

—En cierto modo... Aquel día, nosotros fuimos con nuestros padres del brazo. Hoy, nuestros hijos han ido solos...

—También es natural.

Fabián volvió a pasarse la mano por la frente.

—Quizá tengas razón. Quizá sea verdad que no se debe volver la vista atrás...

—Acuérdate de la mujer de Lot... —bromeó Enrique.

—Menuda imbécil. ¿Por qué no usaría un espejo?

—No había entonces.

—¿Estás seguro?

Apareció Fabiancito, con la gabardina chorreando. Saludó:

—Hola, Enrique. ¿Qué tal, viejo?...

—Regular nada más. ¿Sabes algo de tu hermana?

—Que os diga que vendrá a comer. Tiene el día libre, con esto del referéndum.

—Vaya, por Dios. Menos mal que nos va a servir para algo agradable. ¿Y tú? ¿También haces fiesta?

—No; yo currelo como todas las noches.

Fabián se volvió a Enrique.

—Está trabajando en una discoteca, ¿sabes?

—Me alegro. ¿Y qué tal?

—Chupi. A ver si te pasas a verme. Van unas chelis cojonudas...

—Un poco mayores para mí, ¿no te parece? —se guaseó Enrique.

—Coño, eso es gracioso —celebró el chico. Que salió de la habitación por las buenas, sin mayor protocolo.

—Te dejo ya. Que te animes, caramba. No me gusta verte tan chafado.

—Qué remedio...

—Despídeme de Mari Nieves.

—¿Me perdonas si no te acompaño a la puerta?

—¡Faltaría más! Ya sé el camino.

Le dio un abrazo.

—A mejorarse...

—Eso espero —le contestó, sin demasiada convicción, Fabián.

—Y no veas la tele, que te pondrás de mal humor.

—No pienso. Comprenderás que no espero ninguna sorpresa...

No, no la hubo. Al menos, en cuanto a la aprobación del referéndum, con una diferencia abrumadora en favor del «sí». Hasta las tres largas de la madrugada, estuvo la televisión ofreciendo los primeros resultados del escrutinio, comentados por Martín Villa ante los periodistas de medio mundo, que abarrotaban el Palacio de Congresos. Desde un principio, sin embargo, llamó la atención el elevado número de abstenciones, que excedía con mucho todas las previsiones. El ministro (que ya ha conseguido que no se le escurran continuamente las gafas) intentó justificarlas con muy diversos argumentos, algunos de los cuales sonaban a sofisma. Lo que quedó claro fue que no le hacía ninguna gracia que le preguntasen acerca del significado de aquella considerable inhibición de muchos españoles ante el hecho constitucional. Y eso que entonces aún no se sabía que las abstenciones pasarían del treinta por ciento del censo; ocho millones y medio de ciudadanos, nada menos.

Milagrosamente, sin embargo, y a partir de las dos, las cifras de los paneles expuestos en el Palacio de Congresos comenzaron a mejorar sensiblemente, en favor de la tesis gubernamental.

Era el día de la Purísima, viernes. Doña Amparo, viuda de Luna, ofreció la comunión matutina por la salud de su hijo. Su nieta, Amparito, aprovechando el puente, se había marchado con Mariló y dos amigos a Marbella. Seguía lloviendo; y además, una espesa niebla difuminaba fantasmalmente las calles de la ciudad. Los Aymerich estuvieron pendientes de Nuria, que tuvo unas pérdidas de sangre; aunque el ginecólogo de guardia (el titular estaba fuera) les tranquilizó: no tenía importancia. Txente pasó la tarde oyendo discos en el apartamento de Salomé. Iciar se fue al cine con unas amigas; vieron una película «S», que les aburrió muchísimo. Mercedes Santoro tuvo que quedarse en casa, porque su padre («Ful», para los amigos) había agarrado un fuerte constipado y, a sus años, todo resultaba peligroso. A pesar del mal tiempo, los Alcubilla salieron al campo; sólo el matrimonio, porque los hijos se negaron. En la sobremesa del casino de Cazadores, estuvieron únicamente don Juan Alaña y don Armando Coello, que lo pasaron muy bien viendo, en la televisión, *La Isla del Tesoro*, con artistas de su tiempo. La televisión echó las campanas al vuelo por el éxito del referéndum y desfilaron por su pantalla los entusiasmados líderes de los partidos en el poder, gloriosos y triunfalistas. También pudo verse, en el segundo canal, una vieja película, *Melodías de Broadway*, que enloqueció a la marquesa viuda de Tierramar y a la viuda de Riata, entusiastas todavía del guapísimo (y difunto) Robert Taylor. María Elena y el doctor Echevarren almorzaron en Gure-Etxea, un restorán vasco que ocupaba los locales del antiguo Ajurriaga, traspasado años atrás, cuando murió doña Lucrecia. Manolo

Sánchez, encerrado en casa y de un humor infernal, estuvo escuchando la querida *cassette* con Luisa, mientras sus hijos celebraban, con sus respectivos camaradas, el éxito del referéndum. Porque, curiosamente, ambos opinaban que era un éxito para cada una de sus encontradas ideologías políticas. Para Manolito, la abstención enorme constituía un claro repudio de la Constitución; para Alejandro, la mayoría abrumadora de «síes» confirmaba la voluntad popular, partidaria de la Constitución.

La ciudad vivía el día festivo con placidez y rutina. El puente, tan propicio para los viajes, no había despoblado las calles como otras veces, sin duda por culpa de la lluvia. Había colas en los cines, llenos en los cafés, bullicio en las discotecas, apreturas en los bingos. No podía decirse que la tan cercana «histórica fecha» hubiese dejado huellas externas en la gente, que seguía fiel a sus costumbres de siempre. Si acaso, algunas personas mayores comentaban si habría o no cambio de gobierno y los jóvenes politizados aparecían contentos y tranquilos por el resultado del referéndum. La Infantería celebró el día de su Patrona, con suma discreción en los tradicionales actos. Un extraño «comando terrorista ecológico», prendía fuego al monte Umbe, en Vizcaya, arrasando centenares de pinos, a los que acusaba de «ecofascistas» (?). La selección de Kubala se entrenaba para jugar contra Chipre, en Salamanca. «No hay enemigo pequeño», recordaba el preparador nacional. Definitivamente, el Papa no viajaría por el momento a España (como se anunció, coincidiendo con la campaña del referéndum); pero había visitado, en este día, la plaza de España, en Roma. Algo es algo.

El encargado de Satyricón-3 recibió, alrededor de las doce de la noche, una llamada telefónica de Mari Nieves de Luna. Con gesto de circunstancias, se acercó a la cabina estereofónica, donde Fabián alternaba el cambio de discos con el sobeo a una francesa, monísima, que tenía sentada en las rodillas y con la que estaba fumando, al alimón, un cigarrillo de marihuana.

—Oye, que han llamado de tu casa...

—¿Pasa algo?

—Que te vayas en seguida a la clínica Virgen de Nuria. Tu padre ha tenido otro infarto y está internado en la UVI.

—¡Jo, qué lata...! —dijo Fabiancito.

Besó a la chica un buen rato y se fue, con cara de fastidio.

Navacerrada-Madrid, junio-diciembre de 1978.

OTRAS OBRAS DEL AUTOR

En Editorial Planeta:

LA ESPAÑA DE LA POSGUERRA (10 ediciones)
NIÑAS... ¡AL SALÓN! (22 ediciones)
DE «CAMISA VIEJA» A CHAQUETA NUEVA (29 ediciones)
... Y AL TERCER AÑO, RESUCITÓ (27 ediciones)

En otras editoriales:

CONTANDO LOS CUARENTA (6 ediciones)
EL REVÉS DEL DERECHO
CAFÉ Y COPA CON LOS FAMOSOS (2 ediciones)
LA MEMORIA DE DON FRANCISCO Y OTRAS MEMORIAS MÁS
MIS AUDIENCIAS CON FRANCO Y OTRAS ENTREVISTAS
HISTORIA Y ANÉCDOTA DEL CINE ESPAÑOL
LA BODA DEL SEÑOR CURA (12 ediciones)